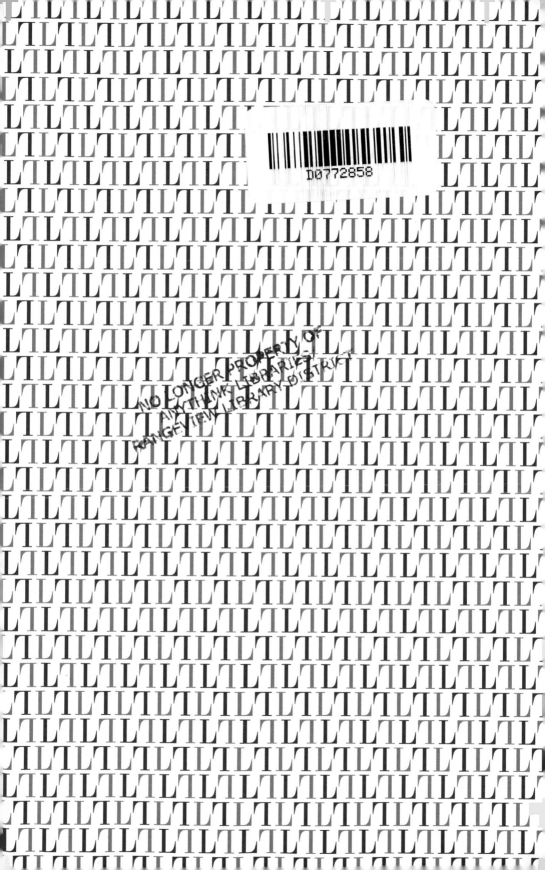

Lo que tengo que contarte

Lo que tengo que contarte

Julia Montejo

Lumen

narrativa

Primera edición: mayo de 2015

© 2015, Julia Montejo
© 2015, de la presente edición en castellano para todo el mundo:
Penguin Random House Grupo Editorial, S. A. U.
Travessera de Gràcia, 47-49. 08021 Barcelona

Printed in Spain – Impreso en España

ISBN: 978-84-264-0199-1
Depósito legal: B-9.093-2015

Compuesto en Fotocomposición 2000
Impreso en Rodesa
Villatuerta (Navarra)

H401991

Penguin
Random House
Grupo Editorial

A mi padre, a mis abuelos vascos, y a todos los que se juegan la vida en la mar.

A los que saben que la pasión tiene memoria.

Para descubrir nuevas tierras, hay que atreverse a perder de vista la orilla durante mucho tiempo.

Anónimo

Conocerse a sí mismo es sobre todo re-conocerse... a través de la memoria, donde se proyectan los monótonos y, en principio, incoherentes «ahoras» de nuestra vida.

Elogio de la infelicidad, Emilio Lledó

1

Amaia no estaba cuerda. O eso decían. Pero ella solo se sentía atrapada, confinada en una estrecha realidad de muros imponentes. Eso no significaba que estuviera loca, se repetía una y otra vez cuando las voces en su interior le exigían seguir buscando, no conformarse con la mediocridad a la que parecemos abocados en esa carrera perdida contra la vida. Para ella, los locos eran los demás, aquellos que se malograban con parejas que no amaban, con trabajos que aborrecían, con amigos que no lo eran. También los que proclamaban las bondades de la soltería y los que insistían hasta la saciedad en que una mujer o un hombre no necesitan a otra persona a su lado para ser felices. Patrañas. Amaia sabía que para creer en la felicidad tenías que sentirte completo, y que el verdadero amor no nacía de un encuentro sino de un reencuentro. Estaba escrito en su memoria. Hacía muchos años que ella había elegido su manera de vivir, o mejor, de buscar.

Amaia cerró los ojos para sentir el aire sobre su rostro. Volvió a abrirlos y contempló el desapacible y negruzco líquido ante ella, y el horizonte infinito tras los mendrugos que enmarcaban la bahía. A nadie se le ocurriría salir de casa en una noche como aquella. El viento empezó a soplar con fuerza, ni una estrella para alumbrar la oscuridad. Amaia no quiso ver más. El agua helada a la altura ya de sus muslos resucitó la más absoluta soledad, la que absorbe el aliento hasta asfixiarnos. El detonante había sido una nueva decepción. Antes se levantaba tras cada caída con cierta desenvoltura, pero ahora las rodillas estaban doloridas por los golpes y la búsqueda empezaba a perder sentido… ¿Por qué ella iba a tener más suerte que las mujeres que le precedieron? Sintió que su cuerpo temblaba. La ropa se pegó a sus piernas. Qué curiosa sensación la de las envolturas que nos aprisionan, que nos esclavizan, y que luego se resisten a dejarnos ir. Respiró profundamente implorando una señal que alumbrara el camino tantas veces equivocado. Hacía demasiados años que ella era el resto de un naufragio y estaba muy cansada.

Tomó aire de nuevo, esta vez con más esfuerzo. El frío que se había instalado en los huesos de sus piernas se extendía por el resto del cuerpo. Era un frío que procedía de siglos pasados. Volvió a temblar. Fuera de la bahía, el mar se agitaba sin miramientos. En el Peine del Viento el agua se enredaba obstinada entre las púas de la escultura de Chillida y gigantescos chorros de espuma oscura y tinta cabalgaban hacia el cielo fuliginoso. Y por allí paseaba él.

Asier necesitaba el mar para respirar. Se sentía parte de él, compuesto de su misma esencia. Por eso, cuando aquella noche oscura fue convocado por el Peine del Viento, cogió su viejo cuaderno de notas y se dejó arrastrar hacia el hierro y la roca, eternamente revividos por las fuerzas de la naturaleza.

A lo lejos, la ciudad se preparaba para acostarse, pero a él siempre le costaba conciliar el sueño. El hijo del antiguo meteorólogo de San Sebastián hacía años que no compartía su vida con nadie y se aburría a sí mismo. Solo allí, en el Peine del Viento, lugar mágico y férvido, se sentía, por unos instantes, vivo.

Ni una estrella. Cerró el cuaderno. ¿Sobre qué iba a escribir? ¿Otra vez sobre su soledad? Con cada año, se daba cuenta de lo poco que crecían sus experiencias. El silbido de la galerna que se aproximaba, el mar y el estallido de las olas, el poder de la naturaleza frente al hombre ya habían quedado retratados en sus páginas pero ¿qué más? Faltaban tramas en sus historias y sobraban adjetivos vacíos. Está bien, pensó para sí mirando al cielo, quizá una noche como aquella no era el mejor momento para hacer balance de lo que había conseguido en sus casi cuarenta años de vida. Era hora de regresar a casa, y hasta su piel llegó el calor de los radiadores que había dejado encendidos antes de salir.

Asier había retomado ligero el camino por el paseo marítimo que bordeaba la bahía cuando Amaia Mendaro llamó su atención. Al principio dudó. ¿Era una persona aquella figura en el mar? Sí, claro que lo era. Una mujer, a juzgar por el pelo largo. Aceleró el paso. Un momento: ¿iba vestida? Una borracha o una demente. En todo caso, alguien a quien la vida no importaba demasiado.

—¡Eh! ¡Eh, tú! —gritó desde la orilla. Maldita sea, ¿iba a tener que meterse en el agua para sacarla?

La silueta se volvió hacia él. Una ola la hizo tambalearse. Parecía esbelta, embutida en unos vaqueros y una gruesa chaqueta de lana clara. Aguzó la mirada intentando encontrar sus ojos, pero el rostro permanecía oculto por las sombras.

—¡Vamos, sal de ahí! —le ordenó Asier con contundencia. ¿Era acaso una suicida? ¿Y qué se dice en estos casos? Al ver que ni sus palabras ni su presencia causaban ningún efecto, soltó el cuaderno y empezó a descalzarse—. ¡Por favor, sal! Joder, ¡no me hagas entrar a buscarte!

La chica no parecía tener intención de obedecer: se volvió hacia el mar y continuó avanzando, así que a Asier no le quedó más remedio que quitarse los zapatos, el abrigo y el jersey y acudir en su ayuda. El agua helada le aceleró más si cabe el pulso. ¡Vaya noche!

—¡Eh! ¿No me has oído? —le gritó al alcanzarla. El agua le llegaba a la altura del pecho. Amaia se volvió hacia él. Tenía los ojos verdes y profundos, e irradiaba una extraña seguridad. No se molestó en responderle. A Asier le asombró su templanza ante la situación. Una serenidad extraña—. ¡Vamos!

La agarró del brazo y ella, por suerte, se dejó llevar. La salida del agua fue engorrosa. Sus cuerpos tiritaban.

—Joder, ¡qué frío! —exclamó Asier vistiéndose apresuradamente. La ropa y la mitad de la melena de la mujer estaban empapadas, y no tenía nada seco que ponerse—. Vamos, vas a pillar una pulmonía.

Pero Amaia se limitaba a observarle. Su mirada se detuvo en el cuaderno sobre la arena. Parecía ida. No se quejaba.

—¿No tienes más ropa? No, claro que no —se respondió a sí mismo—. ¿Qué hago contigo ahora? Vamos al hospital.

—No. Estoy bien. ¿Qué escribes?

A Asier la pregunta le pilló desprevenido. Entonces se fijó en que ella tenía la vista fija en su cuaderno.

—Algún día algo que valga la pena, espero. Venga, te llevo al hospital.

—De eso nada. Me voy a casa.

Amaia se dio media vuelta. Asier no podía dejarla ir así.

—Espera, te acompaño —anunció apresurándose tras ella.

La luna salió de detrás de una densa nube, iluminando imágenes e ideas.

—¿Cómo te llamas? —le preguntó Asier.

—Amaia Mendaro.

—Yo Asier.

Ella se detuvo, sin dejar de temblar. Sus ojos se iluminaron como los de una niña que acaba de realizar un grato descubrimiento.

—Claro… Asier; si eres el principio en nuestra lengua, como yo soy el final.

—¿Dónde vives?

—Puedo ir yo sola. Estoy bien.

—No voy a dejarte así. Muy bien de la cabeza no puedes estar cuando…

Ella le lanzó una mirada dura, determinada.

—No insistas. No pensaba suicidarme, si es eso lo que estás pensando —le aseguró tajante.

—Solo quiero ayudarte —respondió Asier.

Ella hizo una mueca extraña que él no supo interpretar, quizá simplemente producto de los temblores que la recorrían. Asier le puso su impermeable por encima de los hombros. La mueca era ahora una sonrisa.

—Perdona. No te preocupes por mí, de verdad. He estado peor.

—Pues si has estado peor, no hagas más tonterías.

Tras la sonrisa, el sarcasmo de ella:

—Umm, se nota que tu vida no ha corrido nunca peligro. Yo sé qué es hacer cualquier cosa para sobrevivir.

Asier la miró escéptico y también molesto.

—¿Ah, sí? ¿Como qué? —le preguntó retador.

Ella no respondió. Se puso a caminar hacia el paseo marítimo y él la siguió.

—¿Qué te parece comer carne humana?

Las desconcertantes palabras de Amaia actuaron como un revulsivo. ¿Pretendía deshacerse de él?, se preguntó para sí. Aquella mujer no estaba en su sano juicio. ¿Debería despedirse, alejarse de aquella extraña? Su aspecto no era el de una sin techo… No, él no se iría. Si lo hacía, quizá no volvería a verla y sentía curiosidad. ¿Qué tenía que perder? ¿No acababa de lamentar ser un tipo aburrido? Además, no parecía peligrosa.

—Venga ya. No te creo.

Pero Amaia ni se inmutó.

—Tú también lo habrías hecho —continuó Amaia—. El ser humano hace lo que sea necesario con tal de sobrevivir.

—¿Tú has comido carne humana? —insistió él con incredulidad.

Amaia asintió con sus profundos ojos verdes.

—Llevábamos más de una semana alimentándonos de líquenes y con una temperatura que superaba los veinte grados bajo cero. Íbamos a morir. Islandia puede convertirse en un infierno atroz. —La mirada de Amaia viajó por el tiempo y el espacio ante el rostro atónito de Asier—. No podía permitirme morir así. Primero pensé que sería por mi ánimo de venganza, pero luego me di cuenta de que no era eso. Era la vida lo que me importaba.

Asier la miró confundido e intrigado.

—¿Y cuándo fue eso? —le preguntó.

—Hace mucho tiempo. En aquella aventura fatal, solo quedábamos siete y albergábamos muy pocas esperanzas. Es muy duro ver morir a los compañeros, uno a uno. Además no sabíamos si el otro grupo sobrevivía, y Ari nos pisaba los talones.

—¿Ari? —repitió Asier intentando orientarse. Aquella mujer de unos treinta y pico, puede que incluso cuarenta, o quizá veintimuchos, era difícil asignarle una edad, lo tenía desconcertado. ¿Qué pretendía? No estaba la noche para pasarla charlando a la luz de la luna y sin embargo, él era incapaz de seguir su camino.

—Ari Magnusson, el alguacil que había designado el rey danés. Un tipo ambicioso y sin escrúpulos. En realidad, un mediocre sanguinario. Esos son los más peligrosos. Siempre nos habíamos llevado bien con los islandeses, pero en esta ocasión fue distinto y muchos de los nuestros murieron. Los que quedamos nos dividimos en dos grupos para sobrevivir. Así las cosas, nos perseguían los hombres del alguacil y los islandeses. Sin embargo, a medida que pasaban los días, el frío se convirtió en nuestro mayor enemigo.

—¿Qué me estás contando?

Amaia le miró muy ofendida.

—Me estoy molestando en contarte mi vida porque me has sacado del agua. Si no te interesa, me voy. Tengo mucho frío.

Asier asintió. Claro que tenía frío. Pero ¿qué demonios de historia era esa?

—Perdona, es que no entiendo lo que dices. No hay ningún rey danés que yo sepa, y eso de que os perseguían, ¿por qué?

—Bueno, es que todo ocurrió en 1615 —respondió ella con total naturalidad—, aunque yo lo recuerdo como si fuera ayer. Los dedos de los pies se me congelaron y poco después de lo que te cuento, tuvieron que cortarme los dos meñiques. Un dolor como ese jamás se olvida, te lo aseguro.

—A ver, demuéstramelo —pidió Asier señalando sus pies.

—Pero ¿cómo te lo voy a demostrar? ¡Entonces tenía otro cuerpo! ¿Quieres que siga o no? ¿Acaso no estás aburrido de tu vida? ¿Tienes mujer? ¿Hijos?

Asier negó, atónito, molesto. Las sorpresas e interrogantes se acumulaban a cada paso. Amaia intentó contener la sensación de alivio que le produjo no haberse equivocado con él. ¿Quién si no saldría por la bahía a esas horas en una noche como esa?

—¿Otro cuerpo?

—Va, déjalo —dijo ella. Y subió por las escaleras hasta el paseo marítimo. Aquello era un envite y él picó el anzuelo. Podía haberla dejado ir entonces, pero no fue capaz de resistirse. Su alma de escritor frustrado se puso en guardia.

—¿Y qué sentiste? Al comer carne humana, me refiero —preguntó Asier siguiéndola ya sobre los losas del paseo.

—Lástima. Pena por mí misma, por lo frágiles que somos. No solo nuestro chasis es delicado, sino también nuestra alma.

Asier sintió una angustia tremenda.

—Entonces, ¿qué sentido tiene todo si nos convertimos en animales ante la adversidad? —preguntó.

Amaia se volvió hacia él y le cogió de la mano con una ternura extraña.

—Recuerdo la sensación en mi boca —continuó—. El regusto como de metal, de hierro, y las ganas de vomitar. El cuerpo de nuestro amigo estaba todavía caliente, si no nos apresurábamos a ingerirlo corría el riesgo de congelarse. No podíamos hacer fuego y, desde luego, no había tiempo para remilgos. Nos perseguían muy de cerca. Lo echamos a suertes. Mikel de Justía fue el encargado de cortar los pedazos. Pensé que el hambre nos daría valor, pero no fue tan sencillo. Oímos en silencio las arcadas vacías, el llanto ahogado de Mikel mientras convertía a una parte de Salvador de Larramendi en nuestro alimento. Lope sintió unas náuseas incontenibles y vomitó bilis verde sobre la nieve. A continuación anunció que él no iba a comer. Que prefería morir. Estábamos a punto de condenarnos para siempre en el infierno. En el siglo XVII, imagínate. La mayoría éramos fervientes católicos apostólicos romanos y sus palabras nos hicieron dudar… —Amaia detuvo la narración por un instante para mirar al mar oscuro con añoranza—. Era más sencillo creer en Dios en un mundo en el que la vida parecía no tener tanto valor, expuestos a una naturaleza que ni se comprendía ni se podía controlar. Pero yo sabía que comer era nuestra única oportunidad de supervivencia. Les dije que pensaran en Cristo, en su cuerpo que nos alimentaba, y que tenían la obligación de mantenerse vivos. Abandonarse a la muerte era el mayor de los pecados. La verdad es que ni yo misma terminaba de creerme mis palabras. No sé de dónde diablos nacían. En aquellos días, a menudo me oía a mí misma sin reconocerme. Me había convertido en líder de la expedición por derecho propio, por mi habilidad para comunicarme y por mis agallas. También por mi falta de escrúpulos a la hora de hacer lo que fuera necesario para proteger al grupo. Entonces las mujeres no lo teníamos nada fácil y era insólito que una chica vasca hubiera podido cruzar el mar hasta aquellas tierras en un mundo hecho a medida del hombre. Aceptaron mi liderazgo porque veían en mí a una bruja, una mujer que no podía ser humana pero que, por alguna inexplicable razón, pertenecía a su grupo y estaba de su parte. Recuerdo de aquellas horas espantosas el intenso sabor a sal.

—¿Sal?

—La de las lágrimas que se congelaban en mis mejillas. Y los lamentos ahogados de Mikel y Lope —siguió Amaia—. También el frío extremo que nos ayudó a anestesiar el corazón y las entrañas. Pero sobrevivimos porque era nuestro deber.

—No sé si yo sería capaz —comentó Asier, tan absorto en la narración que su incredulidad inicial había quedado suspendida.

—Claro que sí. Tú desciendes de esos hombres. La misma sangre corre por tus venas.

—¿Cómo retomas la vida tras algo así?

Amaia trazó una sonrisa cansada en los labios: la del que ha vivido y visto mucho. Mucho más que yo, pensó Asier. Y, de pronto, el escepticismo regresó. Aquello que contaba no podía ser real.

—La vida ya no es igual, por supuesto —continuó la mujer—. Pero nunca lo es, hagamos lo que hagamos. Lo que quería que entendieras es que personas como yo, sin nada en este mundo, en las condiciones más adversas, fuimos capaces de saltarnos las leyes del hombre y de la naturaleza para sobrevivir.

Amaia suspiró con fuerza e intentó poner un poco de orden en su revuelto cabello negro. El gesto descubrió en la penumbra una cicatriz que arrancaba debajo de la oreja izquierda y se alargaba por el pecho.

—Entonces, ¿por qué te has metido hoy en el agua? —preguntó Asier recuperando cierto sentido de realidad.

—Porque aquí hay espacio para buscar —respondió ella con tristeza.

El firmamento dio la tregua por concluida y negros nubarrones comenzaron a descargar con fuerza sobre ellos.

—Vamos —le dijo Asier—. ¿Dónde vives?

Amaia le miró a los ojos y el tiempo se quedó en suspenso, sin coartada.

—¿De qué tienes miedo, Asier?

Asier se quedó descolocado. Definitivamente, esa mujer no podía estar cuerda.

Todo tiene una grieta, así es como entra la luz, recordó Asier de la canción de Leonard Cohen, su favorita. Amaia tenía unas cuantas grietas.

—Alimentarnos de nuestro amigo fue solo una muestra más de nuestra ansia por vivir. Y eso que, para entonces, ya éramos casi fantasmas. Como te he dicho, fue mucho más lo que tuvimos que hacer para subsistir, y todo ello ayuda a explicar la naturaleza auténtica del hombre. Te lo contaré, si te interesa. Serás el único que sepa la verdad porque todos los que regresamos a casa hicimos un pacto de silencio que jamás se rompió.

—¿Y tú vas a romperlo conmigo? —preguntó Asier suspicaz. Pero, a pesar de la lluvia que arreciaba sobre ellos y de la extravagancia de la historia, seguía siendo incapaz de marcharse.

—Soy la única persona que puede y estoy convencida de que cuatrocientos años después, lo ocurrido tiene un valor que me exime del juramento. Pero tengo que contarte la historia desde el principio. Fuera de contexto, la verdad se tergiversa. Además, quizá tú también puedas ayudarme. Quién sabe… ¿Te interesa?

Asier asintió. No fue una decisión meditada, simplemente asintió y Amaia levantó la vista al cielo para que las gotas de lluvia corrieran por su hermoso rostro.

—*Izena duen guztia omen da* —dijo.

—Todo lo que tiene nombre existe —tradujo Asier.

Amaia, satisfecha, se levantó de un salto, de nuevo llena de vida y con un humor excelente.

—Es decir, que yo existo. Recuérdalo mañana, cuando despiertes y dudes de mí.

Amaia Mendaro salió corriendo hacia la ciudad, y su figura desapareció tras la cortina de mar y lluvia. Ella se fue, pero quedaron las palabras de quien un día de 1615 fue Amalur, y de esas palabras quizá nació una historia que alguien tenía que contar.

2

Estoy tumbada sobre el pasto tierno del final de la primavera. Ni el sol ni la brisa que se escurre entre las hojas de los castaños han conseguido borrar el olor a humedad de la noche. Puedo oír el silbido suave entre las ramas: los espíritus de mis antepasados han salido de las grutas para aconsejarme y yo me afano por atrapar sus voces. La más ronca es la de mi abuelo.

Las hojas siguen meciéndose al mismo ritmo, el mismo siseo tranquilo, el mismo olor a hierba fresca…, un ciempiés empieza a escalar por mi mano. Giro la cabeza, sin incorporarme, para observarlo mejor. Al darme cuenta de que pretende regresar a la libertad me incorporo para impedírselo. Presiente el peligro. Casi puedo oír su pulso desbocado. Su miedo es mi miedo. Además, va a perder su libertad de la peor de las maneras: sin violencia aparente. Suspiro y lo dejo marchar.

El cielo azul ahora está pintado con nubes blancas y esponjosas. Si todo pudiera ser tan fácil, si yo pudiera ser una más… Veinte son ya años. Entiendo que mi padre, con el que nada tengo en común, se preocupe, pero me angustia ese futuro tan envidiado por mis primas. A mi modo de ver, el dichoso matrimonio no significa más que la obligación suprema y definitiva, el castigo que merezco por sentirme diferente. La cuestión es ¿diferente de quién? No de mis seis hermanos, que han podido elegir su destino. A ellos solo puedo envidiarlos. Diferente de mi madre, de mi abuela, de mis primas y vecinas. De todas las mujeres, o más bien de todas las que llevan una vida decente. Excluyo a la viuda de Bermeo. Ella se las ha ingeniado para vivir como se le antoje gracias a su valentía. Recibió por contrato dotal aparejos para la caza de la ballena y, cuando falleció su marido en un accidente en el astillero de Astigarribia, organizó a un grupo de hombres para capturar en su nombre el codiciado cetáceo. Después montó unas calderas cerca del mar en las que derriten las tiras de grasa y las convierten en aceite. Hoy es una mujer rica y elegante. Todos la respetan y visita a su única familia, vecinos de un caserío colindante, cargada de regalos en primavera. El año pasado la criticaron mucho porque se ha construido un palacete para sí sola en un alto de Deba, y en el dintel ha mandado labrar un escudo con cuatro remeros, uno de ellos lanzando un arpón a una ballena. Aquí no se conoce mujer igual.

—¡Amalur! —grita una voz varonil. Es mi hermano mayor. Me llama desde el enorme caserío de piedra gris, construido por el abuelo hace cuarenta y pico años en lo alto de una loma vecina. Los Mendaro fueron meros arrendatarios hasta que el abuelo Joan, el menor de ocho hermanos, se echó a la mar para prosperar. Valiente y temerario, volvió con lo suficiente para comprar un terreno, construir un caserío moderno y casarse con la moza más rica y bella del pueblo. Joan Mendaro murió cuando yo tenía catorce años, en el año de Dios de 1609, pero mi abuelo y yo seguimos conversando.

Me levanto con premura. Se hace tarde para ir a la iglesia. Debería comentar con don Bautista mis preocupaciones. El cura siente simpatía por mí. Íñigo y yo siempre hemos sido sus pupilos preferidos. ¡Ay, Íñigo! Si no anduviera tan malhumorado últimamente, podría hablar con él. El menor de los Ayestarán es mi amigo del alma, pero lleva unas semanas insoportable. Me molestó que me llamara Amalur Mendaro, ¡con nombre y apellido!, y me exigiera retirar las vacas de la alberca porque según él llevaban allí ya demasiado tiempo. Pero no, no debo disgustarme con él. Íñigo tiene problemas en casa. Su hermano mayor, un idiota prepotente y engreído que no ha podido aprender ni la primera declinación del latín, va a quedarse con todo. Íñigo no quiere ordenarse sacerdote. Tampoco cuenta con posesiones de ningún tipo para poder casarse. Sus opciones se estrechan a medida que pasan los meses y, ante la inminente boda de su hermano, su padre le ha dado un ultimátum: o la Iglesia o la mar. Íñigo tiene demasiados problemas para preocuparse por los míos.

Llegamos los últimos a la misa. Nuestros paisanos ya están dentro, esperando la salida del sacerdote al altar. En mi aldea todos están muy orgullosos de esta iglesia. Las hay más modernas, pero la nuestra fue construida por los últimos visigodos, los primeros cristianizados en estas tierras. Tiene en el ábside un hermoso arco en forma de herradura y dentro te sientes segura. Me apresuro hacia el banco de las Mendaro mientras mi hermano se dirige a las escaleras para oír misa desde arriba. No he anudado bien el pañuelo marrón oscuro bajo mi barbilla y lo ajusto. Las viudas, solteras y doncellas suelen afeitarse la cabeza pero yo me negué y mi padre no ha podido imponerse a mi amenaza: tirarme de lo alto de las peñas. Sé cuándo y cómo hablar. Es difícil para los hombres imponer su criterio sobre los deseos de una loca. Dos de mis tías, una soltera y otra casada, se quitaron así la vida. Me salí con la mía, para vergüenza de mi padre. A cambio, le prometí que siempre entraría cubierta en la iglesia. Me siento junto a mi tía Martika, casada con un orfebre. Vive cerca del pueblo y le gusta presumir de su hermosa toca negra y verde.

El sacerdote habla sin parar. Yo suelo atender, pero hoy no. Hoy me siento demasiado viva, demasiado consciente de mi yo, de mi prisión. Y desde detrás de las rejas observo a los que me rodean. Miro de soslayo hacia atrás. Íñigo, junto a sus cuatro hermanos, sigue la liturgia con fervor. Él es así: tiene una fe capaz de mover montañas. Le envidio por ello, aunque me detengo por un instante en su rostro y me sorprende su expresión. Siento lástima. Incluso enredado en la plegaria, aferrado a la mecánica de las palabras de las que intenta extraer un significado, una esperanza o mejor, un camino, la mirada de Íñigo trasluce el fracaso de su empeño. Tiene fe pero sabe que la carrera religiosa no es una opción para él. Le conozco bien. Mi amigo del alma ya sabe del dolor de ir contra la propia conciencia. Íñigo ha aprendido y se ha reconocido en las lecciones con los griegos. Nuestro querido maestro, el sacerdote, es un hombre de vasta cultura, y muy viajado. Conoció los Estados italianos en su juventud. Nadie sabe muy bien cómo acabó en la aldea, pero él se ha convertido en nuestra única ventana al saber y al mundo. La tierra es un lugar muy grande, enorme. Sus confines, inabarcables desde la perspectiva humana. Gracias al sacerdote letrado, Íñigo y yo hemos conocido a Plutarco y este nos descubrió al gran Alejandro en una de sus *Vidas paralelas*.

Íñigo y yo estamos convencidos de que el griego, el latín y el estudio en general nos van a sacar de este mundo oscuro en el que la Iglesia y la incultura han hecho desaparecer los anhelos personales. Íñigo cree que Dios no es incompatible con sus deseos de ser alguien. Él ambiciona. No sabe muy bien qué, pero no quiere convertirse en un viejo con la mirada perdida que cuida de su rebaño. Y cuán intolerable se le hace haberlo descubierto. ¿Ha sido todo un error?, se pregunta una y otra vez. ¿Ha sido el ansia de conocimiento su propio castigo? Ya es muy tarde para lamentar una instrucción muy superior a la de sus paisanos, a la de su propia familia. Solo yo puedo entenderle, y si a él los estudios no parece que vayan a servirle de nada, a mí, como mujer, mucho menos. ¿Por qué tengo que casarme? La rabia me ahoga, y este no es el momento.

A pesar de lo bien que lo conozco, como si hubiéramos nacido del mismo vientre, en las últimas semanas está raro. Algo esconde, y me evita. Quizá es su enfado contra el mundo, pero presiento que hay algo más, algo contra mí. Quisiera darle con la garrota en la cabeza. Íñigo es un hombre. Yo una mujer. Mis ataduras serán mayores. ¿Por qué parece molesto conmigo? Un frío helado me hace estremecer y al instante noto la mirada de Martin Lurra, mi futuro marido. Me vuelvo rápidamente hacia el cura. Mi pretendiente me asusta. Me desagradan sus ojos pequeños y penetrantes. La noche anterior pasé varias horas junto al fuego con mi padre que hizo lo posible por darme razones para aceptar el matrimonio. Pero soy un hueso duro de roer y Joan Mendaro, que así se llama mi padre, heredero del nombre familiar y de algunas cualidades del abuelo, me dio finalmente la única razón para casarme que podría hacer el enlace más tolerable: Martin Lurra es un hombre de mar, embarcará tras la boda y estará meses fuera. Hace unos años amasó una pequeña fortuna en el mar del Norte y se nota que es de esos hombres que necesitan demostrar valía y dureza para que su existencia tenga sentido. Por un momento le envidio porque yo no encuentro sentido a la mía. Vagabundeo por mi miserable futuro pero su mirada en mi espalda me atraviesa. Martin Lurra no estará mucho en casa. Volverá con dinero y, en cuanto se acabe, regresará al mar. Es el mejor partido de la zona. No aparecerá nadie mejor y debo apresurarme: ningún hombre quiere una esposa vieja y resabiada. No dije que sí, pero prometí considerarlo.

Termina la celebración y todos salen. Todos menos yo. Mis rodillas están literalmente pegadas al frío suelo de piedra, mis ojos atrapados en la tosca imagen del Cristo sobre el altar. Tardo en advertir que me he quedado sola. Regresa la sensación de que la vida no es un fluir constante, sino una fuente que mana y desaparece bajo tierra, resurge a veces como un hilo, otras como laguna. Está plagada de elipses. Y en ellas, a muchos la vida se les va... ¿Me he quedado dormida? Intento girar la cabeza pero no puedo. Los labios no se despegan. Una mano fría se posa sobre mi hombro.

3

—Amaia, ¿estás bien?

Amaia jadeaba, apoyada en la verja de entrada al caserón. La carrera, la lluvia y el cansancio de otras vidas todavía girando en espiral a su alrededor. Su vecina, Anastasia, una elegante anciana de pelo blanco impecablemente peinado en un moño alto, estaba frente a ella, protegida por un paraguas y un anticuado impermeable transparente. Su rostro reflejaba preocupación.

—Sí, sí, es que me ha pillado la lluvia —respondió Amaia intentando sonreír.

La anciana movió la cabeza con disgusto. Ella vivía y dejaba vivir, pero aquella chica la afligía. Había pasado mucho y estaba sola en el mundo. ¿Por qué no se echaría un novio que la cuidase?

—La próxima vez coge un paraguas o quédate a resguardo. Y cámbiate la ropa cuanto antes.

Amaia asintió. Anastasia era la única vecina que la había conocido desde niña. La única que había conseguido sobrevivir a las tentadoras ofertas de las constructoras. Adoraba su mansión familiar de principios del siglo xx, con sus vidrieras modernistas que miraban al mar, su soledad, su estilo de vida al margen de los tiempos. Como ella decía, solo saldría de su casa con los pies por delante. Y para decepción de sus herederos, unos sobrinos que vivían en Soria y la visitaban religiosamente cada Semana Santa, disfrutaba de unos espléndidos setenta y seis años.

—Ahora mismo me cambio. Lo prometo —la tranquilizó Amaia mientras abría la puerta del caserón en el que vivía desde que regresó de Madrid. Al cerrar, se hizo el silencio. Fuera quedó la tormenta, el ir y venir interminable del mar y el viento furioso, y el recuerdo de un episodio que preferiría haber olvidado. Pero lo traería de vuelta para Asier, porque lo necesitaba, porque sentía que era su deber devolverle las ganas de vivir. Y quizá en el camino, su amado regresaría a ella. Suspiró. No era fácil mantener la esperanza después de tantos siglos.

La casa estaba a oscuras pero se adivinaba el abandono en el que se encontraba sumida. Se dirigió por la mullida y desgastada moqueta hacia una puerta junto a la escalera y por allí bajó al sótano mientras se desprendía de la chaqueta empapada. Al final, junto al último escalón, dirigió la mano certera al interruptor. Se hizo la luz en las entrañas de la mansión, y recordó la historia de Jonás, en el útero caliente y protector de la ballena. La idea de que un adulto pudiera encontrarse en la oscuridad de un espacio acolchado, con kilos de grasa entre él y la realidad, un espacio en el que ni siquiera los propios movimientos de la ballena revolcándose en la superficie o sumergiéndose en las profundidades se percibieran, le resultaba sumamente seductora. El mar, el agua. La lluvia humeante de la ducha. ¿Se encontraba bien? Sí, perfectamente.

4

—¿Amalur? Amalur, ¿te encuentras bien? —me interroga el padre Bautista.

Mi respiración se reactiva con una sonora inspiración. El movimiento vuelve a mí. Tiemblo como si hubiera visto al diablo.

—Sí, sí. Es que… quería estar un rato a solas con Dios Padre —miento.

El padre Bautista me conoce y hace un gesto de incredulidad con las cejas.

—¿Qué te preocupa? ¿Necesitas hablar?

—No, no. Ya lo he hablado con el Altísimo.

—No te creo.

—¿Por qué? —pregunto levantándome molesta—. Aquí todo el mundo dice hablar con Dios. ¿Por qué yo no?

—Más que hablar, mantienen monólogos —responde el sacerdote con una sonrisa. Y me desarma. Me gusta su sentido del humor. Refunfuño. No quiero hablar con él. Siempre me lleva a su terreno—. Acompáñame a la sacristía. Necesito ayuda para doblar las casullas. Esta tarde vienen las monjas a limpiar y no quiero que piensen que estoy hecho un viejo desastrado.

Le sigo. Porque le admiro. Porque reconozco en él a un maestro, sabio y sereno. Debe de tener por lo menos cincuenta años. Observo la incipiente chepa y el pelo ralo y blanco que cubre su nuca. Siempre con la misma sotana negra raída. Poco preocupado por las apariencias. Su dignidad como hombre de Dios procede de su dignidad interior como hombre de letras.

—Padre Bautista, no deseo casarme, y menos con Martin Lurra —comienzo mientras doblamos la mantelería que cubre el altar. Me da un vuelco el corazón al escuchar mis palabras descaradas, provocadoras. Ahora vendrá el sermón. Pero sostengo la mirada, desafiante. No es difícil leer la decepción en su mirada. Por fortuna, el padre es la persona más pacífica que conozco. Por mucho menos, a las mujeres nos abofetean incluso en público.

—Ay, Amalur, nunca debí admitirte como pupila —se lamenta el padre Bautista—. ¿Qué va a ser de ti ahora?

—En realidad a nadie le importa mi felicidad. Da igual lo que yo quiera. Tendré que casarme.

—También podrías solicitar el ingreso en una orden. Las carmelitas de la Encarnación…

—No tengo carácter para cumplir con el voto de obediencia. Sería un desastre —le corto impaciente—. Si ni siquiera Íñigo, que me adelanta en humildad, se siente con fuerzas, ¿cómo podría yo? Además, no me seduce la idea de casarme con Dios y tenerlo todas las noches metido en mi cama. Quién sabe qué tipo de esclavitud sería esa.

Le escandalizo. Me ha convertido en una mujer de ideas propias y muy peligrosas.

—Eso es casi blasfemia, Amalur Mendaro. Ten cuidado con lo que dices.

—Lo lamento, padre —me apresuro a rectificar. No necesito nuevos enemigos y además, sé que mi maestro no lo es.

—Reconsidera a Martin Lurra. —El padre Bautista se siente incómodo al pronunciar estas palabras. Lo noto.

—Padre, ¿ha oído que tiene otras mujeres?

—No soy ni ciego ni estúpido. Un hombre de treinta y un años no suele reservarse. Lo importante es que ahora te ha elegido. Y que sus padres están de acuerdo.

—*Donatio propter nuptias*, todo al primogénito que se case, eso es lo único que parece importarle a la gente en esta aldea —replico con amargura.

Esta vez el sacerdote no sabe qué responder. No me quiere envenenar con chismes e historias del pasado de Martin Lurra, pero tampoco mentirme. Aun a riesgo de que el Señor me castigue, sé que soy su mejor alumna, que supero en inteligencia y pericia a todos los hombres que él ha instruido. Y sin embargo, como me dijo un día, debo estar agradecida a Dios por no ser mal parecida y que haya hombres que, a pesar de mi educación, estén interesados en casarse conmigo.

—Siento de corazón el vacío que dejó tu madre. Las madres son muy importantes para que las hijas encuentren su camino. Tienes que hablar con tu padre. Él te sabrá aconsejar.

—Ya lo he hecho. Y no fue mejor que usted.

5

Asier también llegó a su casa empapado y tiritando, incómodo. ¿Había hecho bien dejando marchar a la chica? Tiró el cuaderno sobre el sofá. Bueno, tampoco había tenido elección. Pensó en ducharse pero, en vez de eso, se cambió y puso un vinilo de Leonard Cohen en el tocadiscos, reliquia de su juventud por el que sentía especial afecto. Lo que seguía era un vaso de vino tinto, y con él en la mano, casi sin pensarlo, se sentó frente al ordenador. Rápidamente tecleó en Google: Islandia, vascos, 1615. Esperó a que el buscador hiciera su trabajo. Enseguida se desplegaron en la pantalla varios trabajos universitarios, la mayoría en inglés. El primero que consiguió entender decía «La matanza de los españoles», *Spánverjavígin*: la chica le estaba contando algo que había ocurrido realmente, aunque no fuera un episodio muy conocido más allá del círculo de eruditos en historia y leyendas locales nórdicas. Asier leyó con fruición todo cuanto encontró.

Un grupo de marineros que venían del golfo de Vizcaya perdieron su barco tras la temporada de caza de ballenas, justo un día antes de regresar a casa. Debido a problemas comerciales con los nativos, fueron perseguidos y masacrados por el alguacil Ari Magnusson, un gobernante impuesto por la corona danesa. Un pequeño grupo logró escapar y sobrevivir. En algún sitio web se contaba que abordaron en la primavera de 1616 a un barco inglés y consiguieron incluso regresar a su tierra.

Su impresión final fue que el hecho histórico estaba plagado de lagunas y trenzado con la leyenda. Aunque había una base real, el tiempo había borrado demasiadas piezas del puzle, y además no había versión alguna por parte de los vascos. La oficial era de los islandeses, y la más desarrollada aparecía en los anales de un tal Björn Jonson, Jon el Docto, según la traducción al español. Jon el Docto fue testigo de una parte de la matanza y la recogió años después en un escrito, de esos que sirven para crear el alma colectiva de un pueblo. La historia estaba íntimamente ligada a la caza de la ballena, el bacalao y los pescadores cantábricos. Asier leyó de galeones y naos, de aventureros del legendario golfo de Vizcaya y de sus costumbres. En el horizonte de aquel apasionante pasado, por cierto, la mujer aparecía absolutamente excluida.

Los primeros rayos de la mañana le sorprendieron frente al ordenador. Los párpados le pesaban y cayó en la cuenta de que había pasado la noche en vela. Se tiró sobre el sofá y al instante cayó en un sueño profundo. Media hora después sonó el despertador en su dormitorio. Tenía que ir a trabajar.

Asier entró en el acuario a las ocho de la mañana sintiendo que caminaba sobre agua, líquido bajo sus pies. Saludó al compañero de seguridad y fue a ponerse el traje de buzo para dar de comer a los peces antes de que el acuario se abriera al público. Había estudiado biología marina en Canarias, soñando con convertirse en un Jacques Cousteau, pero cuando terminó los estudios tuvo que regresar a San Sebastián para hacerse cargo de su padre enfermo de cáncer. Su madre había fallecido cuando él comenzaba los estudios universitarios. Sucedió sin previo aviso. Un infarto debido a una malformación de nacimiento que nunca había sido diagnosticada y que entonces Asier relacionó con aquellos cansancios y angustias repentinas que la mujer sufría tras subir más escaleras de la cuenta, volver de la compra demasiado cargada o con las agotadoras limpiezas generales cada seis meses.

Al conocer la noticia, Asier voló en el primer avión desde Canarias y pudo ver una vez más a su madre, antes de que el ataúd se cerrara para siempre. Su padre ya no levantó cabeza. Nunca había sido muy hablador, y en aquel tiempo llevaba dos años jubilado. Ángel Iparraguirre se aferró a sus rutinas y pidió a su único hijo que regresara cuanto antes a sus estudios. Asier acató sus deseos, sintiendo un tremendo vacío y la sensación de que a la muerte se la evita ignorándola, haciendo como que no existe.

Aquel primer año en la universidad se volcó en sus libros. No confraternizaba con nadie, no le interesaba hacer amigos. Dejó de escribir esos relatos que desde niño tanto le entretenían y sosegaban. Ante lo efímero de la vida, qué más daba que él escribiera o no.

Un mediodía en el que el sol brillaba con fuerza, machacando cualquier posibilidad de melancolía, paseaba por el puerto cuando un anuncio llamó su atención. La siguiente semana comenzaba un curso de submarinismo. Se apuntó. No estaba demasiado convencido. Buscaba matar el tiempo, pero desde la primera inmersión supo que había encontrado el refugio que necesitaba. Bajo el agua, en el líquido de la vida, casi a oscuras y en un silencio sin igual, se sintió parte de algo.

Bucear se convirtió en una obsesión. Compró un buen equipo

e incluso cambió de apartamento y se mudó a otro cerca de la costa para poder practicar a diario. En menos de un año ya era un experto y le propusieron hacerse instructor. No quiso. No quería responsabilidades y, además, se sufragaba los gastos de alojamiento y manutención sin problemas entre la beca que conservaba desde el primer año y la pequeña asignación que le pasaba su padre. Ese dinero era parte del acuerdo al que habían llegado Ángel Iparraguirre y su hijo cuando este le informó de que quería ser escritor. El padre había arqueado una ceja con incredulidad y le había respondido que, antes de lanzarse a una tarea con la que dudosamente podría ganarse la vida, debía obtener una licenciatura. Asier aceptó. Y así pudo pasar unos años libres de preocupaciones económicas. No tenía para dispendios pero sí para todo lo que él consideraba importante.

Al terminar el quinto curso, regresó a su casa a pasar unos días de vacaciones antes de continuar sus estudios con una beca en Noruega. Notó a su padre muy demacrado y envejecido desde la anterior Navidad. Le interrogó sobre su salud, pero Ángel Iparraguirre era hueso duro de roer. La suerte hizo que Ángel no se encontrara en casa cuando llamaron a los pocos días para concertar la agenda de la quimioterapia. Asier no tuvo dudas. Colgó el teléfono y, a continuación, canceló su viaje a Noruega. Llegó el padre y él le comunicó su decisión sin ceremonias: sabía que tenía cáncer y se quedaba con él. Ángel le miró a través de su inexpresiva máscara y asintió. Fue suficiente para que su hijo entendiera que le agradecía el gesto. El ex meteorólogo de San Sebastián murió nueve meses después. La morfina lo apagó sin escándalo, sin dramas, en silencio.

Asier se quedó solo, con los ahorros que sus progenitores habían atesorado durante una vida de austeridad y un piso de tamaño desmedido. Siempre había sido demasiado grande para una familia tan pequeña y con tan pocas relaciones familiares como los Iparraguirre. Si era cuidadoso, entre el piso y los bonos del Estado, Asier podía permitirse el lujo de no trabajar el resto de su vida. Y eso hizo durante casi trece años: dedicarse a escribir, buscando el peso específico de la vida.

El resultado fue catastrófico. De un lado estaba él; de otro, el mundo y, en ese otro lado, solo encontró silencio. Ninguno de sus innumerables relatos ganó ningún premio, ni recibió interés por parte de editorial alguna hacia sus dos novelas. Fue perdiendo a los amigos de juventud que crecieron, construyeron sus propias vidas, se casaron y tuvieron hijos, o se mudaron a otras ciudades llevados por trabajos o amores. No hizo amigos nuevos. Nadie le interesaba y no hacía movimientos de aproximación.

Se convirtió en un hombre joven atrapado en las rutinas de un anciano que ya no esperaba nada. Solo su aspecto físico, delgado y fibroso, delataban su edad. Dejó de escribir pero mantuvo la costumbre de sentarse frente al ordenador y cada vez pasaba más horas frente a la pantalla, surfeando por la red.

Una tarde, de regreso a casa, se fijó en un cartel amarillo en la entrada del acuario. Buscaban a un biólogo, algo extraño pues este tipo de trabajo estaba tan solicitado que no solía anunciarse de aquella forma. Sin pensarlo, entró y rellenó una solicitud en secretaría. Dos semanas después le llamaron. La paga era pésima, pero aun así le pareció un sueño.

Asier se sumergió en el tanque de agua con los ojos verdes de Amaia diluidos en el líquido. Por lo general, la inmersión le producía una paz difícil de reproducir en cualquier otro momento del día. Las angustias, los fracasos y el miedo quedaban fuera. Allí él no era él sino parte del mundo marino. Entre las mantas, los peces payaso e incluso el solitario tiburón azul, se encontraban sus verdaderos amigos, su verdadera familia.

Tal y como ella le había anunciado, la falta de sueño le hizo dudar de que la aparición de Amaia hubiera sido real. Pero su presencia llenaba cada esquina del gigantesco tanque, flotando entre los peces y corales y también bajo su piel. El calor de Amaia regresó claro, poderoso, y la sensación del roce de su mano se reprodujo con la misma intensidad que la noche anterior. El corazón se le aceleró de nuevo, interrumpiendo el agradable letargo que le embargaba bajo el agua. Emergió jadeando, enfadado consigo mismo, consciente de que, por primera vez en muchos años, deseaba el contacto físico con una mujer.

El turno de Asier terminaba a la una, pues solo trabajaba media jornada. Para esa hora, la tranquilidad casi monacal con la que transitaba por la vida había sido torpedeada. Amaia. ¿Cómo volvería a verla? *Izena duen guztia omen da.* Todo lo que tiene nombre existe. Se aferró a esa idea durante todo el día.

Comió en casa un bocadillo rápido, sin dejar de mirar por la ventana. En cuanto terminó, salió a recorrer la ciudad, dispuesto a encontrarla. A media tarde, el Peine del Viento invocó su presencia. El ambiente estaba fresco y despejado. Se sentó en la misma roca, dispuesto a esperar lo que hiciera falta. Un par de turistas ingleses fueron su única compañía durante las primeras dos horas. Cuando el sol se puso, Asier tenía el cuerpo entumecido y el pecho le ardía de rabia consigo mismo, con ella, con el mundo. El descubrimiento le sorprendió. No era propio de él. Los años sin sobresaltos y con la única compañía de los peces le habían convertido prácticamente en uno de ellos, pero no. ¿Era dolor lo que precisaba para escribir? No, ese era sin duda un pensamiento romántico y demodé. ¿Qué más daba eso ahora? La literatura, la gloria, incluso la eternidad... Solo quería volver a verla y, como un niño con una pataleta, estaba dispuesto a paralizar su vida hasta que Amaia volviera a materializarse.

La noche acompañó con descaro la soledad de Asier que se hizo, si cabe, más patente. Regresó a casa de malhumor, maldiciendo la hora en la que aquella mujer había aparecido para arrebatarle su tranquilidad tibetana. Quizá nunca llegara a convertirse en un gran escritor, pero si el precio a pagar era esa ansiedad que le quemaba por dentro, prefería mil veces dormir el letargo del desconocido. Al pasar por el quiosco recordó que debía de haber llegado ya el *National Geographic* del mes. Se fijó en una cartulina blanca pegada en el frontal: cerrado por enfermedad. Vaya, ¿qué le habría pasado a Baringo? Tenía propensión a pillar fuertes catarros pero debía de estar muy enfermo para no abrir el quiosco. Baringo era la única persona con la que intercambiaba opiniones de lo que sucedía en el mundo. Le quedaba un año para poder acogerse a la jubilación, como él mismo recordaba con entusiasmo en cada conversación. Estaba harto de la humedad y del cielo encapotado. Había comprado un pequeño apartamento en Peñíscola y decía que, en cuanto el Estado se lo permitiera, se iría para no volver.

Baringo poseía un envidiable pelo blanco, una anticuadas gafas de culo de vaso, y muchos kilos de más, adquiridos a lo largo de años de obligada vida sedentaria. El quiosco permanecía abierto sin interrupciones de ocho y media de la mañana a ocho y media de la noche. El hombre comía allí mismo de una tartera y bebía de un enorme termo amarillo del que manaba sin cesar un brebaje misterioso de color verde. Él mismo se comparaba con las novias de los reyes ingleses a las que enjaulaban y cebaban durante meses antes de la boda para que engordaran y se pusieran lustrosas. Baringo era un tipo cultísimo, de ideología ecléctica, más bien de izquierdas, y cuya familia provenía de la zona de Portugalete y Sestao. Nunca se casó ni tuvo descendencia, y se notaba un poso de preocupación en su voz cuando hablaba de una vejez en soledad. Insistía en que Asier se echara novia antes de que fuera demasiado tarde. O la conseguía por sí mismo o él en persona haría de celestina. Su sobrina Noelia, que vivía en Baracaldo, podía ser una buena opción. Amenazaba con presentársela en cuanto viniera de visita. Con el tiempo se convirtió en una broma entre ellos: la sobrina que nunca aparecía. ¿Existiría o era todo producto de la imaginación de Baringo?

Asier durmió mal. Soñó con olas enormes que entraban en su garganta y le cortaban la respiración, y con la larga cabellera de Amaia rodeándole el cuello con suavidad. Pero ella se encontraba muy lejos, tanto que apenas adivinaba su silueta. Inalcanzable. Y así era.

6

Salgo de la iglesia muy confundida. Siento que acabo de despertar de una pesadilla y me maldigo por haberme negado el futuro que ya hace tiempo me acecha. Cerrar los ojos no ha impedido que el tiempo pasara, que la realidad tomara la forma de Martin Lurra. Es injusto que mi vida tenga que terminar para empezar a ser de otra forma. ¿Por qué? Si no fuera por la rabia que me embarga, quisiera morir. Atravieso los caseríos de Urrutia, Elizalde y Azcoitia a paso ligero. El cielo se ha nublado y la temperatura aspira la humedad que la brisa esparce desde el mar. El humo de los hogares anuncia la hora de comer y a mi padre no le gusta que nadie llegue tarde. Subo por el camino de San Juan. El caserío de los Mendaro asoma tras los árboles. Las docenas de vacas que heredamos de mi abuelo están tumbadas en el vallado, aferradas a los rayos de sol que han quedado atrapados entre la grama. Intuyen que, en cuanto empiece a llover, no cesará durante varios días.

Al final del camino vislumbro una figura masculina de hombros anchos y pienso que es mi hermano Matxin, el pequeño. Mi padre debe de haberle mandado en mi busca. Quiero mucho a mi hermano. Su nula ambición suele crearle conflictos con nuestro padre, pero creo que al final encontrará su camino con los frailes.

Tiene un carácter dócil y bien humorado y no gusta de pensar demasiado. Sin embargo, mis ojos me han jugado una mala pasada. El encuentro no podría ser más desagradable. No es Matxin sino Martin Lurra quien me espera con una vanidosa sonrisa que él cree muy seductora. No debería detenerme, pero si no lo hago, podría dar la impresión de que su presencia me incomoda o incluso me asusta. Además, no es como si no le conociera... Martin Lurra me hace un leve gesto con la cabeza, sin cambiar su prepotente apoyo sobre el vallado.

—Amalur Mendaro, debemos hablar.

Me sorprende que sea tan directo. Las piernas me flaquean. Mi rostro sonríe con falsa amabilidad. Me maldigo por no poder actuar como un muchacho, darle un puñetazo y seguir andando con soltura, que es en realidad lo que me apetece: no volver a verlo jamás.

—Mi padre ya ha concertado una cita para la próxima semana —respondo dando por zanjada la conversación.

—No puedo esperar tanto. Pronto embarcaré y quiero saber la respuesta. Los preparativos deben comenzar cuanto antes.

Me quedo paralizada, intentando encontrar una excusa para continuar mi camino.

—Discúlpame pero llego tarde a comer.

—Solo será un momento.

—Mi padre no entiende de momentos —respondo, indicando que tengo miedo de las consecuencias, y hago ademán de continuar mi camino; pero él me corta el paso. Siento mucho frío de repente. El corazón me bombea con fuerza.

—¿Cuál es tu respuesta?

Quiero retirar la mirada, pero me ha cogido de la muñeca y

estoy tan asustada que el miedo se ha vuelto pegamento y no puedo despegar mis ojos de los suyos. Me siento pequeña y él es un hombre fornido.

—¿Por qué yo? ¿Por qué me has elegido? —pregunto finalmente.

—Porque eres agradable de ver, y la dote no estará mal. Deberías sentirte halagada.

—Por favor, suéltame.

—Dime primero que aceptarás.

Yo solo quiero que me deje ir a casa. Cualquiera vería en su mirada, en la fuerza con la que me agarra, que es un hombre que disfruta dejándose arrastrar por sus impulsos. Si no acepto casarme con él, las consecuencias serán terribles. Lo sé.

—Sí, está bien. Pero ahora tengo que irme —señalo, esperando que estas palabras abran el grillete de su mano.

Una sonrisa de satisfacción ensombrece más si cabe su rostro. Pero me sigue sujetando con fuerza.

—Me haces daño. Por favor, suéltame.

—Ahora que ya eres mía, Amalur Mendaro, debo asegurarme de que no cambias de opinión —proclama. Tira de mí y me arrastra hacia los árboles. Yo intento desasirme, grito con fuerza pero nadie me oye. Forcejeamos y él pone una mano sobre mi boca. Mis gritos ahogados no se oyen en la soledad de una tierra que absorbe su propio silencio.

Cuando se marcha, noto un dolor terrible en un codo. Hubiera deseado perder el conocimiento, no ser testigo de mi destino, pero los recuerdos no se eligen así y hay momentos y personas que quedan grabadas para siempre, incluso a costa de uno mismo.

Durante el forcejeo me he golpeado con una piedra en el brazo, de ahí el dolor. Tengo un tremendo hematoma que agradezco. Me alegra tener un lugar lejos de mi sexo donde poder concentrar mi dolor. Hacia él canalizo mi ira. No puedo levantarme. Tendida sobre la hierba, experimento una lucidez desconocida. Un camino de luz se abre entre mi alma y la naturaleza y me siento hierba, árbol, nubes, firmamento. Morir para vivir eternamente en la tierra que me otorgó la chispa divina, abandonar la carne que conformó mi cuerpo y me hizo la que soy. El dolor extremo se derrama en la tierra, y entonces me doy cuenta de que el suelo, por suerte, ya estaba húmedo, impregnado de savias como la mía y que no debo temer que quede allí huella de lo sucedido. Más bien, es necesario aceptar la afrenta y evitar así que mi esencia quede vagando como un fantasma por los siglos de los siglos. Los espectros de las brujas son jirones transparentes que acarician mi piel y echan a suerte mi destino. Un soplo fresco desde el interior trae la voz de los míos, y se impone en un trueno dispuesto a ejercer su veredicto.

7

Por la mañana, Amaia se despertó convencida de que debía encontrar a Asier. Hay historias que, a pesar de la vergüenza, de lo que nos acusan y exponen, deben ser contadas. O nunca habrá justicia, o, lo que es lo mismo, paz. Se levantó y aseó como todos los días en el útero protector de la casa familiar. Dormía en un colchón viejo tirado en el suelo, eso sí, vestido con las sábanas de hilo de su bisabuela. Le rodeaban baúles con ropa antigua que, por su valor sentimental o su calidad, alguien, un día, había decidido conservar. Muebles, cajas de libros y apuntes de estudios universitarios que llevaban allí décadas. De niña, pasaba horas en el sótano, probándose vestidos de charlestón, pamelas que lucía su bisabuela en bodas, bautizos y carreras de caballos, y mantones de Manila. Estos eran sus preferidos, tan grandes y suaves, con flecos que hacían cosquillas. La seda era su tela favorita. Un material mágico. Medio vivo, medio difunto, ligero como una segunda piel, tintado de colores fuertes y bordado en alguno de los conventos con los que su familia había mantenido relaciones de sangre durante siglos.

La sorpresa se la llevó al subir desde el sótano. ¡Justo acababa de amanecer! Se fijó en el reloj de la entrada. Las siete y diez de la mañana. Las piernas le temblaron. Ella nunca se levantaba temprano. No podía soportar el momento del día en el que lo había perdido todo. Todo a la vez, en aquella otra vida.

8

Cuando entro en el caserío de los Mendaro, mis hermanos están terminando de preparar la comida. Los domingos es costumbre en mi casa comer asado con patatas. En los días festivos, suele ser de cordero, pero hoy hay dos conejos ensartados. Matxin se encarga de preparar la lumbre desde temprano. Lleva más de medio día asar conejos en el horno de piedra. Caigo en la cuenta por primera vez de lo sola que me encuentro, rodeada de hombres, sin una madre que me pueda abrazar, consolar, y me entienda como mujer. El vacío de huérfana se vuelve ensordecedor en mis oídos. Nadie parece darse cuenta de mi estado accidentado, ni siquiera de que he llegado. Quizá porque la persona que entra en casa en estos momentos tiene más de fantasma que de ser humano.

Me dirijo al barreño, en la parte trasera, para lavarme. No sé por dónde empezar. Meto las manos en el cubo y me froto con fuerza el rostro, el cuello por donde todavía siento su barba como lija, su saliva, el hálito del vino. Mi piel se irrita con facilidad y por ello, hace unos años, convencí a mi padre para que, durante una feria de ganado en la costa, aprovechara para comprarme una esponja de mar. Pero mi piel ya no es mi piel, solo un campo de batalla, la escena de un crimen. Froto y froto todos los lugares por donde aquel ser repugnante ha transitado, dispuesta, si es necesario, a arrancármela a tiras. Con espanto, los dedos rozan semen viscoso pegado a mi entrepierna, mis enaguas todavía húmedas. Llega una tremenda arcada, pero la controlo. Ni vomitar me permitiré hasta que todo Martin Lurra esté fuera de mí para siempre. Presta, me quito la ropa interior, hecha jirones. La quemaré con discreción más tarde, después de comer. ¿Será posible eliminar el recuerdo? Cuando, entre refregón y refregón, comprendo que jamás lo olvidaré, que me resultará del todo imposible, decido y me ordeno que, al menos, lo que sí arrancaré será la inútil sensación de víctima. Derramo el agua del cubo sobre mí, todavía vestida.

—¿Pasa algo? —pregunta Matxin sorprendido.

Me vuelvo sobresaltada. Su voz apaga el zumbido que me protegía del mundo exterior desde que Martin Lurra puso su mano sobre mi boca.

—No —respondo—. Tropecé en el camino. Me he caído en el barro.

—¿Tropezaste? —repite mi hermano pequeño sin entender—. ¿Cómo?

—Me entretuve hablando con el padre Bautista. Como se me hacía tarde, tuve que correr. Ahora mismo voy.

Matxin asiente. Está acostumbrado a mis excentricidades. Se da media vuelta y desaparece dentro de la casa. Intento respirar hondo. No puedo. El aire no entra en mis pulmones. Observo las nubes que vienen del mar. Comprendo entonces que ese espíritu curioso y aventurero, que ha insuflado mi ansia de conocimiento y vida hasta ese momento, debe transformarse. La rabia, que acampa en mi interior, me convence de que no puedo aceptar una vida que yo no haya elegido. Una vida que no es para mí. ¿Qué importan las consecuencias? ¿Qué puede ser peor que lo que acabo de experimentar? En mi familia y en el pueblo todos han estado anhelando que abriera los ojos. Bien, por fin he dejado atrás la inocencia: es hora de aceptar que, en esa aldea, nunca podré ser la que pretendo. La brisa arrastra hasta el pozo las palabras del abuelo…, los pescadores guardan sus secretos, los exploradores los revelan al mundo.

El destino ha elegido cuál será mi bando.

Ni mi padre ni mis hermanos perciben cambio alguno en mi persona. Hace semanas que el ambiente se ha enrarecido por culpa de mis continuas negativas a casarme. Martin Lurra es el tercer pretendiente, y al tercero no se le puede rechazar. Mi padre, sin embargo, me conoce bien, y desconfía de que no vayamos a tener un escándalo en la aldea. Él, desde luego, teme verse en la posición de su vecino Poncio que, tras dos pretendientes rechazados por su hija, tuvo que obligarla al estupro, como determina la ley en estos casos. Tampoco quiere convertirse en el hazmerreír del pueblo por ser blando con su única hija. Ya que he tomado mi decisión, lo mejor será tranquilizarle:

—Padre, me casaré con Martin Lurra. Él ya lo sabe. Podéis anunciarlo cuando os parezca oportuno.

Mi padre y yo nos parecemos mucho físicamente. Tiene la piel muy blanca, pelo azabache, ojos grises y cejas pobladas que se elevan en este momento sorprendidas, controlando el alivio instantáneo que mi anuncio le supone. Los vascos nunca hemos sido de expresar nuestros sentimientos en público.

—Haces lo correcto. —Y asiente con parquedad.

Continúa comiendo. Nadie añade palabra. Matxin me sonríe y el segundo, Tomás, me guiña un ojo cómplice. Todos estos hombres, mi familia, sangre de mi sangre, sintiéndose tan aliviados...

Esa misma noche, amparada por las sombras, bajo a la cocina. He nacido en este caserío y conozco cada escalón, cada arista de sus piedras al dedillo. Nuestros lechos están arriba. Dormimos juntos para darnos calor. Poseemos pastos verdes y mullidos, pero pagamos el precio que nos impone el invierno, húmedo y frío por la altura y el aire que llega de la mar. Las bestias: una docena de vacas, dos mulas y un burro, y el hogar de la cocina, son nuestra fuente de calor. Las brasas están a punto de consumirse. Las atizo. Después me dirijo a los utensilios de cocina y tomo el cuchillo más afilado que encuentro. Frente al espejo de latón que trajo un tío mío de Extremadura, me corto el pelo. El cabello cae al suelo, ajusticiado por una mano inmisericorde. La mujer tiene que desaparecer para siempre. Mis ganas de vivir son demasiado fuertes para permitir un desliz que sabotee mis planes.

A continuación, tomo ropa limpia de Mikel, el menos corpulento de mis hermanos, y me visto. Me queda holgada pero servirá. Con una muda de repuesto, preparo un hatillo. Meto una hogaza de pan, medio membrillo envuelto en hojas de parra y diez maravedíes de mi padre, que guarda en una caja sobre la chimenea. Me duele robar, pero enseguida razono con frialdad: se ahorrará la dote. Cuando estoy lista para partir, no miro atrás. Temo que si lo hago, el recuerdo de mi padre mengüe mi fuerza. Ojalá entienda. Dudo si escribir una carta, pero ni él ni mis hermanos han aprendido a leer con fluidez. Solo manejan los números. Observo la estancia una última vez. A partir de ahora, los olores del hogar, de los animales, de la leche y el carbón, los aromas en los que he crecido, se borrarán de mi piel. Solo quedará la memoria.

9

Amaia imaginaba que Asier comenzaría temprano su turno en el acuario. Cuando cerró la puerta tras de sí, se sorprendió de la cantidad de gente que circulaba por su barrio a aquella hora, ya fuera a pie o en coche. Le llamaron la atención los rostros recién afeitados y acicalados, los rastros de perfume y *aftershave*, las miradas vivas... y la prisa con la que se movían. Enfiló por la calle de las hortensias hacia el paseo marítimo, envidiando las vidas ajenas por su capacidad de adaptación, por la bendición del olvido. ¿Por qué ella no podía? La gente olvidaba para poder vivir, quizá sobrevivir, aunque el rastro del polvo nunca desapareciera por completo. Amaia sintió amargura en el pecho, y por un momento pensó que no podría continuar. Se detuvo. A escasos metros, un banco de forja y madera la esperaba.

La imagen de su hermana Noelia se materializó ante ella. Tenía doce años y la había convencido para sorprender a su madre con un bizcocho por su cumpleaños. Ante su atenta mirada, la niña vertió la masa en el molde y la introdujo en el horno. La calle quedó invadida por el familiar olor a dulce y los ojos de Amaia se llenaron de lágrimas. La muerte es triste, pero la desaparición, la falta de certezas, es trágica y multiplica su sombra. El aroma desapareció y la desolación se transformó en esa fría armadura que la volvía invisible.

Un grupo de escolares pasó por delante. Sus miradas la atravesaron, sin advertirla. A Amaia le gustaba este don de invisibilidad porque se sabía una mujer cambiante. Cuando el entusiasmo la encendía, se convertía en un ser magnético al que era imposible resistirse. Pero si la luz la abandonaba, desaparecía. Se transformaba en brisa suave, apenas perceptible. Brisa sobre cuya existencia no se puede apostar. Amaia sabía que la invisibilidad era un poder peligroso: no debía ponerlo demasiado en práctica so pena de convertirse en aire para siempre. Además, ahora tenía una buena razón para aferrarse a la vida. Suspiró. Debía encontrar a Asier. Aspiró la fuerza del mar, una suave brisa acariciada por los primeros rayos del sol. Así, llena de energía, se levantó, preparada para enfrentarse a su propia historia.

10

La primera bocanada de noche me sorprende como el aliento puro de la libertad. La emoción me embarga y aprieto el paso, rezando para no cruzarme con ningún madrugador en el camino. Las sombras de los caseríos circundantes aguardan dormidas a que amanezca. Las chimeneas, secas. Solo pequeños mugidos de alguna vaca impaciente que aguarda ser ordeñada, rompen la quietud. Pronto despertarán los gallos.

Siento los pies ligeros y mi piel casi se disuelve en la fina brisa que llega de la mar. Me regocijo por dentro pensando que pronto la veré. ¿Será, como dicen, tan azul, y tan negra, y tan verde y tan plagada de maravillas y peligros? Y entonces, cuando apenas me he alejado unos pies de mi caserío, Íñigo me llama. Me llama con el corazón. Su angustia ahoga por un instante la emoción. Presiento que esta zozobra se tornará desesperación e incluso tragedia cuando se descubra que me he ido. Es mi amigo del alma. No puedo dejarle atrás. No sin advertirle. Ni me planteo siquiera que, de ser descubierta, mi huida quedará abortada para siempre. El caserío de los Ayestarán se encuentra en la parte baja de la aldea. Al ser Íñigo el pequeño, es el encargado de ordeñar las vacas por la mañana. No tardará en levantarse.

Según me acerco a la puerta del ganado, un silbido suave me detiene. Me vuelvo y allí está Gobi, el querido perro pastor de los Ayestarán, dándome la bienvenida. A continuación llega Íñigo.

—¿Quién va? —pregunta mi amigo con recelo. Los saltos alegres de su perro delatan que el visitante es amigo, pero no es habitual encontrarse con gente a esas horas de la madrugada.

—Soy yo, Amalur —anuncio sin moverme. De repente siento miedo a su rechazo. Vergüenza. Me conoce demasiado bien. ¿Advertirá la huella de la infamia?

Íñigo se aproxima asombrado.

—¿De qué vas vestida? —su expresión me hace sonreír.

—¿Qué te parece? —pregunto coqueta, disfrutando con el golpe de efecto.

—¡Horrible! ¡Te has cortado el pelo de verdad! —exclama horrorizado comprobando mi nuevo aspecto—. ¿Has perdido el juicio? ¡Pareces un chico! Cuando te vea tu padre…

—No te preocupes. Nadie me va a ver. Me voy.

—¿Cómo que te vas? ¿Adónde? —pregunta estupefacto.

—A la mar. No sé. Muy lejos. Espero que me acepten en algún barco de pesca pero si no, estoy dispuesta a embarcar como corsario.

—Madre santísima…, ¡te descubrirán! No sabes nada de las cosas de los hombres.

—¿Cómo que no? Cuido ganado, corto leña, incluso juego a la pelota mejor que la mayoría de vosotros. La de veces que he perdido para no ofender a nadie. Si te refieres a la fuerza, es cierto que ahí puedo estar en ligera desventaja, pero te aseguro que eso también se suple con maña.

—Los barcos no aceptan mujeres y no podrás mantener ese disfraz todo el tiempo. Menos aún en la mar.

—A ti te he engañado. ¿Por qué no voy a poder?

—¡Porque eres mujer, Amalur! —exclama Íñigo perdiendo la paciencia.

—Rechazo mi condición. Esta que ves es mi nueva piel y mataré si es necesario para protegerla —manifiesto con tal determinación que mis palabras convertidas en juramento se quedan flotando en el aire de la noche. Pero Íñigo me conoce. Algo serio debe de haber sucedido para que yo haya tomado esa decisión.

—Vamos, Amalur. Lo que sea que haya pasado, seguro que tiene arreglo.

Sus palabras me enternecen. Solo mi amigo las hubiera dicho. De cualquier otro hubiera esperado un «lo que sea que hayas hecho». Por eso le quiero. Por eso le escucho.

—Hablemos —insiste—. No puedes irte así. ¿Qué dirán tu padre, tus hermanos?

—Yo no tengo nada que decir —respondo tozuda—. Y deberías entenderme. A ti también te pasa algo. Llevas semanas rarísimo.

—No —responde enfurruñado.

—Bueno —digo yo finalmente—, me tengo que ir. Si me descubren, no creo que pueda volver a intentarlo.

Él me mira con admiración, y una chispa de envidia asoma en su mirada, le conozco bien. Desde niños, lo nuestro ha sido una competición constante: por tener la mejor caligrafía, por conocer mejor los mapas de los italianos, por saber más palabras de latín y griego. Convertimos los números árabes, con sus sumas, restas y multiplicaciones, en una apuesta diaria.

—Está bien. Me voy contigo —anuncia resuelto.

Me quedo aturdida. Intento detenerle pero él se adelanta.

—Espera un momento —me pide, y antes de que pueda replicar entra en el caserío—. Tengo que poner el desayuno de Gobi.

Gobi es casi una oveja de tan blanco. Contemplo la posibilidad de salir corriendo. No tengo nada que perder, pero ¿y él? Si está dispuesto a venir conmigo, a abandonarlo todo, demuestra que la desazón que ha arrastrado las últimas semanas era mayor de lo que yo imaginaba. Levanto la vista al cielo. Sigue negro y encapotado desde ayer. El chirimiri ha empapado el manto de la noche de tal modo que se siente ya demasiado pesado. Las nubes todavía no han descargado su negrura y en breve azotarán la aldea sin piedad. A través de la ventana de la cocina, veo a Íñigo trajinando, alumbrado por un candil. Mi amigo es previsor: seguro que está haciéndose con viandas. La vista se me nubla y siento calor en el corazón, la lumbre que te recibe cuando llegas al hogar y te sientes segura. Con Íñigo estaré mejor. Seremos dos hermanos fugitivos y aunque sin duda daremos lugar a habladurías en la aldea, también por esa misma razón, por la deshonra que supondrá la huida juntos, nuestras familias nos dejarán en paz. Mi padre, al menos, sabrá que no estoy sola. Podré ser una mala hija, una hermana que ha errado su camino, pero si hay un hombre a mi lado ya no seré responsabilidad suya. Me preocupa más la reacción de Martin Lurra. Quedará burlado..., mejor no volver a pensar en ese ser despreciable hasta que llegue el momento del desquite. Entonces lo mataré. Eso sí puedo jurarlo.

—Partamos, Amalur —dice Íñigo nervioso—. No hay tiempo

que perder. Las vacas pronto comenzarán a quejarse y mi padre tiene el oído fino.

Nos ponemos en camino, uno al lado del otro. Cuando caminas junto a un hermano, la soledad y la incertidumbre ya son menos.

11

Asier terminó de limpiar unos filtros y se asomó a la galería del Palacio del Mar. Le gustaba pasear como un turista más en los días en los que no había visitas escolares. En los últimos meses, el trasiego de investigadores ingleses y japoneses, políticos y hombres de traje que hablaban de presupuestos, se había incrementado. Se fraguaba una importante ampliación del acuario. Asier sabía que esas eran el tipo de reformas que San Sebastián necesitaba, pero él temía que su apreciada tranquilidad desapareciera. El Palacio del Mar, soñado en el siglo XIX, estaba siendo fagocitado por las ambiciones del siglo XXI. Cuando terminó la licenciatura, le hubiera encantado participar en un proyecto de semejante envergadura, pero ahora solo quería seguir igual. O eso había deseado hasta anteanoche, pensó mientras paseaba observando los peces desde los oscuros y desiertos pasillos. *Izena duen guztia omen da.* Todo lo que tiene nombre existe. ¿Bastaría con repetírselo una y otra vez? Estaba dispuesto a convertirlo en un mantra que siseara a través del tiempo… Se aproximó al acuario de las mantas. Frente al enorme tanque de la ventana curva distinguió una silueta inconfundible.

—Amaia…

Amaia se volvió. Su mirada triste desconcertó a Asier pues él a duras penas podía contener el entusiasmo que le producía volver a verla. Ella era real. Y estaba viva.

—Me alegro de que me hayas encontrado. No me animaba a buscarte por las tripas del edificio —reconoció ella, señalando las puertas de acceso restringido al público—. Y no ha sido tan fácil llegar hasta aquí, Asier Iparraguirre. Me ha llevado varias llamadas de teléfono y una visita a tu casa.

A Asier le costaba escucharla. De repente, tenía algo muy importante que decirle:

—Tenías razón.

—¿En qué? —preguntó ella.

—En que dudaría si eras real.

Amaia sonrió con ternura y rompió la primera de sus reglas al rozar la mejilla del joven con sus finos dedos. Dedos de sirena, pensó Asier. Cogió su mano.

—Es raro —comentó, sin poder ocultar su extrañeza—. De repente parece que nos conocemos de toda la vida. ¿Estás bien? ¿No has vuelto a meterte en remojo a horas extrañas?

Ella negó con una sonrisa. Lo que Asier no le dijo es que empezaba a sentirse otra persona. Una mucho más interesante y capaz. Amaia retiró la mano. Debía ser más cuidadosa si no quería estropearlo todo otra vez.

—Bien, pues deberíamos empezar cuanto antes, ¿no te parece?

—¿Empezar qué?

Ella soltó una carcajada suave y musical que restalló por la galería desierta.

—Con mi historia. Quiero contarte mi historia. Alguien tiene que conocerla antes de que se evapore. Eso me ayudaría. Dijiste que querías ayudarme.

—Sí, claro, pero no entiendo. ¿No sería mejor que hablases con un terapeuta?

El rostro de Amaia se ensombreció.

—¿Por qué? ¿Crees que estoy loca?

Asier se demoró en responder.

—No lo sé. No quiero mentirte. La escena de la playa fue un poco rara.

Amaia asintió comprensiva.

—Bueno, pues dame una oportunidad. Y yo te daré una historia. Me dijiste que eras escritor. La mía es interesante. No encontrarás otra igual.

Amaia lo miró ansiosa, casi suplicante, y Asier claudicó. No debía poner más pegas. Asintió y el rostro de ella se iluminó.

—¿Tienes coche? —preguntó Amaia. Hacía años que no montaba en medio alguno de locomoción y los aborrecía, pero en esta ocasión sabía que era importante sobreponerse.

—No, pero se lo puedo pedir prestado al del bar de abajo. ¿Ahora?

—Ahora. Vamos a Astigarribia.

12

Ni Íñigo ni yo hemos salido nunca de los alrededores de la aldea. Íñigo ha ido a cazar jabalíes con su padre en alguna ocasión, no demasiadas, porque a mi amigo no le agrada la caza. Nunca se ha alejado más de una jornada; es decir, nunca ha traspasado los límites de lo que la vista alcanza desde el caserío de los Mendaro. Sin embargo, los dos conocemos muy bien el camino que nos llevará por la parte baja del valle que conduce a la ría de Deba. Pasamos las primeras horas bromeando como cuando éramos niños, evitando hablar de las consecuencias de nuestra huida o del futuro. Nuestro ánimo es el propio de una excursión a principios del verano, con la aldea desperdigada a los pies. La diferencia es que ahora el monte Irukurutzeta va quedando allá en lo alto, a nuestra espalda, cada vez más lejos.

El plan es bajar por el cauce del río hasta Astigarribia. Sabemos, por hermanos y familiares que se marcharon a la mar, que en ese pueblo, a unos cinco kilómetros de la desembocadura del Deba, es donde se construyen barcos y se arman expediciones. Íñigo se muestra reacio a embarcar en un navío con patente de corso. Sí, es verdad que muchos vuelven ricos a casa, pero también que a la mayoría les ciega el dinero fácil y un día ya no regresan. Los corsarios son gente de pocos escrúpulos y no cree que nosotros podamos sobrevivir entre ellos. Yo no estoy del todo de acuerdo. Algunos son solo pescadores.

—… que prefieren el dinero fácil —matiza Íñigo—. Volvemos a lo mismo.

—Si el rey otorga patentes de corso para hacer la guerra a nuestros enemigos, ¿quiénes somos nosotros para cuestionar su juicio? —pregunto, conociendo de antemano lo capcioso de mi pregunta. Pero Íñigo no cae en la trampa.

—Vamos, Amalur, no empecemos. Quizá tú no creas que el rey es un ejemplo moral pero yo sí. Ellos son grandes por nacimiento y por deseo de Dios.

El padre Bautista nos ha enseñado bien la Historia y yo disfruto fastidiando a mi amigo y a nuestro maestro, poniéndolo todo en entredicho. ¡Cómo me he reído escandalizándolos, demostrando lo inmoral que puedo llegar a ser! Al final, ellos siempre acuerdan que las mujeres no deberían instruirse…, pero nunca me han enviado de vuelta a casa por ello.

—A mí me gustaría hacer el corso —digo— y tú pareces un cura.

Íñigo no quiere seguirme el juego. Arriesgamos demasiado y alguien tiene que poner cautela en nuestro plan de fuga.

—La Iglesia es la única autoridad moral por encima de nosotros, incluido el rey.

—Y si tan buena y ejemplar te parece la Iglesia, ¿por qué te has resistido a unirte a ella?

Íñigo se vuelve hacia mí muy serio.

—Primero: yo no estoy diciendo que todos los hombres de la Iglesia sean justos y ejemplares, sino que la Iglesia, como institución espiritual a lo largo de los siglos, lo es. Y segundo: no entro en la Iglesia porque no tengo vocación.

—No te entiendo. Nunca he conocido a alguien que rece con más fe, Íñigo. Eres obediente, te gusta el estudio, no eres ambicioso. ¿Qué cualidad te falta?

Íñigo se sonroja. Y, de repente, caigo en la cuenta:

—No me digas: ¡amas! ¡Amas a una mujer! —exclamo asombrada. La luz se hace ante mis ojos y una vez más compruebo que la respuesta más sencilla es a menudo la más difícil de encontrar. Por eso Íñigo ha estado tan raro y huidizo…—. ¿Y quién es tu enamorada?

—¡Basta, Amalur! O me doy media vuelta y regreso a casa. ¿Acaso tú me cuentas a mí todo? —El tono enojado de sus palabras me convence. Reconozco que tiene derecho a guardar para sí lo que guste, y también que he sentido una punzada de celos al imaginar que haya otra mujer con la que mi querido amigo quiera compartir conversaciones y sueños.

Pasado el mediodía, aligeramos el zurrón de Íñigo. Ha traído una bota con vino, una hogaza de pan y queso. Una vez terminado el almuerzo, hacemos recuento de nuestras posesiones: media bota de vino, un cuarto de hogaza, medio queso, dos rollos de morcilla y uno de chorizo, cuatro manzanas y dos peras, y treinta maravedíes. Además, mi amigo ha sido previsor y ha incluido dos mantas en su hatillo, una de piel de borrego y la otra de lana.

—Por lo menos tenemos dinero para dormir bajo techo unos días —digo con un suspiro.

—De eso nada. No sabemos si lo necesitaremos para comer. Hasta que no encontremos trabajo, debemos ser previsores.

Tengo que darle la razón, aunque la idea de dormir a la intemperie no me agrada en absoluto.

—Pronto embarcaremos en alguna nave —aseguro. Es importante mantener el espíritu elevado y arrinconar miedos. En nuestros ratos de silencio, he notado que Íñigo, muy devoto de san Antonio, ha empezado a rezarle para que nos proteja.

—Vamos, tenemos que llegar a Astigarribia antes de que se ponga el sol —concluye mi amigo.

Y así lo hacemos. Poco antes del atardecer, en el fondo del valle, vislumbramos las primeras casas de Astigarribia. Nos miramos entusiasmados. Comparada con nuestra minúscula y desperdigada aldea, aquella es una gran ciudad. Edificios de dos plantas, una iglesia románica tres veces más grande que la nuestra, y un hermoso puerto varado junto al río y decorado con los vibrantes colores de las embarcaciones: blanco, rojo, verde y azul añil. Nos llaman la atención los astilleros. Los barcos a medio construir se me antojan esqueletos de animales mitológicos, rodeados por pequeños seres diminutos que reconstruyen unas formas borradas por el tiempo para que puedan regresar a la mar. Tengo la sensación de que los carpinteros son seres mágicos que ven donde nadie ve. Y así van poniendo las piezas de madera sobre el original, y hacen visibles de nuevo estos grandes animales. Nunca habíamos visto maravilla semejante, ni siquiera en ilustración o pintura. Siento que avanzo por caminos mil veces soñados.

Íñigo percibe lo mismo que yo y eso me hace feliz. Se ha detenido ahora para mirar mejor. Yo le secundo. Extiendo la mano para apretar la suya. Mi gesto le sorprende. En su mirada hay una alegría que no veía desde hacía tiempo. Me gustaría decir algo, pero cualquier palabra menguará este momento único e irrepetible: el principio de nuestra aventura. Nos quedamos allí parados unos minutos, mientras el sol se pone tras las montañas a nuestra izquierda.

—¿Te das cuenta de las cosas que vamos a ver, de la gente que conoceremos? Ya nada será igual, Íñigo.

Me suelta la mano. Parece nervioso.

—Vamos, no es momento de entretenerse.

Asiento, y nos apresuramos cuesta abajo. Al ir bajando, los volúmenes del pueblo pierden su brillo. La preocupación por el alojamiento me asalta de nuevo.

—¿Estás seguro de que no debemos gastar en dormir bajo techo? Al menos esta noche. No conocemos el lugar.

—Veremos —responde parco. Lo conozco. Cuando no quiere comprometerse, siempre responde «veremos».

Según nos acercamos a Astigarribia, la deslumbrante estampa inicial se empieza a teñir de un desagradable hedor a intestinos marinos desconocidos para nuestro olfato. Recuerda al olor del pescado rancio mezclado con el de la tierra mojada. Otro tipo de pestilencia cuyo origen pronto descubrimos llama nuestra atención: las calles están recorridas por canales o arroyos en la zona central por los que corre agua y en los que se vierten desechos, orines y heces humanas y de bestias, restos de cocina y Dios sabe qué más. En las casas, el hacinamiento de los animales en la parte baja, donde también se cocina, provoca un efluvio pestilente y constante que, aderezado por el olor a carbón, me obliga a taparme la nariz con la manga de la almilla para poder avanzar.

—Es repugnante. ¿Cómo pueden vivir así? —pregunto a Íñigo en susurros. Una mujer, desde lo alto de una ventana, al grito de «agua va», lanza un cubo de orines al canal. Nos salvamos de milagro.

Íñigo sonríe.

—¿Pensabas que nunca echaríamos de menos nuestra casa?

—¿Qué pasa? ¿Es que tú no lo hueles?

—Claro, pero como te andes con tantos melindres no sé cómo vas a soportar la vida en un barco. Seguro que allí será peor. He oído que suelen estar infestados de ratas.

Hago una mueca de resignación y nos dirigimos al puerto. La gente regresa a sus hogares. Al pasar por delante de los edificios, vemos las lumbres de los fogones en pleno funcionamiento. Las madres se afanan en la cocina, mientras gobiernan a su numerosa prole. Aprovechando los últimos rayos de luz, las ancianas remiendan redes a la entrada de sus casas. Los hombres regresan con el rostro cansado y enrojecido por el rigor del trabajo al aire libre. Por las herramientas que portan, los identifico como carpinteros de ribera. También nos cruzamos con algunos labriegos que bajan del monte con las azadas al hombro y enormes cestas de hortalizas, huevos, algún conejo... Todo el mundo se me antoja muy ocupado e interesante.

Al principio la ciudad parece caótica, pero en cuanto te fijas mejor, empiezas a incorporar la perfecta coreografía con que discurre la vida. Allí cada cual sabe qué tiene que hacer, cuándo y con quién. Quizá ese vivir tan juntos, uno al lado del otro, haga más fácil el gesto de compartir que en el caserío, donde a menudo están solo el hombre y su bestia, o, como mucho, su familia. Siempre los suyos, los mismos. Lo comento con Íñigo.

—Yo creo que eso depende de cada uno. No todos necesitamos lo mismo —opina él.

—Nunca hubiera sido del todo feliz en el pueblo —reconozco.

—No, claro. Tú, imposible: hablas demasiado —asiente él con ironía.

Le miro ofendida.

—Si no hablamos, ¿cómo vamos a aprender?

—Escuchando.

—Sí, escuchando, pero para eso alguien tiene que hablar.

—Y, claro, tú crees que ese es tu papel —afirma para pincharme de nuevo.

—¿Por qué no? Dependerá de con quién esté y de qué estemos hablando; pero sobre algunos temas, yo ya tengo opinión —respondo con pedantería.

—Eres una vanidosa, Amalur Mendaro. Y las mujeres debéis ser prudentes.

Le detengo muy enfadada, cogiéndole del cuello de la camisa, dispuesta a golpearle si hace falta.

—No vuelvas a decir que soy una mujer o te rompo la crisma, ¿entendido? Al final alguien te oirá y se echarán a perder nuestros planes.

Íñigo se libera impresionado por mi reciedumbre.

—Vale, no te pongas así.

Estamos en el puerto, cerca de una taberna atestada de toscos marineros que beben sidra y aguardiente. Íñigo se vuelve hacia mí.

—Espera aquí. Voy a entrar a ver si me entero de algo.

—De eso nada, yo voy contigo.

—Las mujeres no pueden entrar en las tabernas, Amalur.

Esta vez, sin preguntar, le pego un puñetazo en el estómago que le pilla desprevenido.

—Eso no era necesario. Y además, entérate, con ese disfraz no engañas a nadie —suelta con rabia.

Le asesto otro puñetazo.

—¿Son estos puños de moza? —pregunto. Haberme criado con seis hermanos tiene sus ventajas. Desde que tuve uso de razón, aprendí a defenderme como uno más.

—Como sigas dándome, te lo devuelvo —replica muy enfadado.

—A ver si te atreves —le reto.

—Te estás comportando como una niña.

Intento atizarle de nuevo, pero esta vez está preparado y me esquiva. Íñigo no es excesivamente fuerte pero sí muy flexible y fibroso. Y es más alto que yo. En una pelea cuerpo a cuerpo me ganaría. Decido que lo más inteligente es cambiar de táctica y bajo los puños.

—Tienes razón. Esto es ridículo —admito—. Somos distintos. Cada cual tiene sus talentos. Los explotaremos según convenga. Ahora se trata de conseguir información. Así que entrará en la taberna quien mejor sepa hablar. Es decir, yo.

Y sin esperar su reacción me dirijo hacia la taberna con paso seguro y masculino. Íñigo corre tras de mí y entramos juntos: él farfullando, yo ignorándole.

El olor a sudor de varón, a pescado y cubas de vino me golpea al abrir la puerta y por un momento temo que haga trizas mi disfraz. Me hago sitio para entrar, intentando pasar inadvertida entre los marineros. Tomo asiento en la única mesa libre, al fondo del estrecho pasillo. Íñigo me sigue. Al momento, el tabernero, un hombre simpático con la nariz violácea y delantal, está poniendo una jarra de vino ante nosotros.

—¿De paso? —pregunta.

Íñigo se me adelanta. Y esta vez, me alegro. Me va a tomar unos minutos hacerme con ese lugar donde las mujeres no son bienvenidas. No al menos como clientas. También tengo que ensayar un tono de voz que no me delate.

—Buscamos trabajo en algún barco. ¿Sabéis quién busca grumetes?

—Parecéis labriegos. ¿Tenéis experiencia de pesca? —pregunta mirándonos curioso.

—Estamos dispuestos a aprender.

—Y también podríamos hacer el corso —añado yo.

El tabernero suelta una carcajada.

—Para eso se os ve un poco verdes. Será por haber pasado tanto tiempo entre lechugas.

Los que le oyen le ríen la gracia y él se va a atender a otros clientes. Íñigo me mira muy enfadado.

—¿Es que no sabes tener la boca callada?

—No me fastidies. Volverá a ponernos más vino y le sacaremos información. Ya verás.

—No, no volverá. Primero porque nosotros no tenemos aspecto de poder hacer el corso. Y segundo porque en lugares como estos, donde se construyen barcos, a la gente no le gustan los que los roban y destruyen.

Decido no seguir defendiéndome. Sus argumentos son mejores.

—Bueno, no exageres. Seguro que vuelve. Y si no lo hace, entablamos conversación con algún otro. Aquí hay mucha gente.

Pero el tabernero no vuelve y no conseguimos acercarnos a ninguno de aquellos marineros. Poco a poco todos se van marchando. Al final nosotros también dejamos el dinero encima de la mesa y nos vamos. Yo me levanto mareada porque no tengo costumbre de beber, menos aún con el estómago vacío. Justo cuando nos disponemos a salir, el tabernero nos llama.

—¡Eh, zagales! ¿Tenéis dónde dormir?

—No, señor, acabamos de llegar —responde Íñigo.

El tabernero nos mira sopesando qué tipo de muchachos somos. No le lleva mucho tiempo decidir. Se nota que a pesar de no habernos tomado en serio, es un buen hombre.

—Podéis quedaros en la parte de atrás. Esta noche no os cobraré. Yo también vine un día de la montaña.

A mí se me ilumina la cara. Íñigo se mantiene inexpresivo.

—Gracias, señor, muchas gracias —respondo, tanteando un tono de voz más grave.

Íñigo me secunda y el tabernero nos señala una puerta al fondo del estrecho pasillo. Los hombres vascos son parcos en palabras, exceptuando, por mucho que ellos no lo crean, claro, a Íñigo y al padre Bautista.

Observo el montón de paja sucia. En el establo no hace mucho han guardado bestias. Al menos es un techo y la noche nos saldrá de balde. Me siento rara. Quisiera ponerme cómoda pero ¿delante de Íñigo? Él dice que tiene que salir a orinar para darme un poco de intimidad y agradezco el gesto. Hace frío. La humedad se cuela por los toscos tablones de la puerta. Los muros tampoco son como los del caserío. Estas casas se han construido con rapidez y economía. La paja no está del todo seca. Confío en que las mantas nos mantengan calientes y suelto la faja que me oprime el busto. Siento un alivio inmediato. Espero acostumbrarme, o incluso que mi pecho desaparezca para siempre. No sé muy bien dónde preparar el lecho. Caigo en la cuenta de que Íñigo me ha dejado a solas para que ponga yo las reglas. Al fin y al cabo, él es varón y yo mujer. Me extraña que, hasta ese momento, yo nunca haya considerado que nuestra relación pudiera convertirse en otra. Para mí siempre ha sido como un hermano. En realidad, mucho más que un hermano.

De repente, el aliento de Martin Lurra sobre mi cuello y el tremendo dolor que me provoca la fuerza de sus empellones me corta la respiración. Vuelvo al presente en un establo desconocido donde voy a pasar la noche. Mi realidad es esta, solo esta. Lo demás pertenece a una pesadilla que nunca más volverá a repetirse. Miro a mi alrededor, estudiando el terreno. ¿Deberíamos dormir Íñigo y yo separados? Hace frío, somos amigos y además yo ahora soy un hombre. Nunca volveré a ser mujer, recalco tozuda. Extiendo la piel de cordero en el suelo y me cubro con la manta de lana. Aun así, estoy helada y espero que llegue Íñigo.

Al salir, mi amigo ha cerrado la parte baja de la puerta pero no la alta, y por ella se cuela el cielo estrellado. La brisa marina ha arrastrado las nubes hacia el interior, hacia mi familia. De repente, los recuerdo. ¿Cómo habrán pasado el día? Ya todos en la aldea deben de saber que Íñigo y yo nos hemos ido juntos. Un pensamiento me angustia. Una posibilidad que hemos descartado: que nuestras familias nos busquen. No quiero ni pensar qué pasaría si nos encuentran, sobre todo a mí. Íñigo, al fin y al cabo, es hombre y libre, pero yo no. Debemos movernos rápido. Alejarnos lo antes posible. Entra Íñigo y carraspea.

—¿Cómo dormimos? —pregunta inseguro.

—Pues juntos. No querrás que nos resfriemos ya la primera noche.

—Puedes quedarte las mantas. Yo me apretaré contra la paja —ofrece él.

—Ni hablar, Íñigo. Además ahora yo soy un hombre como tú. Y más vale que nos acostumbremos porque en el barco preferiría no dormir con nadie más.

El sonríe y cierra la puerta completamente.

—Desde luego tienes agallas.

A oscuras, Íñigo se quita el jubón y las alpargatas y se desliza con cuidado a mi lado, entre las dos mantas. Siento al instante su calor y me gusta. No duermo junto a otro cuerpo tibio desde que era muy niña. Aún sueño con el abrazo de mi madre, mi rostro descansa sobre su cuello caliente y siento que somos una.

—Buenas noches, Amalur.

—Buenas noches, Íñigo. —Cierro los ojos y me invade un inmenso regocijo por estar viva. Aún no sé que esta será la última noche serena en mucho tiempo.

13

—Todo tiene un comienzo, aunque no esté necesariamente al principio —aseguró Amaia.

Asier la observaba con curiosidad, esperando el despliegue de la historia. Aquel era un arranque confuso. Se encontraban en un mirador junto a la carretera. Frente a ellos solo existía inmensidad azul: la del mar, intenso y brillante, y, sobre él, su limpio espejo. Amaia se emocionó: hacía años que no salía de la ciudad y allí, ante el horizonte infinito, su espíritu volvió a recordar a qué sabía la libertad.

—¿Aquí está el principio? —preguntó Asier, de pie junto a ella.

—En realidad no. Cuando mi historia empezó, yo nunca había visto el mar —dijo ella con la vista perdida en la inmensa masa azul—. Vivía a unos diez kilómetros de aquí, en un caserío del interior. Mi madre murió. Me quedé sola, con un montón de hermanos y un padre que nunca iba a comprenderme. Ella tampoco hubiera podido evitar que me violara el hombre con el que se suponía iba a casarme, pero quizá juntas hubiéramos encontrado otro camino.

Asier la miró sobrecogido y Amaia esbozó una mueca de tristeza.

—Sí, me violó un tipo despreciable y ese quizá podría ser el arranque de mi historia, el cuento en primera persona que voy a entregarte. La verdad es lo de menos.

Asier se quedó atónito.

—¿Y qué es lo importante? —le preguntó.

—Tú. Yo. Que estamos aquí. Que vas a tener una aventura que contar.

Asier se mostraba reticente y Amaia lo entendía.

—Lo fácil sería pensar que estoy loca. Y quizá un día hablemos de ello. Mientras, solo te puedo ayudar si me lo permites. ¿Eres capaz de un acto de fe?

Asier la observó. El sol sobre su pelo oscuro, casi azulado, su piel palidísima, sus ojos verdes. Allí no había sombras. No ahora, en el arranque. Pronto la luz empezaría a caer y la historia se llenaría de matices. Sin complejidad todo es de cartón piedra, incapaz de resistir el paso del tiempo, pensó Asier observando la dureza y variada textura de los muros, soberbios frente al envite perseverante del mar.

—Estamos en el siglo XVII —comenzó a relatar Amaia—. Vivo en un caserío y tengo que casarme. El problema es que mis sueños no son los de otras. Yo no quiero quedarme allí para siempre. No quiero un marido, una casa, hijos. Los hados hicieron que mi padre, incapaz de cuidarme, aceptara que el cura de nuestra parroquia me educara con los chicos, y así pude hacerme fuerte. Cuando la situación se hizo insostenible, reuní las agallas para huir con mi amigo del alma.

14

—Despierta, Amalur, vamos, despierta.

Abro los ojos y veo su rostro limpio y barbilampiño. Sonrío embriagada de felicidad. Somos libres. Íñigo está preparando pan con queso, y ha conseguido un poco de leche del tabernero, según me explica. El hombre le ha dicho que deberíamos ir a Monreal de Deba. Allí se están aparejando las embarcaciones para la pesca del bacalao y la ballena. Si nos apresuramos, puede que consigamos entrar como grumetes en alguna expedición. La desembocadura del Deba está a unos cinco kilómetros. Llegaremos allí para el mediodía. Tener un plan me hace sentir segura y el desayuno sabe a gloria. Ambos comemos con avidez. Siento la mirada de Íñigo sobre mí, distinta.

—¿Qué pasa? —le pregunto.

—Nada, sigues pareciendo una mujer.

—Pues ayer nadie se dio cuenta —observo yo muy orgullosa.

Íñigo masculla algo entre bocado y bocado pero no los entiendo.

—¿Qué? —vuelvo a preguntar. No comprendo por qué está tan irritable.

—Nada. Nada —responde de mal humor. Como no quiere continuar la conversación, se pone a recoger las mantas. Rebusco en mis recuerdos, en lo que ya he aprendido, en lo que he observado para encontrar claves que puedan explicar el estado anímico de Íñigo. Y reparo, por primera vez y con extrañeza, en lo poco que sé del ser humano. Siento que son criaturas desconocidas, ajenas a mí. Hasta ahora, mi afán por aprender ha incluido todo lo que el mundo contiene, todo lo que Dios ha creado, las obras de los hombres y sus descubrimientos… excepto el ser humano en sí. No sé lo que le pasa por dentro, ni por qué siente una u otra cosa, o por qué desea o se espanta. O qué le lleva a causar mal a su semejante. El bien lo entiendo, pues yo misma he experimentado una sensación placentera al ejecutarlo y, además, tiene una recompensa en el paraíso. Pero el mal… no me lo explico. Miro alrededor sintiéndome extraña entre los míos. Más allá de mí misma no tengo parámetros para analizar la conducta humana. Y, pensándolo bien, ya veremos si mi propio yo me es conocido.

La boca de Martin Lurra, su gesto torcido que asemeja una sonrisa, escolta hasta mi ánimo un profundo deseo de venganza. El deseo es de tal magnitud que me hace temblar. Me molesta y me fascina al mismo tiempo. ¿Por qué desea el ser humano? Con ese pensamiento en la cabeza nos ponemos en camino, siguiendo la senda del río. Razono que el deseo se desata a partir de las pasiones.

—¿Sabes? Creo que yo nunca he sentido pasión por nada ni por nadie.

Íñigo me mira sorprendido, pero está acostumbrado a mis comentarios y preguntas extravagantes.

—¿Y tú? —pregunto.

—No sé a qué te refieres.

—Pues que ahora mismo siento que todas esas cosas que tanto

he deseado desde que nací, todas esas cosas que me parecían tan importantes, por ejemplo, que mi padre me comprara papel para los números, o la tela para una nueva falda, o que me permitiera asistir a las clases del padre Bautista, nunca han sido más que un sucedáneo de un sentimiento verdaderamente fuerte. Tal vez, si me hubiera enamorado, como le pasó a mi prima Francisca… dicen que murió de amor porque su novio no regresó del mar. Yo siempre pensé que era una tontería. Ahora la envidio. Morir por amor, morir porque un deseo tan grande te recorre las entrañas, debe de ser espléndido. ¿Te imaginas qué debes sentir para matarte?

Íñigo me mira perplejo.

—¿Se te está yendo la cabeza?

—No, es que creo que nuestra vida, o al menos, la mía, ha sido muy cómoda, muy regalada, muy fácil, con poco por lo que luchar. Nunca me preocupó mi manutención, y sabía que no me faltaría un techo, que mi familia me protegía. ¿No crees que hemos estado dormidos?

—No. Creo que vivir sin preocuparte por lo elemental te facilita poder ocuparte de otras cosas más propias de nuestra condición de seres racionales.

—Pero así nunca sentimos intensamente, ni queda rastro de nuestro paso por el mundo…

—Eres demasiado ambiciosa —me censura—. Además, es mentira. Puedes vivir todo lo peligrosamente que desees. ¿Qué te lo impide?

—Vamos, ni tú te crees eso. Yo soy una mujer, y tú el hijo segundo. ¿Somos libres?

—No, pero siempre podemos elegir. Fíjate, ahora mismo,

abandonando nuestro destino en la aldea, acabamos de ejercer nuestra libertad.

—Es verdad —asiento. Y me quedo callada. Han tenido que ofenderme como mujer para rebelarme, pero eso no lo pienso reconocer. Ese papel de víctima no me agrada. La vergüenza se agita de nuevo en mi pecho y continúo—. Pero incluso esta es una decisión condicionada por las circunstancias. Además, nosotros no somos como los demás de nuestra aldea.

—Eso suena prepotente y vanidoso, Amalur —me advierte Íñigo.

—Pero es cierto. Somos distintos. ¿A quién más en nuestra aldea le interesa aprender latín y griego, saber de matemáticas, estudiar geografía y ciencias naturales?

—No todo el mundo necesita conocimiento.

—Claro. Porque están ebrios de necia seguridad. ¿Ves lo que digo? La seguridad es el peor de los narcóticos. Te ata, te impide descubrir un camino nuevo y mejor. La ignorancia te adormece.

—No entiendo adónde quieres llegar, Amalur. Es bueno tener una vida cierta, no tener que luchar por la subsistencia como lo hacen otros, ni preocuparnos de ataques enemigos. Gracias a este privilegio, hemos podido aprender a leer y hemos leído, nuestra mente aloja la duda y el discurso.

Suspiro profundamente. Reconozco que mi argumentación empieza a ser confusa.

—El conocimiento a veces también actúa como narcótico —observo con amargura—. Yo me hubiera quedado como estaba para siempre si hubiera podido seguir yendo a clase con el padre Bautista. Pero el matrimonio iba a terminar con lo único que me interesaba en esa maldita aldea.

Íñigo calla. Caminamos en silencio, hasta que, por fin, sonríe con cariño.

—Piensas mucho para ser una mujer.

Percibo también melancolía en su voz. ¿Cuántas veces habré oído a Íñigo pronunciar esas palabras? Mi amigo continúa con resignación:

—Hemos disfrutado aprendiendo. Recuerda las risas con los trabalenguas en latín, los experimentos para enseñarnos las ciencias… Si no hubieras aprendido todas esas cosas, nunca habrías tenido la posibilidad de desear otra vida. La gente con menos educación suele conformarse con menos también. A mi modo de ver, ese es un gran ejemplo de justicia divina.

Estoy a la defensiva, extendiendo una sombra sobre ese pasado común que él recuerda con tanto cariño, y mi amigo del alma lo percibe. Por algún motivo que se me escapa, le duele que reniegue de la felicidad que hemos vivido juntos.

—No sé —reconozco meditabunda—. De lo que tengo certeza es de que no he sentido una emoción, una pasión que me hiciera luchar por mi vida. —Mi interior se revuelve y los odiosos recuerdos se materializan, aprovechando mi descuido—. Al menos hasta ahora. Ahora sí hay una emoción que me recorre. Juro por lo más sagrado que voy a mantenerme viva —trago saliva, incapaz de contener mi rencor— para matar a Martin Lurra.

Íñigo me mira aturdido, y de repente comprende. Sus temores se confirman: yo tenía una razón de peso para abandonar a los míos. No huyo de un matrimonio sino de una afrenta. La conmoción que le sacude se extiende con tal fuerza que saca a la luz su propio deseo.

—No —responde con una frialdad que jamás imaginé pudiera salir de su garganta—. Yo mataré a ese malnacido.

Su mirada se torna furibunda, ¿hacia mí? ¿Creerá que la culpa es mía? Las mujeres somos las receptoras de la culpa. Desde Eva, las seductoras son las responsables del pecado del hombre, pero mi amigo me conoce. Deseo que me abrace para que el dolor que siento deje de derramarse sin control. Para mi sorpresa, él se aleja. No lo entiendo. ¿Por qué se retira? Quiero morir de vergüenza. La ira que me ha provocado el recuerdo de Martin Lurra se evapora rápidamente, arrastrada por un sentimiento de profundo dolor y añoranza de lo que ya no será. No termino de entender. Algo se rompe entre Íñigo y yo. La amistad construida desde la infancia entre juegos, cariños, confesiones, sueños e inquietudes explota en mil pedazos. Estoy sola, en lo alto de un acantilado, sabiendo que, si cedo a la tentación del salto, moriré.

Me siento en un peñasco y dejo que Íñigo continúe su camino. No sé muy bien por qué lo hago. No tengo ningún plan. Debo dejarle ir. La respiración en mi pecho se hace tan pesada que deseo disolverme en la tierra en la que yacen y perviven los que me precedieron. Junto a ellos me sentiría segura, desaparecería para siempre este «yo» que tanto dolor me causa, esa identidad única que ha sido herida. No sé adónde va mi mirada porque solo siento el aire, transparente y ligero, el aire que nada porta, y me envuelve de limbo.

—Amalur.

La voz de Íñigo pronunciando mi nombre suena ahora distinta en sus labios.

—Amalur, levanta.

Me quedo mirándole, sintiéndome de nuevo un fantasma, el

mismo que ha tomado acomodo en mi interior desde hace dos días. Íñigo coge mi mano.

—Vamos, por favor, levanta.

—Déjame —le suplico con un hilo de voz.

—Olvidaremos todo —propone resuelto—. Olvidemos hasta que tengamos que recordar.

—No soporto que me mires así.

El rostro de mi amigo querido se llena de ternura y mi cuerpo lo agradece.

—¿Así cómo, Amalur, si yo te amo?

El nudo de mi pecho se afloja como por arte de magia, y rompo a llorar. Íñigo se sienta a mi lado y me abraza, y empiezo a sentirme mejor. Lloro. Lloro tanto que las lágrimas cambian el color de mis ojos para siempre. Del marrón al verde, de la tierra a la mar, a la mar que presagia tormenta. Así se quedarán para afrontar lo que nos espera, expectantes, preparados para la lucha, enérgicos e insumisos.

15

La mirada verde de Amaia pinchó a Asier.

—¿Me crees?

—¿Hubo otros que te creyeron?

—Solo una persona me creyó de verdad, pero eso pertenece a otra historia. Una más chica y dolorosa. Las historias chicas siempre lo son, ¿no te parece?

Asier asintió y sus recuerdos volaron a la espalda encorvada de su madre fregando el suelo de la cocina, a su jadeo irregular, a su mano retirándose un mechón de la frente y a esa sonrisa tierna que pedía innecesarias disculpas: «Ay, hijo, se me ha hecho tarde. Ahora te preparo la merienda». El pájaro de la melancolía revoloteó a su alrededor, agitando el aire con sus alas nerviosas, y Asier parpadeó para contener la emoción. Amaia se dio cuenta.

—Claro que sí, tú sabes perfectamente de qué hablo. Incluso en el infierno más espantoso, las pequeñas historias también son las más dolorosas. Al fin y al cabo, son las únicas que existen. Son las que componen las grandes, y las únicas que el hombre vive en primera persona.

Asier la miró maravillado por su sabiduría, sintiendo que había estado siempre junto a ella, compartiendo confesiones, aprendiendo, discutiendo, descubriendo. Amaia continuó:

—Para mi amigo Íñigo, su historia de amor secreta se había convertido en un tormento. Más aún desde mi compromiso de matrimonio con aquel patán. Su templanza se rompió al saber lo que me había hecho. Solo se repuso porque estábamos juntos, porque, de repente, había esperanza.

—¿Y tú le querías? —preguntó Asier con cautela. El pensamiento de ellos dos enamorados no le agradaba.

—Es difícil la amistad entre hombre y mujer. Si hay intimidad y confianza, siempre surge el amor, al menos por alguna de las partes. De hecho, la única esperanza de no arruinar una relación es confiar en que, con la madurez y la experiencia, podamos gobernar el instinto —observó Amaia.

Una respuesta ambigua que dejó a Asier molesto. Amaia consultó el reloj. Eran más de las cuatro, y habían llegado a las dos.

—Vámonos —pidió Asier—. Se hace tarde y todavía quieres ir a Astigarribia, ¿no?

—¿Qué te pasa? —preguntó Amaia con una mirada limpia y genuina que a él le causó fastidio.

—Somos animales tristes que caminan sobre dos piernas y a veces piensan.

Amaia se encogió de hombros.

—Como los pájaros vuelan y los peces nadan. Así somos.

Astigarribia quedaba muy cerca, aunque para el turista del tercer milenio podía resultar un lugar perdido en el devenir de los siglos, ilocalizable sobre el terreno. Subieron por la carretera comarcal, atravesando verdes laderas, con la sensación de que su tiempo quedaba atrás y, con él, la civilización. Los caseríos desperdigados en los prados fueron también desapareciendo. De no ser por Amaia, Asier hubiera pasado de largo la carretera de tierra que bajaba hasta lo que un día, según aseguraba la viajera de almas, había sido una ciudad importante.

—Aquí, a la derecha —indicó Amaia.

Asier no cuestionó. Era el momento de comprobar lo que de verdad había en la historia de Amaia.

Descendieron por el angosto camino hasta una pequeña iglesia medieval en perfecto estado de conservación. A su lado, había dos casas de una época muy posterior, seguramente de finales del siglo XIX, también muy cuidadas. Los visillos blancos de hilo en las ventanas indicaban que estaban habitadas. Sin embargo, el pueblo parecía desierto. Salieron del coche y al instante Asier recibió el silencio del lugar como una bofetada. Amaia sintió de nuevo su muerte y su resurrección. La melancolía la rompió por dentro y tuvo que esforzarse para recomponer su cuerpo de treinta y cinco años que sostenía un alma vieja, con siglos a la espalda.

—¿Estás bien? —le preguntó Asier preocupado al ver palidecer su rostro.

—Esta es la iglesia de San Andrés. La primera vez que estuve aquí fue con Íñigo. La torre no existía ni tampoco la bóveda. Pero lo demás está prácticamente igual. Nos pareció tan imponente entonces... Era un pueblo grande, vivo. En el astillero se construían grandes galeones y las aldeas colindantes enviaban a los hijos sin herencia para que aprendieran un oficio. Ese camino conduce al río. Entonces estaba bordeado de casas. Ahora las vías del tren han aprovechado su cauce. Aquí vivió mucha gente.

La vegetación del valle rodeaba la iglesia y las dos casas. De allí partía un camino de tierra hacia quién sabe dónde. Más bien parecía la entrada a un laberinto.

—Cuesta creerlo. Ni siquiera quedan restos que atestigüen tu versión… excepto la iglesia. Es de importancia, así que imagino que no fue construida en medio de la nada.

Amaia se volvió enigmática.

—Nada sucede por casualidad.

Asier parpadeó, confuso.

—¿Nuestro encuentro tampoco?

—Ya te dije que no —respondió Amaia con frialdad, señalando la carretera por la que habían descendido y que continuaba hacia el río—. Bajo esta pista de tierra que ves ahora, había una calzada de piedra de kilómetros. Avanzaba serpenteando entre muros vecinales, por antiguos caseríos con enormes portaladas rasgadas por saeteras de defensa. Esta fue una de las rutas de peregrinación a Santiago de Compostela. Hoy todo está cubierto de tierra, sin que haya en lugar alguno memoria de las historias, los anhelos, pasiones y sufrimientos de los que aquí vivieron. Seres anónimos, mero polvo. Solo en la iglesia queda constancia de que aquí hubo hombres y mujeres que nacieron y murieron. Un día, dentro de apenas unos siglos, sé que yo volveré y también la iglesia habrá desaparecido.

—No te entiendo. Si solo somos polvo, si nada parece perdurar, ¿por qué quieres que yo escriba? ¿Para qué esforzarse por dejar algo?

Amaia se volvió hacia él molesta.

—Porque si no, nos quedamos sin sentido.

—¿Y qué más? —preguntó él, tozudo.

—Tú necesitas una historia, yo alguien que la cuente, ya te lo he dicho.

—Pero ¿por qué?

Amaia supo que era hora de contarle la verdad.

—Necesito que él recuerde. Que me encuentre.

—¿Quién es él? —preguntó Asier asombrado.

—Mi hombre. El que perdí.

—¿En el siglo XVII?

—Quién sabe —respondió ella irritada—. Una novela con todos los detalles le ayudaría a recordar y a encontrarme. Te garantizo que yo haré que mucha gente lea tu novela.

Asier sonrió. Ojalá.

—Me das una historia confiando en que tu amado lea la novela, recuerde vuestro pasado y te busque —resumió él—. Así que cuando me encuentre, supongo que acudirá primero al autor, y yo tendré que hablarle de ti, de nosotros.

—¿Seguimos o no?

Asier no sabía qué pensar. Decididamente, Amaia no parecía cuerda. Pero asintió y se dejó llevar, intentando convencerse de que él no tenía nada que perder en aquella aventura.

Bordearon la iglesia para tomar el camino hacia el río. Enseguida les alcanzó el susurro del agua y llegaron a una frondosa arboleda que formaba un muro infranqueable en su margen.

—Aquí estaba el astillero —señaló Amaia y se volvió para mirar a sus espaldas, hacia las montañas—. Mi aldea estaba a unas tres horas de marcha, tras aquellas cumbres. Al amparo de las curvas del Deba floreció la construcción de galeones y embarcaciones de pesca para la Corona y los armadores vizcaínos, franceses e incluso ingleses. Todos ellos necesitaban naves de envergadura, capaces de soportar las expediciones a Terranova y al mar del Norte. En los siglos xv y xvi, el bacalao y la ballena, pero también el transporte de mercancías y las patentes de corso otorgadas por la Corona para la defensa de sus territorios, necesitaban los mejores barcos y esos los construían los vascos. Seguramente porque llevaban siglos de ventaja. El hombre del Cantábrico siempre ha vivido mirando al mar.

Asier comprobó que, aunque la anchura del río frente a ellos corroboraba la historia de Amaia, tampoco del puerto de Astigarribia quedaba rastro. Dio cuenta de la tranquilidad del lugar y la vegetación, y de la bruma de la mañana que se había quedado perezosa flotando sobre el agua. El lugar parecía embalsamado, y ellos, dos fantasmas de paseo por la eternidad, donde nada existía y todo ya existió. Asier miró hacia donde Amaia perdía su mirada y solo pudo preguntarse, una vez más, por la cordura de la chica.

—Para tu novela no necesitas demasiados datos históricos —aseveró ella con una seguridad pasmosa.

—¿Ah, no? —preguntó Asier con cierta ironía.

—No. No quiero que te pierdas en los detalles. Solo lo necesario para entender al hombre y a la mujer de aquel siglo.

Apartando las ramas de los arbustos, Amaia avanzó por la margen del río en dirección al mar. Asier la siguió, dudando de todo y de nada.

16

De camino charlamos sobre Monreal de Deba. Íñigo conoce Monreal de oídas, pues varias generaciones de familiares embarcaron desde allí a la caza de la ballena en Terranova mucho antes de que las Indias fueran descubiertas. La mayoría no regresaron jamás.

—Un primo lejano se enroló en un galeón que se dedicaba a la exportación de lana castellana a Inglaterra y fue asaltado y hundido hace dos años —comenta Íñigo.

A ninguno de los dos nos interesa ahondar en tragedias, así que continuamos poniendo en común lo que sabemos de la población a la que nos dirigimos. Le propongo a Íñigo cruzar Castilla y embarcarnos hacia las Indias, pero él me quita la idea de la cabeza: no tenemos dinero para llegar a aquellos puertos, y además atravesar Castilla es peligroso. Hay que ser realistas.

Estoy de acuerdo. Para que las cosas salgan bien, debemos nadar a favor de corriente, de lo conocido. Además, me gusta la filosofía del pescador vasco que guarda sus secretos y ha sabido ocultar la huella de su paso por esos mares de Dios. Tanto es así que dícese incluso que el tal almirante don Cristóbal Colón ya conocía que los vascos habían navegado a nuevas tierras lejanas antes que él, pero, por razones distintas, ni a él ni a los vascos les importó que el mundo lo supiera. Me regocija por dentro pertenecer a un pueblo que no necesita contar sus logros porque ya se siente suficientemente grande. Íñigo no cree que eso sea así.

—Esos pescadores que parece que no cuentan nada, en realidad, cuando están con los suyos hablan, y mucho. Callan con los demás para salvaguardar la gallina de los huevos de oro, es decir, los grandes caladeros. Nada más. El ser humano es siempre igual: somos avariciosos y queremos destacar.

17

Cuando ya estaban en el coche, Amaia le dijo a Asier que, de regreso a San Sebastián, quería parar un momento en Deba. Asier conocía Deba desde niño, pues una tía abuela de su madre era de allí y hasta que falleció, cuando él contaba siete años, la visitaban todos los veranos y en Semana Santa. A la tía Tula le encantaba jugar al balón con Asier en la playa. La mujer no había sido jamás pretendida por varón alguno. Asier conjeturaba que sería lesbiana porque vivió toda la vida con María González, su amiga del alma y a la que declaró heredera universal. María solo le sobrevivió dos meses y dos días. En realidad, cuando la tía Tula murió ya apenas quedaba nada de su patrimonio, que había sido grande. María era hija única de un rico industrial de Neguri, y ambas habían disfrutado de la vida como si cada día fuera el último. Su casa estaba plagada de recuerdos de otras tierras, coleccionados en viajes en una época en que solo los muy privilegiados podían permitirse ese lujo. Al morir María, lo que quedaba fue donado a una asociación de madres solteras de la zona. Qué vida la de su querida tía Tula.

Asier se vio obligado a dar varias vueltas hasta conseguir aparcamiento en la zona recién habilitada por el ayuntamiento. Tras andar un trecho, se detuvo para contemplar la amplia playa, regalo de la bajamar. Amaia le cogió la mano, y él la sintió tan agradable y fresca que se dejó arrastrar hacia ella en el tiempo de un parpadeo.

—Vamos. Quiero que lleguemos hasta la desembocadura del Deba.

Asier asintió deseando que no soltara su mano. Y ella no lo hizo. Caminaron en silencio por el amplio paseo cuajado de enormes casas de vista privilegiada y amplias parcelas, como una pareja más. Amaia sentía muy cerca el cuerpo de Asier, y sonrió para sí: Asier escribiría una gran historia. Suspiró aliviada, ligera, ¿feliz? Inesperadamente, un pájaro se abalanzó sobre ellos. Asier lo apartó con un gesto rápido. Amaia vio cómo el pájaro de plumas grises, cabeza negra y patas y pico rojo sangre, desaparecía tras la hilera de casas, hacia el interior.

—Era un charrán ártico —balbuceó asustada.

—¿También sabes de aves? —preguntó sorprendido Asier—. A mí me ha parecido una gaviota. La típica gaviota blanca… ¡Vaya!

Amaia tenía un corte sobre la ceja derecha y sangraba. Al notar el tono alarmado de su exclamación, se llevó la mano a la frente. La sangre impregnó sus dedos.

—No es nada —la tranquilizó Asier sacando un pañuelo del bolsillo—. Está limpio. He heredado de mi madre la manía de no salir de casa sin llevar conmigo un pañuelo bien planchado.

—No era una gaviota. Era un charrán —repitió ella, visiblemente afectada.

Continuaron caminando hacia el final del adoquinado, donde el río penetraba en el mar. Ya no iban de la mano. Del agradable paseo anterior solo quedaba silencio, aún más evidente frente al bullicio festivo de los turistas. Cuando Amaia comprobó que ya no sangraba, le devolvió el pañuelo.

—No, por favor, quédatelo —le pidió Asier.

—Sería más correcto que lo lavara para devolvértelo limpio, pero no soy buena devolviendo cosas. Seguro que no quieres pasar sin él —insistió.

Asier pensó que era una excusa tonta, pero aceptó el pañuelo con naturalidad, intentando quitarle importancia al suceso.

Amaia señaló la entrada a la ría y continuó con su historia:

—Si Astigarribia nos había parecido un pueblo de importancia, Monreal de Deba nos dejó con la boca abierta. Aquí había fondeados enormes galeones y buques de alta borda para travesías comerciales y de pesca. El peligro de los ataques ingleses y daneses hacía que la preparación para la defensa fuera lo primero al pertrechar una embarcación. Entonces no lo sabía, pero luego aprendí que las expediciones solían contar con un seguro de siniestro que en ningún caso cubría la mercancía. De hecho, apenas protegía lo suficiente para que el armador no terminara en la bancarrota.

Datos, detalles…, los suficientes para que la historia empezara a respirar sin ahogarse.

18

Frente a nosotros, un enorme galeón prepara su partida. Contamos seis chalupas bien equipadas para la caza de la ballena, y material para construir hornos. Los animales deben ser despiezados y la grasa fundida in situ. El preciado saín del que todos hablan es almacenado en grandes toneles. Da la impresión de que cargar la nave llevará días. Los toneleros discuten sobre la colocación del material, que va desmontado para ocupar menos espacio.

Oímos un altercado entre el armador y un uniformado de la Corona. El hombre se queja de que el año pasado le embargaron la nave. Su embarcación ya está lista para partir. Le suplica que acuda a otros o que espere a septiembre, cuando hayan regresado. Desde el desastre de Trafalgar, cada vez que el monarca entra en guerra, echa mano de sus barcos. Están hartos.

En los astilleros comprobamos que siempre hay trabajo para un aprendiz, pero nosotros no contemplamos esa posibilidad. No hemos arriesgado el futuro en la aldea para volver a encallar en otro puerto. Nuestro objetivo está claro: alejarnos y, al mismo tiempo, hacer fortuna para poder construir otra vida.

Íñigo propone comer antes de solicitar puestos de grumete. El hambre se huele y no es buen aliado para conseguir trabajo. Buscamos un lugar tranquilo, lo cual no es tarea fácil. Nos alejamos del puerto, en paralelo a la costa. Al final de una callejuela, encontramos una salida al mar donde podemos comer sin llamar la atención. Terminamos las provisiones, pero estamos confiados: nuestro dinero nos mantendrá a salvo un par de semanas, tres incluso si lo administramos con prudencia. Yo me siento rara. Noto la mirada de Íñigo distinta. La mía se ha vuelto tímida y, desde que rompí a llorar, sigo sintiendo mis ojos blandos y verdes.

—¿Estás segura de que no has cambiado de opinión? Lo de embarcarse es muy serio y tú tomaste la decisión muy precipitadamente —me pregunta con delicadeza.

—No —respondo, y doy un mordisco al pan, aunque no tengo apetito. Por suerte, me han enseñado bien: cuando hay que comer se come, y cuando no se puede, uno se conforma y piensa en otra cosa—. Además, ¿qué opción tenemos?

Íñigo me mira con lástima. No puede ofrecerme nada.

—Buscaremos un techo para pasar la noche, aunque tengamos que pagarlo. Este lugar es demasiado grande y no quiero correr riesgos.

Me encojo de hombros: haremos como él quiera. Nada peor que lo que he vivido puede sucederme y además, ahora soy un hombre.

—¿Qué hacéis aquí? —interpela la voz malhumorada de una mujer.

Nos damos la vuelta. Frente a nosotros hay una mujer fornida, con los brazos en jarras, vestida sin recato y de mirada insensible. La acompaña un perro negruzco de raza indefinida y caninos afilados.

—Nada. Estamos terminando de comer —responde Íñigo.

—¿Sois forasteros? —pregunta la mujer. Tengo ganas de responder pero Íñigo me coge del brazo para que nos vayamos—. ¿Buscáis techo?

Íñigo y yo nos miramos antes de responder, dudando. A ninguno de los dos nos gusta su aspecto descarado, pero recordamos al tabernero que nos acogió la noche anterior.

—Sí —respondo—. Al menos para una noche.

—En mi casa hay sitio. Y podemos calentaros la cama también —sugiere con una media sonrisa peligrosa que deja entrever sus dientes negros.

Por fortuna, Íñigo se recompone rápido.

—Gracias, no nos interesa. Vamos, Lur.

Pero la mujer se queda plantada con los brazos en jarras. Lleva medias rojas y un pronunciado escote.

—¿No seréis de esos muchachos extravagantes? —pregunta, la sonrisa transformada en mueca perversa.

—No, señora —responde Íñigo recogiendo el zurrón—. Si nos disculpáis.

Para nuestra sorpresa, regresa su sonrisa malévola, lanza un agudo y fuerte silbido, y al instante tres hombres con aspecto amenazador salen de la casa más cercana: nos hemos metido en una trampa. El corazón me late con fuerza. Uno de ellos, el más corpulento, lleva los brazos descubiertos.

—Dadme el zurrón —ordena el gigante extendiendo la mano. Me vuelvo hacia Íñigo, convencida de que se lo dará. Pero él lo aprieta contra su pecho.

—Dáselo, Íñigo.

Mi amigo ha quedado congelado en el líquido de su propio miedo. Le doy un golpe en el brazo para despertarlo.

—Dáselo, por favor —repito a media voz.

—No —me responde lanzándome una mirada desesperada. Y entiendo que sin dinero, no llegaremos lejos.

—Mejor el zurrón que nosotros, Íñigo.

Me fijo en la sonrisa bravucona que despliega la prostituta. Mi amigo recapacita. No tenemos escapatoria. Ellos taponan la única salida. Íñigo extiende el zurrón, maldiciendo para sí. El hombre lo coge satisfecho y se vuelve hacia sus compañeros.

—¿Tenéis ganas de pelea? —pregunta como quien habla a sus perros. Y suelta una carcajada.

Sí, tienen ganas, y nosotros vamos a ser los juguetes con que se entretengan.

Con una exhalación profunda, mi corazón vuelve a la vida en el sueño. El aliento de un ser monstruoso que no pertenece a este mundo me despierta, aunque mis ojos no miran lo que me rodea sino más allá, hacia el Leviatán, que emerge colosal del abismo. Trescientos setenta y cinco litros de aire y minúsculas gotas condensadas convocan su propio arcoíris en el cielo azul. Animal de antes de la Caída.

—Amalur, Amalur, ¿me oyes?

Abro los ojos y encuentro el rostro ensangrentado de mi querido amigo, desfigurado por los golpes y la angustia. El dolor insoportable que siento en las costillas y el pómulo izquierdo me arranca del coma. Intento articular un sí, pero mis labios, pesados, no responden. Siento el gusto de la sangre en la boca. Lanzo un gemido. Íñigo llora aliviado sobre mí.

—¡Gracias a Dios! Te pondrás bien, Amalur, te pondrás bien.

Vuelvo a cerrar los ojos, regreso a un abismo marino donde el tiempo no existe, ni las miserias humanas. Donde las reglas son sencillas.

El chisporroteo de las llamas me despierta. Íñigo me observa atento y me arrima un cuenco de leche a la boca. Tengo sed e intento beber, pero no puedo.

—Todavía tienes la boca muy hinchada. No te preocupes. En unos días estarás bien. Suerte que no te rompieron los dientes.

Entonces recuerdo el inmenso dolor que me ha hecho perder la conciencia, un garrotazo en el rostro propinado por uno de aquellos bandidos. Asiento con los ojos brillantes por la rabia. Odiando a los hombres, la injusticia, los golpes. Jurando que no volverá a pasar, que, de ahora en adelante, seré la más fuerte, la más rápida y que los mataré. Mataré a cualquiera que ose volver a ponerme la mano encima. Íñigo siente mi rabia. Él ha tenido tiempo de digerir la suya mientras yo yacía inconsciente.

—La próxima vez no nos pillarán desprevenidos —me asegura.

Me fijo que estamos en una cueva y vuelvo a cerrar los ojos.

Conozco el techo como las arrugas de mi mano, cada capricho de la piedra, cada sombra más o menos matizada por la luz exterior y las llamas de la pequeña fogata. Termino unas bayas con conejo que Íñigo ha preparado en la fogata. No sé de dónde viene la leche. Imagino que la robará. Ningún plan es posible hasta que no recuperemos fuerzas. El humo de la hoguera aturde el olfato y nos hace inmunes a nuestro propio hedor. Le observo mientras da buena cuenta del conejo. Está tan sucio que la piel del rostro y de las manos ha cambiado de color. Podría haber conseguido ayuda en la parroquia de alguna aldea, o encontrar un alma caritativa en Monreal, pero no quiere arriesgarse. Los maleantes comunes no son nuestros únicos enemigos. También están nuestras familias, y Martin Lurra, que seguro no acepta afrentas ni olvida.

Los rayos de sol sobre mi piel son una dulce caricia recobrada. He pasado más de una semana en la cueva y hoy por fin he encontrado fuerzas para levantarme. Quiero comenzar el proceso de construcción de un cuerpo nuevo que me sirva para la vida que nos aguarda. Me estiro como un gato a la entrada de la cueva. Los huesos empiezan a sellar y la musculatura, golpeada y entumecida por la falta de movimiento, se despereza con síntomas de extrema debilidad. Íñigo sugiere un paseo por el bosque.

Me encanta sentir las ramas crujir bajo mis pies, oír la brisa entre los árboles y el murmullo lejano del río. Un gruñido nos hace detenernos. Me vuelvo asustada. Un hombre muy alto, de túnica mugrienta y pelo y barba canosos y larguísimos está detrás de nosotros estudiándonos con atención. Nos quedamos paralizados. Lleva una larga vara que le sirve para apoyarse y supongo que también para defenderse en caso de necesidad. Pone la vara sobre el pecho de Íñigo y de ahí la lleva hasta el mío. Me tiemblan las piernas. El miedo sube por mi garganta.

—Siento haberle quitado la leche —dice mi amigo. Me vuelvo hacia él sorprendida. No sé de qué habla—. Y el conejo.

Íñigo nota mi mirada de reproche y pánico.

—Teníamos que alimentarnos —se excusa ante mí con la voz queda.

El extraño hombre retira la vara y siento alivio. Hace un gesto para que le sigamos. Podríamos salir corriendo pero no creo que el bosque sea lo bastante grande para que no nos lo volvamos a encontrar.

—Pero ¿cómo has podido? —le susurro a Íñigo.

—¿Qué esperabas? ¡Crees que cazar es fácil!

—Yo os enseñaré a cazar —proclama el desconocido, que posee la voz más grave que jamás he oído—. Pero no volváis a robarme.

Poco a poco, y gracias a nuestro nuevo y silencioso amigo, al mismo tiempo que vuelve el humor, las caminatas se convierten en carreras. Como prometió, nos enseña a cazar. Tumbada tras los arbustos, esperando a que aparezca un cervatillo, soy pura naturaleza. La lanza que sostengo la hemos fabricado con su ayuda y unas puntas de metal que nos ha regalado. Me siento orgullosa. Cuando le contamos nuestra historia, se ofrece a instruirnos para la defensa, y pasamos semanas practicando con rigurosa disciplina el combate cuerpo a cuerpo, la puntería con arco, lanza y puñal, la única arma que poseemos. Pero lo mejor es aprender a manejar la espada. Un día, nuestro amigo llega con dos espadas. Por los escudos en la empuñadura, no parecen españolas. Al principio se me hacen muy pesadas, pero empiezo a sentirlas como una extensión de mi mano derecha. Me encanta la sensación de poder que me recorre con cada estocada…

Íñigo sufre por no haber reaccionado frente a los malhechores. Se tortura por ello. Yo no me atribulo tanto: no nos educamos como guerreros. Nacimos en una aldea que vivía en paz, en un mundo seguro donde no había más enemigo que las tormentas o el frío, o las enfermedades del ganado que, por el aislamiento en el que vivíamos, no solían convertirse en epidemias. Nuestro nuevo y ermitaño amigo, en cambio, fue soldado. No nos dice su nombre, ni cuenta mucho de su vida anterior, pero sus habilidades para la lucha son extraordinarias y se ha tomado muy en serio lo de adiestrarnos. A veces noto que nos mira con una ternura que me conmueve y que esconde misterios que nunca conoceremos. Íñigo me hace un gesto de silencio. La presa aparece detrás de unos arbustos…

Esta noche, a pesar de la época del año, hace mucho frío para dormir separados. Seguimos en nuestra cueva y el ermitaño, en la suya. Nos dejó claro que no quería compartir su espacio. Le propongo a Íñigo dormir juntos y envolvernos con las dos mantas. Mi amigo acepta, aunque percibo que la idea le incomoda. Yo soy la encargada de preparar la cama. Íñigo atiza el fuego. Cuando termino, me tumbo y le espero. Él duda. Sale de la cueva y vuelve a entrar nervioso. Se quita el jubón.

—Vamos, ven —le indico para que se acueste junto a mí.

Siento su cuerpo helado.

—Estás frío —me quejo.

Íñigo no dice nada. Me da la espalda. Me abrazo a él para que entre en calor y me quedo quieta.

—¿Qué te pasa? —le pregunto.

—Nada —responde sin moverse—. Estoy cansado. Vamos a dormir.

Me duelen sus palabras, como si yo hubiera cometido alguna falta. Y lo siento especialmente porque, desde que me he recuperado, me siento bendecida por tenerlo a mi lado.

—Íñigo…, buenas noches —me despido finalmente.

Íñigo se vuelve hacia mí. Los ojos le brillan en la semioscuridad. Percibo su aliento suave. Y ahora, también su calor. El frío del exterior ha desaparecido. Nuestros rostros están muy cerca. Deseo, le deseo. Lo miro atónita, alarmada. Quiero que me bese. Y como si leyera mi mente, sus manos me rodean y me besa. Siento sus labios suaves, su lengua busca la mía, ansiosa. Recorre mi cuello.

—Te quiero, Amalur Mendaro.

—Espera —le pido—. Espera, Íñigo.

Íñigo detiene sus besos y me mira sorprendido.

—¿Qué pasa? ¿Te he lastimado?

—No. No es eso.

Su mirada me avergüenza.

—No puede ser. Yo ahora soy un hombre.

Íñigo sonríe aliviado y me acaricia la mejilla.

—Solo estamos tú y yo.

—Es que no quiero que cambie nada.

—Puedes seguir vistiéndote de hombre. Es un buen disfraz.

—No, no me entiendes —le digo retirando su mano—. Esto no está bien. No era el plan.

Ahora Íñigo está molesto.

—¿Y qué? ¿Qué importa eso? Yo te quiero, tú me quieres. ¿Qué hay de malo? No estamos casados pero podríamos. Mañana mismo si tú quieres.

—Yo no deseo casarme —le corto—. Soy un hombre.

Se da media vuelta. No sé qué más decir. Le abrazo como al principio y me quedo muy quieta. Temo que me rechace pero no lo hace. Escucho. Su respiración se tranquiliza. El tiempo se sostiene durante una eternidad hasta que, por fin, un ligero y rítmico ronquido me indica que se ha dormido.

Abro los ojos por la mañana. Íñigo no está a mi lado. Tampoco están sus cosas. Imagino que ha salido a cazar. ¿Y si se ha ido para siempre? La luz exterior es intensa. Puedo adivinar un cielo azul tras los árboles. La primavera empuja con fuerza. La angustia me invade. ¿Estoy sola? En ese momento, aparece su figura recortada contra la luz de la cueva. Lleva un conejo en la mano.

—¿Tienes hambre?

No hablamos de lo sucedido. Una y mil veces le bendigo por ello. Y así pasan las semanas hasta que un día el ermitaño desaparece. Lo buscamos en su cueva pero no está. A mí me invade una desazón terrible. ¿Es que se ha ido sin despedirse? ¿Es que podemos desaparecer sin dejar rastro? No lo entiendo. En la cueva solo quedan su lecho y unos sencillos útiles para cocinar que decidimos no tocar.

Paso varios días sumida en un extraño pozo de tristeza. Íñigo intenta hablar de ello, pero me cierro. Me duele que se haya ido así, como si no significásemos nada para él. En realidad, es el dolor de constatar mi propia insignificancia lo que me resulta insoportable.

Como los pájaros buscan el cielo, el hombre, su camino. Nos hemos dado un festín con el cerdo que ha caído en la trampa junto al arroyo. Cuando lo encontramos, todavía vivía, pero lo hemos sacrificado sin que el pulso nos tiemble lo más mínimo. Hoy he sido yo la encargada de asestar a la bestia el golpe definitivo entre los ojos. Me ha servido para empezar a reconocer la nueva persona en la que me he convertido. El ermitaño ha sido un ángel en nuestro camino…

—No somos los mismos. Nunca volveremos a serlo —sanciono con la mirada centelleante, poderosa.

Tampoco quiero, pienso para mí. Las tribulaciones son el precio que hemos pagado por nuestra libertad.

—Está empezando el mes de junio, Íñigo. Debemos tomar una decisión —añado, mientras él coloca unos troncos en la hoguera. Se sienta junto a mí y yo continúo—: No podemos quedarnos aquí para siempre.

—¿No podemos? —pregunta con desgana—. ¿Por qué? Tenemos todo lo que necesitamos.

—Venga, sé que serías capaz de argumentar mil razones para quedarnos, pero pronto empezaríamos a sentir que esta cueva y este bosque no son suficientes.

—Bien. Entonces esperemos. ¿Para qué adelantar acontecimientos? Yo ahora mismo tengo casi todos mis deseos colmados —responde terco.

Me levanto nerviosa.

—Está bien, Íñigo. Te lo voy a decir de otra forma: yo no quiero quedarme aquí para siempre. Quiero vivir como una persona, no como un animal. Este no era el plan.

A regañadientes se ve obligado a admitir que tengo razón.

—En estas fechas parten las expediciones de pesca y comerciales. Las de Terranova seguro que ya han salido. Si dejamos pasar un mes más, se acabarán las oportunidades hasta el año que viene. ¿Aguantarías aquí todo un año?

Me mira molesto.

—Claro que aguantaría.

Al instante, lamento mis palabras. No he sido habilidosa.

—Sé que eres capaz, pero, por favor, ¿no queremos prosperar, ver mundo, ganar dinero para cimentar una nueva vida? Si un día vuelvo a casa, quiero ser rica, demostrar que mi huida ha valido la pena.

Por primera vez me imagino con dinero propio. Las mujeres no tenemos más dinero que el de nuestros padres o maridos. ¿Sería posible? Me cuesta creer mis propias palabras. Pero ahora soy un hombre. Todo es posible. El pensamiento me entusiasma: dinero… y venganza. Íñigo se rinde.

—Tienes razón. Es hora de partir.

19

Cuando regresaron a San Sebastián, Amaia insistió en que Asier la dejara en el paseo marítimo. Él le había propuesto cenar algo juntos, pues eran ya más de las ocho. Pero ella parecía tener otros planes o, al menos, prisa. En el trayecto de vuelta habían permanecido callados. Amaia, con la mirada perdida en el mar. Asier, con la suya revuelta. De repente se sentía distinto, lleno de historias desconocidas que habían hibernado durante años en su interior. Se asomaban a esa puerta unas extrañas criaturas desconocidas y al mismo tiempo familiares. Aquellos sucesos que Amaia le relataba no le eran tan ajenos. Con el rabillo del ojo, estudió a su enigmática musa. Se sentía pletórico, emocionado con algo que rozaba con las yemas de los dedos a tientas sin distinguir aún su forma. Asier aparcó en doble fila donde Amaia le indicó y sus ojos verdes se despidieron, incapaz de concertar una cita más allá de:

—Nos veremos un día de estos.

—¿Cuándo?

—Por ahora tienes más que suficiente para arrancar.

Sí, y no. ¿Qué historia tenía que contar? Aún no lo sabía.

—Quedemos mañana para ver el enfoque, y además ¿cuál es el tema? —preguntó apresuradamente Asier, intentando retenerla—. ¿Es una historia de amor, de ballenas, de qué? No sé adónde voy.

—El escritor eres tú —declaró ella con una sonrisa, y cerró la puerta.

Asier no había sentido tanto deseo por una mujer en su vida. Salió del coche tras ella.

—Espera, no te puedes ir así.

—Claro que puedo. Tú tienes mucho que hacer.

—Por favor, cena conmigo. —Esta vez Asier pudo oír el tono suplicante de su voz. Pero no le importó. Cualquier cosa con tal de retenerla.

—Vete a casa, Asier. ¡Y escribe!

Escribe mi historia y veremos si así él me encuentra porque tú eres mi último cartucho, pensó Amaia para sí. Pero no abrió la boca. No quería asustarlo. Se dio media vuelta y se alejó a paso presto hacia el Peine del Viento.

Asier la observó alejarse, sin comprender.

En la mirada de Asier había asomado otro. Había aparecido la chispa de Erik…, ¿sería posible?, caviló Amaia mientras caminaba hacia el final de la bahía. Cuando temes haber perdido para siempre, cuando crees que la soledad te perseguirá más allá de las reglas humanas creadas para olvidar que somos un número primo, el dolor se torna insoportable. No hay caldo, droga o evasión posible. Solo la muerte se presenta como incierta solución. El sueño de la razón solo produce monstruos, bien lo sabía ella, y la prueba de que los monstruos nos acechaban era patente en el orden mundial, en la infelicidad que la rodeaba. Años de saber, más allá de lo soportable, martilleando su cabeza sin descanso.

Amaia se sentó en las escaleras frente al Peine del Viento. Estaba oscuro, azotaba el aire, la humedad había vuelto líquida la atmósfera. Sin embargo, apenas lo notaba. Los recuerdos libraban una dura batalla en su interior. La absorbían, reclamaban que pusiera orden en el desconcierto. Aquella presencia de Erik en los ojos de Asier la había perturbado. Y sintió que su alma se escapaba por el horizonte, en permanente huida.

Su casa estaba callada y oscura. Asier dirigió la mano al interruptor pero se detuvo. Cerró la puerta tras él para observar en la penumbra. Las sombras yacían por doquier, bestias de papel sometidas a la luz que venía del exterior. Sintió su respiración, su yo, su cuerpo extraño en un mundo al que nunca había sentido pertenecer. Pensó en la escultura de Chillida peinando el viento, en el mar plomizo, agua metálica que se extendía hacia el más allá. También él había contemplado la idea del suicidio llevado por una existencia vacía. No habían sido la esperanza, ni los prejuicios, ni tan siquiera ese instinto natural de conservación de la especie los que le habían salvado. La razón para conservar la vida había sido la curiosidad. El deseo latente de saber qué vida era la suya y cuándo llegaría.

20

Las gaviotas han desaparecido y ya no hay vuelta atrás. Mientras me afano limpiando la cubierta de proa, destierro el ansia y llega el enfado. Mis tripas rugen: tengo hambre, últimamente tengo hambre a todas horas, y como miembro más joven de la tripulación, soy la última en desayunar. A bordo, las tareas se dirigen con una disciplina feroz. Ciento veintidós hombres repartidos en tres buques. Íñigo y yo conseguimos mantenernos juntos a bordo del que capitanea don Pedro de Aguirre. Ambos somos «muchachos». Esta es la categoría inferior, por debajo de los grumetes y los marineros. Intenté quejarme al contramaestre. Me han calculado catorce años por mi falta de vello. Hay dos chicos aún más jóvenes, ambos de trece años, fregando un poco más allá. Uno se llama Joanikot; el otro, no sé. Evito la proximidad con mis compañeros, prefiero que piensen que soy un zagal raro. Solo hablo con Íñigo y duermo a su lado. Mi amigo, sin embargo, sí que está disfrutando. Habla con el piloto, con el contramaestre, con los timoneles, con los toneleros y calafates, aprende… El único tema que se evita a bordo es el del enfrentamiento con la ballena. Íñigo me cuenta muchas de sus conversaciones y le envidio. Yo no me atrevo a intimar con nadie.

Entre mis funciones están la limpieza y la preparación del rancho durante la travesía. Hubiera preferido embarcar en uno de los galeones con patente de corso que se dirigían al Caribe, pero Íñigo tenía razón: sin experiencia, referencias, ni dinero, nadie estaba interesado en enrolarnos. Más de una treintena de navíos y unos dos mil hombres embarcan cada año a la captura de la ballena: el barco ballenero fue nuestra única posibilidad real. Por fortuna, le caímos en gracia a una viuda con la que se sentía en deuda don Pedro de Aguirre. Don Pedro, junto a los capitanes don Esteban de Tellaría y don Martín de Villafranca, han sido contratados para pilotar tres balleneros en la ruta hacia el norte. Los destinos exactos son secretos, pero se sabe que iremos más allá de Irlanda, lo que otorga un valor añadido a la aventura.

Zarpamos el 14 de junio del año de Dios de 1615, hace apenas dos días. Seis meses fuera… Los viajes a la captura del bacalao y la ballena por tierras de Terranova suelen ser más cortos; pero ya todos habían partido. Aunque pueda parecer mucho tiempo, no es un compromiso demasiado largo, o eso me repito una y otra vez. Los beneficios no serán grandes en esta ocasión. Hemos tenido que aceptar, en concepto de grumetaje, un adelanto de tres ducados por persona para poder pertrecharnos. En concreto, cada uno de nosotros se ha hecho con cuatro camisas, una sábana mediana, un lienzo de cabeza de vara y cuarto, un cobertor, dos cuellos pequeños, cuatro pares de calzones, dos de marraga y dos de cuero viejo, y cuatro pares de medias del Roncal. Los zapateros son uno de los gremios más importantes de la ciudad. Qué rabia me dio su altanería a la hora de negociar un precio justo. Saben de la importancia de las botas para los pescadores y abusan. Suerte que, como es nuestro primer viaje y no estaremos implicados en la captura de la ballena, nos ahorramos los esperones, imprescindibles para subir al resbaladizo lomo del animal. Además, pudimos aprovechar nuestros abrigos de piel de oveja, impermeabilizándolos con aceite. La viuda insistió en que llevásemos también material para remiendos y un delantal de cuero. Por el arca, con su cerradura y su llave, pagamos tres reales. Con lo poco que nos sobró, insté a Íñigo a comprar embutido y dos tarros de miel.

Acaba de amanecer y el rosa del verano recorre el cielo, una explosión de belleza inabarcable. Me detengo para deleitarme con una bocanada de aire fresco y húmedo. Jamás he contemplado nada igual. El enfado y el hambre se evaporan. Siento las yemas de mis dedos y los pliegues de la mano en carne viva. Tengo agujetas en cada músculo de los brazos y la espalda. Sé que pasarán. Estoy acostumbrada al trabajo duro del caserío, pero este es diferente. Lo importante es desconectar del cuerpo, dejar los dolores prendidos a la carne y que la mente vague libre, planeando, soñando. Hemos tenido suerte. El rey se ha embarcado en una nueva guerra contra los hugonotes y está confiscando otra vez naves de pesca, arruinando expediciones ya planeadas y, en el mejor de los casos, devolviendo barcos inservibles. La nuestra se ha salvado de milagro.

Froto con energía los tablones de roble con el cepillo de cerdas de ballena y me entretengo recordando el mes en Deba. Nunca había imaginado que pisaría una taberna. Si hubieran sabido que era una mujer…, sonrío para mí. Qué placer ser yo en un disfraz. Las historias que oí: increíbles cuentos de la mar, batallas contra monstruos marinos y piratas.

Un domingo por la mañana apareció varada una ballena en la costa. Corrimos al puerto y quedamos impresionados. Jamás habíamos visto animal de semejantes dimensiones. El hedor a mar y a pescado descompuesto que provenía del estómago del animal era insoportable, y, a pesar de ello, curioseamos. Realmente no era de este mundo. Sí, sabíamos que eran grandes, pero tenerla tan cerca nos impresionó. Debía de medir unas veintidós varas. El lomo era negro y brillante. Parecía durísimo y muy suave, como una coraza pulida por los dioses. El leviatán del Génesis. Ahora entendía la pesadilla de Jonás. No podía imaginar lo que costaría despiezar aquel monstruo. La panza blanca, y las barbas… ¡Dios Altísimo! ¡Las barbas seguro que pasaban de las dos varas y media! La cabeza era extrañísima, parte del cuerpo en realidad. Cuando llegamos, la bestia ya estaba muerta. Con un arpón clavado en la cabeza, la habían remolcado hasta la playa. La gente se agolpaba a su alrededor. Algunos venían preparados para el despiece, pero las autoridades los detuvieron no sin ciertos problemas. Primero había que negociar.

Tras los servicios religiosos, los representantes concejiles convocaron una almoneda para el aprovechamiento de su unto. Allí fue donde Íñigo y yo entendimos realmente el valor del magnífico animal. Los poderosos pretendían reconducir a su favor, mediante porcentajes y líos de supuestos derechos, un beneficio que por tradición recaía en los pescadores. Los vascos solo tenemos el mar, pues la agricultura y ganadería no dan para salir de la miseria. En la almoneda se pusieron de manifiesto rencores, intereses y, sobre todo, el celo de los marineros por preservar las ganancias que ellos han sudado, por las que se juegan la vida y el pan de los suyos. Yo quería convertirme en uno de aquellos valientes. Se lo dije a Íñigo. Pero donde yo veo un héroe con pata de palo, mi amigo ve un lisiado que no podrá mantener a su familia. Tenemos una visión de la vida muy distinta. Yo estoy dispuesta a convertirme en leyenda, a cualquier precio. Demostrar al mundo que soy mucho más que una mujer. Aunque en ello me deje la vida. Solo la mirada preocupada de Íñigo y sus sentimientos encontrados en mi piel me hacen dudar y, a ratos, le odio incluso por ello. Pero intento ser justa. Tiene miedo de perderme. No imagina lo fuerte que me siento. En ocasiones, incluso, invencible. El tiempo en el bosque me ha provisto de una buena coraza.

—Mendaro —me llama Íñigo todavía masticando el último pedazo de pan—. Venga, ve a desayunar que te relevo.

Me levanto entusiasmada y le propino un masculino golpe en el hombro.

—Gracias, amigo.

Íñigo vuelve los ojos, molesto.

—Eso no es necesario —dice chistándome—. Y hay que volver a cortarte el pelo. En cuanto te crece un poco, se te pone cara de doncella…

—Venga, ya. Nadie sospecha nada —respondo divertida con voz ronca—. Te preocupas demasiado. Me voy a comer.

—¡Espera! —exclama repentinamente. Y se me acerca para susurrarme al oído—. No te acerques al pelirrojo, ese de mirada turbia que llaman Domingo de Eguaras.

Veo el aviso de peligro en sus ojos y asiento. Solo llevamos dos días de singladura, pero yo también me he fijado en que hay varios tipos poco recomendables y uno de ellos parece tener una perturbadora inclinación por los más jóvenes.

—¡Navío ciñendo por la amura de estribor! —se oye desde lo alto.

Nos volvemos hacia la torre de navegación con curiosidad. Seguimos sin entender de barcos aunque, gracias a la educación del padre Bautista, podemos pretender lo contrario.

—Vamos, apresúrate —me insta mi amigo.

El proceso de fletación resultó fascinante. El barco debía llevar un mínimo de trescientos kilos de víveres y bebida por cada hombre a bordo. La mayoría partimos de Deba, pero un grupo se incorporó en San Sebastián, y los vimos embarcar desde la cubierta con sus respectivos cofres.

Hasta ayer no comenzó propiamente la travesía. Se efectuarán paradas de aprovisionamiento, pero hay que estar preparados para lo peor, pues algunos pueblos podrían resultar hostiles y los marineros vascos no disfrutamos de muchas simpatías fuera de nuestras fronteras. La equipación, de hecho, incluye armamento para la defensa. Tanto los enemigos de la Corona, como los corsos y piratas, podrían atacarnos. Nuestro barco, el mayor de los tres que conforman la expedición, cuenta con cincuenta marinos, entre los que se incluyen el maestre, seis grumetes, dos pajes y un sacerdote. Los cirujanos titulados escasean en las costas vascas. Por suerte, en el último momento quedó libre el cirujano gascón Jaumeta Cazenare, que ha viajado ya con Pedro de Aguirre y es de su confianza.

Como e intento confiarme a Dios, pero mi cuerpo pide aire más que rezos.

21

Asier se detuvo al darse cuenta de que llevaba más de cuatro horas sentado ante el ordenador. Había arrancado la novela sin esfuerzo, y fluía con tal ímpetu que poco tenía que hacer él, más allá del esfuerzo lógico de organizar las palabras en la pantalla. Se levantó de la silla satisfecho por primera vez en años. Estaba agotado. Extenuado, física y mentalmente, como si él mismo hubiera estado limpiando la cubierta de aquel barco. ¿Lo había estado? Se metió en la cama, agradecido por esa pregunta sin sentido y sin embargo tan importante.

22

Cojo el tazón de leche. Solo podremos tomar leche a bordo esta semana. No merece la pena cargar más porque se echa a perder enseguida. Las tortas ya se han puesto gomosas. Al menos no saben todavía a moho. Una legión de mujeres, todas las que pueden hacerse con un horno, en Deba y en cualquier aldea cercana, trabajaron durante más de dos semanas preparando las tortas de trigo, el bizcocho y la galleta necesarias para nuestra expedición. Me siento en el suelo con las piernas cruzadas, como siempre, intentando pasar desapercibida.

Por fortuna, el vaivén del barco no nos ha mareado, ni a Íñigo ni a mí. Hay un grumete que desde que embarcamos no ha probado bocado y el capitán le ha permitido pasar el día tumbado hasta que se reponga. Solo hay que ver el color amarillo de su rostro para comprender que el chico no exagera. Los marineros son gente de honor y escaquearse del trabajo, aunque ahora mismo no haya demasiado, está muy mal visto. Me fijo en que la mayor parte de la tripulación ya ha comido y han regresado a sus labores. El sacerdote que me da el pan me observa inquisidor. A don Patxi no le gusta que te olvides de bendecir la comida. Me santiguo y murmullo el rezo antes de empezar a comer. Él asiente satisfecho.

Es su deber cuidar del rebaño. No suele ser difícil. Allí todo el mundo cree con fervor… O nadie subiría a bordo.

Mientras sorbo la leche, reparo en unos ojos verdes, pequeños, en un rostro de barba prieta y pelirroja. La típica barba con la que el gascón, que además de cirujano también hace las veces de barbero, se gana el jornal. Domingo de Eguaras tiene la frente enjuta, la nariz torcida y carece de armonía o proporciones naturales. Los desajustes son tales que no puedes dejar de mirarlo, pues la razón te obliga a poner orden de alguna manera en su rostro. Es como si la arcilla hubiera resbalado de las manos del Creador y su cara hubiese terminado estampada contra el suelo. Debería haber empezado de nuevo, pero ese día, el día de su nacimiento, Dios tenía prisa. Recogió la cabeza y la pegó de cualquier manera a un cuerpo tosco. Así fue Domingo de Eguaras enviado a la tierra: como un hombre que nunca encajaría. No es muy alto pero tiene hombros anchos y fuertes. Los dedos de las manos son gruesos y extrañamente cortos, puro callo. Y siempre está solo. Retiro la vista, asustada. Algo en esa mirada me recuerda a la de Martin Lurra. Pero no puede ser. Ahora soy varón. Mi corazón se acelera. Maldigo a Íñigo por haberme advertido contra este tipo. Estoy obsesionada. Alguien le llama. No sé quién porque el miedo me impide oír nada más. Con el rabillo del ojo veo que Domingo se levanta y sube a cubierta. Suspiro aliviada…, entonces, caigo en la cuenta: ¿desde cuándo no tengo la menstruación? ¡Dios mío, la última vez estaba con mi familia, en la aldea…! ¡Voy para la tercera falta!

—¿Te encuentras mal, Mendaro? —me pregunta el padre Patxi, llamándome como todos aquí, por mi apellido.

—No, gracias, padre. Estoy bien —disimulo y sorbo un poco de leche para demostrárselo.

El padre Patxi no termina de creerme. Es hijo y nieto de marinos.

—Si necesitas hablar con alguien, estoy aquí. ¿Hace mucho que no te confiesas?

—Ajusté mis deudas con Dios antes de embarcar, padre —miento—. Los días previos fueron… complicados, ya sabe a qué me refiero.

El sacerdote entiende, los jóvenes intentan beberse el mundo por si no regresan. Las tabernas los acogen con los brazos abiertos. Y no solo es el alcohol. La carne también necesita sus alivios y las travesías son largas. El sacerdote se da por vencido y vuelve a sus quehaceres: recoger el desayuno, pasearse entre los marineros, atento a las necesidades del espíritu, preparar los servicios de la tarde…

La menstruación. ¿Cómo pude haber olvidado algo así? Las emociones, la paliza tremenda, el tiempo de recuperación en el bosque de más de un mes… Claro que me sentí rara muchas veces, pero los síntomas iniciales debieron de quedar enmascarados por los rigores del monte. Santo Dios, ¿estoy realmente preñada de Martin Lurra? Si es así, solo me queda tirarme por la borda. Me levanto del suelo. Pero al ver la torta apenas sin terminar, me vuelvo a sentar. Engullo apresuradamente. Apuro la leche. Tengo que hablar con Íñigo. ¿Para qué? ¿Qué va a hacer él? Quizá podríamos desertar. Aprovechar la primera toma de tierra para huir. ¿Adónde? ¿Y cómo sobreviviré sin dinero, sin familia ni amigos, en tierra extraña? Podría vender el cofre y mis pertenencias… Dios mío, ten piedad de mí. Ayúdame. Sé que una y mil veces te he fallado. Pero no merezco este castigo. Esta no puede ser tu voluntad. Perdona mi arrogancia. Tú que todo lo puedes, líbrame de esta semilla maldita.

Necesito tomar aire. Subo por la escalera intentando calmarme. Una tremenda arcada asciende por mi pecho. En cuanto la brisa marina me golpea, sé que no podré contenerme por más tiempo. Corro a vomitar por la borda.

—Ya sabía que te encontrabas mal, Mendaro. No hay nada de que avergonzarse —oigo decir al sacerdote—. Es tu primera vez a bordo, ¿no es cierto?

Una nueva arcada me impide responder.

—Échalo todo, hijo, échalo todo.

Casi me entran ganas de reír. ¡Ojalá pudiera! Unos pasos se aproximan. Yo no me siento con fuerzas para levantar la cabeza.

—¡Mendaro! —exclama Íñigo asustado.

—A veces los mareos no empiezan el primer día —le informa el sacerdote con naturalidad—. No creo que sea de comida en mal estado, al menos no todavía. Debe de ser el vaivén.

Vuelven las náuseas. El sacerdote va a ponerme una mano sobre los hombros, pero lo retiro con rudeza. No quiero que nadie me toque. No podría soportarlo. ¡Maldita sea! Estoy furiosa. Me las he arreglado para conseguir el trabajo como hombre. He aprendido a defecar y a orinar como un hombre. Más aún, soy capaz de retener el orín durante horas, hasta que, al amparo de la noche, puedo hacer mis necesidades en privado. Apenas siento mi pecho. Solo aflojo el fajín cuando todo el mundo duerme y siempre protegida por Íñigo. Nadie sospecharía que soy una mujer, ¿es que tanta lucha va a ser inútil?

Por fin me recompongo. Le hago un gesto al sacerdote de que estoy mejor. Cuando se va, me vuelvo hacia Íñigo. Él repara en mi mirada asustada.

—¿Algo te ha sentado mal? —me pregunta discretamente—. ¿Estás mareada?

—Estoy preñada —susurro.

Su rostro palidece, aunque no tanto como el mío.

—No es posible. ¿Seguro?

—Hace casi tres meses que no me baja el periodo, tengo hambre a todas horas y empiezo a sentirme hinchada.

Nos quedamos mirándonos, sin saber qué hacer. A Íñigo le hierve la sangre. Su mandíbula se tensa. Yo me acerco a la barandilla y miro la estela que deja el barco a su paso. El viento está a nuestro favor desde hace tres horas y navegamos a toda vela.

—No me gusta lo que estás pensando —me advierte Íñigo.

—¿Qué estoy pensando? —le pregunto con los ojos fijos en las ondas del mar.

—Quitártelo.

Suelto una carcajada sonora, histérica, desesperada.

—¿Y cómo, Íñigo, cómo? ¿Le pido al cirujano que lo haga? Si se enteran de que una mujer les ha engañado, me abandonan en cuanto avisten tierra o me tiran por la borda. Si pudiera, lo haría… Será el bastardo de una bestia.

—Es un inocente. Sería un gran pecado. No puedes hacer algo así…

—¡Basta! —le detengo indignada—. No voy a discutir eso contigo.

Íñigo baja la cabeza, preocupado.

—¿Qué vas a hacer? —pregunta.

No respondo. Escucho la mar y siento que es la única que me ofrece una solución. Son demasiados meses de travesía. Aunque me ponga ropa holgada y me mate de hambre para no engordar, el niño probablemente nacerá antes de volver. Los ojos se me humedecen. Me vuelvo hacia Íñigo haciendo acopio de valor y le digo:

—Voy a volver al trabajo antes de que nos llamen la atención.

Camino como si me encontrara en un sueño. De repente, el barco y la gente que me rodea cobran un significado distinto. Hasta ahora sentía que cabalgaba en un pájaro hacia un destino glorioso. Ahora se me antoja una cárcel de la que no podré escapar. Al menos, no viva. Los ojos de Íñigo están pegados en mi espalda, y lo lamento por él. Es un buen amigo y solo quiere ayudar, pero no puede hacer nada. Cada paso que doy hacia mi cubo de agua sucia, me recuerda que este cuerpo ya no es el mío, sino una simple carcasa, otra nave en la que viajo alojada. El alma ha deshecho los infinitos nudos que la mantenían adherida a la carne y, al desprenderse, al quedarse suelta dentro del cuerpo, vibra sin control. Se asoma al mundo a través de su ventana natural, mis ojos, y oscila sin concierto tras haber perdido sus tentáculos. Ahora cada paso es un golpe, cada giro de cabeza una violenta sacudida. Vuelven las náuseas. Pero me contengo. No es el embarazo, sino el miedo, el pánico. Tranquila, me digo a mí misma. Solo tienes que arrodillarte, coger el cepillo y terminar de limpiar la cubierta. *Izena duen guztia omen da.* Todo lo que tiene nombre existe. Solo hay que encontrar la salida. No siento nada en el vientre. Nada. Tampoco en mi cuerpo. Restriego con fuerza, con tanta fuerza que…

—Muchacho, reserva algo de fuerza, que nos queda mucha travesía.

Levanto la cabeza. Es el capitán que me sonríe divertido. Los otros grumetes me miran con fastidio. Sé lo que piensan. Que estoy llamando la atención del que manda a propósito. ¡Y qué más me da! Tengo ganas de gritarles que no se preocupen. Pronto me quitaré de su camino. Voy a acabar en el fondo del mar, convertida en comida para los peces. Se acabó. Y lo peor es que no podré cumplir mi venganza. Muy al contrario, es Martin Lurra quien se ha vengado de mi desplante. Si lo supiera, qué feliz se sentiría el muy canalla.

El timonel reclama su presencia en la torre y el capitán se va.

—Amalur, tranquilízate —susurra Íñigo.

Pero no quiero oírle, solo quiero golpear, machacar, quiero sentir carne bajo mi puño, ver sangre, quiero dolor, quiero que alguien me suplique por su vida, quiero que cada hombre de este barco pague por la violación. No por mi violación, porque esa no la siento mía. Una violación es del que la comete. Les pertenece a ellos, a esas bestias llamadas hombres. Los odio. Los maldigo. Monstruos incapaces de controlar sus urgencias. Íñigo detiene mi mano. He cogido mal el cepillo y me he hecho sangre por la fricción en el lateral de la mano derecha.

—Estás llamando la atención —me advierte.

Me fijo en que al restregar he ido dejando un rastro de sangre sobre los tablones de roble, apenas una sombra rojiza. Tengo una rozadura seria en la mano.

—Tendré que volver a limpiar —concluyo.

—No, yo termino. Y que el cirujano te vende esa mano.

Quiero odiarle, pero a Íñigo no puedo. Nunca me ha pedido cosa alguna. Y si lo ha hecho, ha sabido aceptar la negativa. Ha pensado en mí, a pesar de ser una mujer. Sé que me respeta, que me siente casi como un igual. Tengo que ser justa. Y práctica: necesitaré ayuda. Inspiro. No es un suspiro, sino un intento de que lo sea, y termina en una bocanada de aire incapaz de poner siquiera punto y aparte. El punto y final es imposible en este momento.

—Encontraremos una solución —me asegura—. Queda mucho para que ese niño nazca. Quizá para entonces ya estemos de vuelta.

Yo no lo creo, y él tampoco. Pero eso, en estos momentos, no importa. Urge sobrevivir, que nadie se entere. Hasta ahora, era una mujer vestida de hombre. Ahora soy una mujer preñada vestida de hombre.

Las jornadas empiezan a amontonarse en el calendario y pronto pasa una semana. Froto la cubierta, de la proa a la popa. Y la zona del interior en la que dormimos si la noche es fresca. Limpio útiles de navegación y pesca que no sé muy bien para qué sirven. También mantenemos limpias las armas. Lío cuerda, suelto cuerda. Pelo patatas. Busco ratones. Asisto al sacerdote con los deberes santos, haciendo las veces de monaguillo durante los oficios. Quito piojos. También chinches de las mantas. Ayudo al calafatero a reparar pequeñas grietas del casco. El tiempo nos acompaña y la navegación está resultando muy sencilla. Oigo al cirujano que se preocupa por la limpieza de los hombres. Teme al tifus y el escorbuto. Alimento a las tres cabras que nos acompañan. Ahora nos dan algo de leche. Limpio su paja cada mañana. Más adelante las comeremos. Llevamos también diez gallinas que correrán la misma suerte.

Evito confraternizar, aunque ya sé que me llaman raro. Especialmente, aunque por motivos muy distintos, evito a Domingo de Eguaras y al capitán, que desgraciadamente parece haberme tomado cariño. Íñigo intenta protegerme de los rumores pero a mí no me importan. Cada día que pasa me siento más aislada. Observo la mar, el cielo, las estrellas que no han dejado de caer sobre nosotros desde que partimos. El tiempo acompaña y las noches son más luminosas que los días de invierno en la aldea… Creo que es un acto de protección, la triquiñuela a la que mi cerebro se entrega.

Ha pasado una semana y no he pensado ni una sola vez en ese ser que crece en mi interior. Íñigo y yo hemos llegado a un pacto no verbal: del embarazo no se habla. Pero hoy, apretada contra Íñigo en la cubierta, el mal sueño retorna bajo un cielo cuajado de pensamientos luminosos. Porque allí están todos. Los pensamientos de los marinos que han mirado el firmamento y han soñado, temido, anhelado. Estoy segura de que el deseo de regresar a casa ha sido el más repetido por aquellos mares de Dios. Huelo el carbón, a las bestias que nos calientan. Percibo el olor dulce de la leche apenas ordeñada, y del pan recién cocido. Recuerdo en el rostro la sensación de frescor al abrir la ventana por la mañana y me doy cuenta de que estoy llorando. No quiero morir. Me limpio las lágrimas y me incorporo con cuidado para no despertar a Íñigo. Con la manta de piel de oveja, sorteo a los marineros que duermen en cubierta y me dirijo hacia la proa.

En el alcázar, el timonel Gonzalo Núñez, un donostiarra de rostro impasible surcado por sus más de cuatro décadas en la mar y los duros viajes con los que ha sustentado a una ancha familia, me hace una seña de saludo. Es el único tripulante en vela y canturrea una canción religiosa para mantenerse despierto. El vaivén de las olas y la misma mar son los causantes del sueño profundo de la tripulación. El trabajo duro aún no ha comenzado, pero la mar produce somnolencia. Camino silenciosa hasta el final del barco, buscando ganarme unos metros de soledad.

Me apoyo en la barandilla de la popa. La estela azabache que deja el barco se difumina a nuestro paso. Meandros brillantes de ríos en la mar. Hipnóticos. Ilusorios. Al resbalar la mirada por el cascarón del barco, siento un vértigo inquietante. Podría dejarme tragar por los abismos. ¿Podría? Mi mirada se ha quedado clavada en las olas. Me siento vestida de humedad. Un crujido a mi espalda me sobresalta y me vuelvo molesta. Es Domingo, con su rostro desconcertante y grotesco. Me preocupa.

—¿Echas de menos tu casa? —me pregunta.

—No —respondo con sequedad, como si al cambiar de sexo todo en mí se hubiera vuelto del revés.

—No te creo. Es la primera vez que embarcas.

No me gusta el tono de su voz. Menos aún que su rostro amasado sin concierto. Presiento peligro. El barco es demasiado pequeño, para bien y para mal. Y ya hemos entendido que las leyes de la mar no se aplican con guante suave. Me fijo en las manos. Sus dedos cortos y fuertes. Tiene las uñas negras, como las de la mayoría de los marineros. El cirujano intenta que se mantenga la higiene pero con muchos de ellos, la suya es una misión imposible. Cuando está muy harto, nos llama guarros y dice que prefiere trabajar con moros porque, según parece, cuidan mucho la higiene. No sé si será verdad. Nosotros creemos que lo dice para insultarnos y nadie le toma en serio. Yo suelo cuidar que las mías estén limpias, pero no demasiado porque no quiero llamar la atención precisamente por exceso de pulcritud.

—Si no te importa, estoy rezando —le digo sin mirarlo.

—¿Puedo acompañarte? —pregunta con una mueca. Sus ojos

pequeños se encienden, seguros de sí mismos. A mi pesar, ahora sí que me vuelvo hacia él.

—¿Qué quieres?

—Nada —responde cortante, y luego calla, provocando un extraño silencio que pronto insiste en romper—. Yo también estoy aquí solo.

Me sorprende la confidencia. Intento mostrarme compasiva, pero las palabras no aciertan a salir de mi boca y no me atrevo a improvisar. Desde que me convertí en Mendaro, no me lo puedo permitir.

—Echo de menos mi casa —confiesa Domingo—. Aunque mi hermano mayor es un mal nacido. Por su culpa tuve que echarme a la mar. Y no hacía falta. Mi padre dejó para todos. Pero él siempre me odió, quiso deshacerse de mí desde el mismo día en que nací.

El marinero se ha perdido ya en su historia y no puedo detenerle. No solo a mí me persigue el pasado.

—Y yo odio esto —concluye echando una mirada cargada de disgusto a su alrededor.

Lo miro extrañada. Entiendo que echarse a la mar es la única salida de muchos, pero siempre hay alternativas, aunque sean miserables.

—Podías haber aprendido un oficio, quedarte en tierra…

Me lanza un mirada amarga.

—Mi hermano se encargó de cerrar esa puerta para mí.

—Bueno, él no puede cerrarte la puerta en todos los lugares.

—No, eso es cierto —reconoce sombrío para sí—. Pero es que no es solo eso. Yo… Mírame. La gente me tiene miedo desde que nací. La partera tuvo que tirar de mí con tanta fuerza para arrancarme del vientre de mi madre que me deformó los huesos de la cara para siempre.

—Bueno, no es para tanto.

—No hace falta mentir. Sé perfectamente que a la gente le repugno. Siento sus miradas de asco. Se me han quedado pegadas a la piel.

La confesión, tan íntima y sincera, me lleva a una compasión peligrosa.

—Pobre hombre…

Me mira con el rencor profundo del que solo es capaz el mil veces humillado, y la fuerza de su dolor me arruga el ánimo.

—La gente no te da una oportunidad cuando eres un monstruo. Mi propia madre me hubiera ahogado en el río de no haber intervenido el cura. Me odiaba. ¿Sabes cómo me llamaba? Sanguijuela. Decía que lo fui desde que nací; por eso no me soltaba de su vientre y por eso Dios me había castigado con este aspecto.

Me callo. ¿Qué sé yo de nada? ¿Puedo ponerme en su pellejo? Podría intentar hacerme a la idea, pero estar atrapado en un cuerpo monstruoso no tiene remedio. Esa sí que es una cárcel cruel. Siento compasión. La vida, esa que tanto he amado, se me antoja un regalo envenenado. Siento que existimos como mero divertimento de un Dios perverso.

—¿Por qué asusto? —insiste Domingo—. ¿Por qué nadie me llama por mi nombre?

—Es por cómo miras —le digo, sin entender muy bien por qué estoy manteniendo esta conversación.

—Así es como se mira con estos ojos que Dios me dio, o el diablo o quien demonios me haya querido castigar.

Él me busca con la mirada desesperada. Pero yo no puedo

dejar que me encuentre, temo ser descubierta. Y él, como es de esperar, lo malinterpreta.

—Tampoco tú puedes mirarme, ¿verdad?

—Yo… tengo mis inquietudes —respondo finalmente.

Mi comentario le sorprende.

—¿Qué problema puede tener un mozalbete de buena planta y saludable que el tiempo no cure?

Me siento muy incómoda. Quiero irme, pero sin herir sus sentimientos.

—Enseguida amanecerá. Agradezco tu interés pero ahora me voy a descansar.

Tal vez por el tono decidido de mi voz, esta vez se hace a un lado para dejarme pasar.

—Si te sientes solo… —comienza.

—No estoy solo —respondo molesta.

Domingo asiente. Su rostro ahora queda en sombra. Su silueta, recortada contra el cielo me recuerda la del roble torcido y seco del antiguo akelarre.

—Ah, sí —denota con un tono teñido de envidia—. Ese Íñigo y tú sois muy buenos amigos. Solo quiero que sepas que la travesía es muy larga. Es bueno tener compañeros de verdad.

Asiento en señal de reconocimiento y, ahora sí, huyo, maldiciendo ese lugar donde una no puede desesperarse a solas. Es el colmo. Cuando esté preparada para saltar, deberé hacerlo rápido o alguien podría rescatarme. Me entran ganas de llorar de rabia o de soltar una carcajada desesperada… pero no quiero encontrarme con más gente despierta.

23

Siguiendo su rutina, Amaia se levantó pasado el mediodía. Se lavó la cara con lentitud y observó su armonioso rostro. La belleza puede ser un regalo fatal, es cierto, pero sin duda peor es sentirse atrapado en un cuerpo deforme que no te corresponde, pensó mientras se secaba.

Dormir, descansar. El alma inquieta. Amaia suspiró. Puede que exista el descanso; sin embargo, tras él, siempre llega el despertar, la vuelta a la búsqueda. Se tumbó otra vez, tan cansada… Había rastreado hasta la consunción y sentía que ahora finalmente alguien pondría nombres, adjetivos y verbos a su historia. Nada estaba asegurado, pero valía la pena intentarlo. Cualquier cosa valía la pena con tal de recuperar a Erik. Volvió a la cama al poco rato, por no obligarse a tener esperanzas.

Asier quería, no, necesitaba, ver a Amaia. Saber más. De ella, de la historia. A las siete y cuarto de la tarde, el hombre regresó a casa hambriento, con ganas de escribir. Las palabras llegaron, y él dejó de hacerse preguntas.

24

—*Angelus Domini nuntiavit Mariae* —reza el padre Patxi en cubierta antes de desayunar. A sus pies se congrega la tripulación. En la mesa de la torre, don Patxi prepara todas la mañanas un inmaculado paño blanco y frente a él se celebran los rezos, seguidos por los marineros con una fe directamente proporcional a las millas que van alejándonos de nuestros hogares. Al menos eso parece, por el fervor con el que se agarran a los rezos. Todos menos yo.

—*Et concepit de Spiritu Sancto. Ave Maria* —murmura la tripulación.

—*Ecce ancilla Domini* —continúa el sacerdote. Es un hombre bajo, muy moreno y de barba prieta, con aspecto de labriego y mente estrecha. Intenté conversar con él como con don Bautista, pero pronto comprendí que carece de formación.

—*... fiat mihi secundum verbum tuum. Ave Maria...* —le secunda su rebaño.

—*Et Verbum caro factum est...* —El tono del sacerdote es solemne pero monótono. Me pregunto si entenderá lo que dice. Estoy convencida de que la mayoría de mis compañeros lo ignora. Pero eso ¿qué le importa al sacerdote? Lo importante es tener devoción ciega, seguir los preceptos que nos llevarán a la vida eterna y aceptar con resignación las dificultades. Solo el capitán, el contramaestre y el cirujano gascón son ilustrados, y he notado que Jaumeta Cazenare, un cuarentón tostado por el sol y el aire de la mar como los marineros que llevan a bordo toda la vida, siempre se pone en la última fila durante los servicios.

—... *ut digni efficiamur promissionibus Christi.*

El padre Patxi asiente con severidad y alza las manos.

—*Oremus. Gratiam tuam, quaesumus Domine.*

Alzo la vista al cielo y allí está, como enviada por la Madre de Dios: una gaviota. Se levanta un murmullo de entusiasmo que el sacerdote corta con un carraspeo seco. Los rezos no han terminado. El capitán hace un gesto a la tripulación para que se contenga y así lo hacemos. Si hay algo más fuerte que la fe a bordo, es la obediencia ciega al capitán. Don Patxi concluye el Ángelus.

—*Per eundem Christum Dominum nostrum. Amen.*

—*Amen* —repetimos todos. Y nos santiguamos con presteza. Por fin, tras tres semanas de travesía, nos acercamos a tierra firme y nos embarga un sentimiento contagioso que se expande a la velocidad del rayo por la cubierta.

—¡Vigía! ¡A su puesto! —grita el capitán.

Uno de los jóvenes grumetes sube rápidamente mientras los demás le observamos, aguardando ansiosos la confirmación.

—¡Tierra!

El capitán se frota las manos satisfecho y se dirige al contramaestre.

—Preparemos el desembarco.

Los marineros desean salir del barco, asearse como es debido, comer algo que no sean patatas y pescado, pues las frutas y verduras hace más de una semana que se agotaron. Sueñan con emborracharse hasta perder el sentido. Si puede ser con compañía femenina, mejor. Yo me vuelvo decidida hacia Íñigo. Mi amigo del alma se preocupa.

—¿No pensarás en desertar? —me pregunta en susurros—. No tendríamos ninguna oportunidad en tierra extranjera. Y si el capitán envía en nuestra busca, nos matarán.

Íñigo no exagera. La disciplina a bordo se mantiene con leyes no escritas de una crueldad ejemplarizante. En estas semanas el comportamiento de la tripulación ha sido bueno, pero nos hemos enterado de que en el barco que capitanea Esteban de Tellaría han dado cien latigazos a un hombre como castigo por hacerse el enfermo. También se nos informó que participar en una pelea o en juegos de azar con dinero está castigado con la merma de los beneficios a final del viaje, por lo general a favor del marinero perjudicado o de la Iglesia. Como es lógico, el castigo máximo se aplica en caso de asesinato. El asesino es atado a su víctima y enviado con ella al agua. Nuestro capitán, don Pedro de Aguirre, tiene fama bien ganada de hombre justo, pero no le tiembla el pulso para aplicar la ley del mar. Hace dos años mandó cortar la mano de un marinero que había robado a un compañero sus útiles de pesca.

—Claro que no voy a desertar. Lo que quiero es deshacerme de esto —le explico tocando mi vientre con discreción—. Seguro que en tierra encontraré la manera.

Íñigo abre los ojos como platos. Le espanta la idea por dos razones. La primera, de índole religiosa, a mí me preocupa, es cierto, pero no como para detenerme. Ya me ocuparé de lidiar con mi conciencia más adelante. Además, tengo experiencia negociando con los fantasmas. La segunda soy yo. Hemos oído en el pueblo mil veces historias de mujeres que mueren durante estas intervenciones.

—¿Y si te pasa algo? ¿Y si mueres? —me pregunta Íñigo.

—Voy a hacerlo, Íñigo. Si quieres, me acompañas. Si no, me las apañaré yo sola.

Mientras charlamos, los marineros han estado organizándose, haciendo bromas sobre lo que harán con su tiempo en tierra. El capitán, muy serio, pide silencio desde la torre. Nos arremolinamos bajo su púlpito.

—¡Silencio! No vamos a desembarcar. Arriaremos una chalupa. Tres marineros serán suficientes para aprovisionar el barco.

Se oye un murmullo de descontento y algunas tímidas quejas que Pedro de Aguirre corta de raíz con dureza.

—Desembarcarán solo los necesarios para el avituallamiento —repite con seriedad—. Nuestra expedición salió con retraso de Deba...

—Pero, señor, eso fue culpa de los permisos —se atreve a replicar un marinero fuerte y joven de Astigarribia. Lope, se llama.

El capitán se vuelve hacia él con severidad.

—Nuestras excusas no les importan a los balleneros holandeses e ingleses. No voy a permitir que se nos adelanten y se lleven las mejores piezas. ¿Entendido?

Nadie más se atreve a disentir. Mi corazón se ha quedado helado. La esperanza arrancada de cuajo.

—¡Preparad la lancha!

Aunque cada cual debe seguir con sus obligaciones e ignorar que nos acercamos a tierra, todos estamos pendientes de quiénes serán los elegidos para tripular la chalupa. Seguimos los pasos del capitán y los cuchicheos entre el contramaestre y el timonel. El cirujano gascón es llamado a la torre y allí escribe lo que imaginamos es una lista con las necesidades del barco. Al cabo de un rato, parecen haberse puesto de acuerdo.

Yo estudio la costa, el pueblo hacia el que nos acercamos. El verde de las suaves laderas se me antoja el color más deslumbrante que haya visto jamás y me recuerda a los pastos que rodean el caserío de los Mendaro. Invoco a mis antepasados, a mi abuelo, y escucho atentamente esperando que su voz llegue entre la brisa. Necesito ayuda del otro mundo si quiero alcanzar tierra.

Parece un pueblo importante construido en piedra grisácea. Allí deben de pasar muchas cosas. Seguro que alguna mujer puede ayudarme. Hay un faro en un montículo y se nota que es un lugar de paso, pues hay tres buques tan grandes como el nuestro atracados en el puerto. Podríamos acercarnos con el barco hasta allí, hay fondo suficiente, pero Pedro de Aguirre no se la va a jugar. No quiere perder tiempo, ni tampoco a ninguno de sus hombres y sabe que, una vez en tierra, una tripulación tan numerosa es difícil de controlar.

Llegan dos chalupas desde los galeones de Esteban de Tellaría y Martín de Villafranca con sus capitanes. Suben a bordo y nuestro capitán los conduce a su cabina. Nuestros marineros ayudan a amarrar las chalupas a las garruchas laterales y los hombres que traen a sus respectivos capitanes suben a confraternizar. Muchos se conocen desde hace años. Les ofrecen agua y tortas. Comentan la situación y lo que ha ido sucediendo a bordo a lo largo de la última semana. Parece que Esteban de Tellaría tiene una idea distinta a la de Pedro de Aguirre y propone una parada técnica de un par de días.

De repente, miro. Allí, entre los marineros, está Martin Lurra.

Tengo que pestañear para comprobar que mis ojos no me engañan. Instintivamente me escondo entre el gentío. Se le ve tan tranquilo. Seguro de sí mismo, en animada charla con los marineros. Me vuelvo hacia Íñigo. También él lo ha visto y se ha quedado petrificado. Noto que su mandíbula se pone rígida y me asusto. Le conozco desde niño. Cuándo se enfrentaba a los matones del pueblo, o sentía una injusticia, apretaba las mandíbulas, conteniendo la rabia en su interior, pero era muy capaz de explotar en cualquier momento. Me acerco a él y le agarro discretamente del brazo. Me mira, y lo que dejan traslucir sus ojos me espanta:

—Es él, ¿verdad?

—Íñigo, tranquilízate —susurro.

—Lo mataré.

—No, lo mataré yo. Cuando llegue el momento —le advierto, con una frialdad que me sorprende a mí misma.

—Maldita sea, ¿cómo puede estar en esta expedición? ¡Qué mala suerte!

—Quizá Dios quiere darme la oportunidad de ajustar cuentas.

Martin Lurra se vuelve hacia nosotros, pero no nos reconoce entre el grupo de marineros. Por precaución, nos volvemos hacia la mar. Apoyados en la barandilla, aparentamos charlar tranquilamente, lejos del jolgorio que las visitas de los capitanes y sus marineros han provocado a bordo.

—¿Crees que me reconocerá? —le pregunto.

—No lo sé. No creo, a menos que te tenga muy cerca. En mí dudo que haya reparado jamás.

—Bien. Pues me mantendré a distancia. Ahora lo que necesito es bajar a tierra.

Íñigo me mira asombrado.

—¿De verdad vas a seguir con eso?

—Solo te pido que me apoyes, y me cubras —le digo muy seria—. Y que reces para que ese malnacido no baje también.

Vuelvo la mirada hacia la puerta del capitán Pedro de Aguirre, cerrada a cal y canto mientras los responsables de la expedición se ponen de acuerdo. Domingo de Eguaras ha notado que Íñigo y yo nos mantenemos al margen y se nos acerca.

—¿Qué sucede Mendaro? ¿Queréis bajar? —me pregunta. Me sobresalto al darme cuenta de lo cerca que está de mí y, más aún, de que me haya estudiado con la atención suficiente para darse cuenta de mis deseos.

—Sí, claro, como todos.

—Parece que vosotros dos tenéis más ganas que nadie. Los otros andan parloteando, discutiendo entre ellos por si el capitán lo deja en sus manos y lo pueden echar a suertes. Pero vosotros estáis aquí, maquinando un plan. Es imposible que piséis tierra.

Me lanza una mirada que me perturba y sonríe muy seguro de sí mismo.

—Sabemos nuestra posición en el barco, no hace falta que nos la recuerdes —salta Íñigo a la defensiva.

—Seguro que daríais lo que fuera por bajar, ¿verdad?

—¿Y quién no? —le pregunto enfadada. Domingo nos irrita con su insistencia.

—Yo. Yo sé que seré uno de los que vayan en esa chalupa.

Le miramos asombrados. Una vez más, este ser deforme demuestra llevar ventaja. ¿Cómo lo consigue?

—¿Y qué te da tal seguridad? —inquiere Íñigo.

—Que soy, junto al cirujano, el único que chapurrea un poco

el inglés y estamos en la costa irlandesa. Otros capitanes no me quieren a bordo, no soportan mi físico, pero Pedro de Aguirre sabe que puedo ser de mucha ayuda. Por eso trabajo con él siempre que quiero.

No puedo evitar observarle con admiración. Rápidamente calculo: Jaumeta Cazenare y él ya son dos. Como mucho llevarán a otros dos marineros en la lancha, y seguramente el capitán preferirá enviar a algún tipo experimentado y forzudo que les sirva para acarrear los víveres y esté preparado para la defensa por si las cosas se ponen feas. Si es que no va él mismo a tierra, en cuyo caso se trataría solo de una persona más. Domingo nota mi desesperación y se alegra. Esto me desconcierta. A veces me da la impresión de que me busca, que mi amistad le importa por alguna razón incomprensible para mí. Pero en otras ocasiones me perturba con sus miradas y comentarios despectivos. La noche pasada, por ejemplo, mientras yo trenzaba unos cordeles para los arpones con Íñigo, pasó por nuestro lado e insinuó que parecíamos dos mujeres. Íñigo saltó a su cuello y a punto estuvimos de tener un buen lío pero, por suerte, pude separarlos a tiempo. Es como si disfrutara metiéndose conmigo, dejándome en ridículo frente a los compañeros.

Domingo se aleja e Íñigo se vuelve hacia mí, muy preocupado. Me sabe capaz de cualquier locura.

—Voy a bajar —aseguro—. Soy capaz de irme a nado.

—No digas tonterías.

—No, tienes razón. A nado no —reconozco. Sopeso la distancia entre el punto en el que echaremos el ancla y el puerto. Me fijo en la chalupa del capitán, más pequeña que las que se usan para cazar ballenas o cargar mercancías. Está colgada en la amura de estribor. Forma parte del paisaje habitual, pero no se suele usar—. Partirán a mediodía. Hasta la noche no regresarán. Y eso, si no tienen problemas. No levaremos anclas antes de mañana a primera hora. En cuanto caiga la noche, cojo la lancha del capitán y me voy a tierra.

—¿Estás loca? Se darán cuenta.

—Puede ser, pero no antes de que yo alcance la costa. Cuando regrese, diré que necesitaba pisar firme. Si me pillan, serán unos latigazos. Valdrá la pena.

Íñigo maldice entre dientes, impotente.

—Amalur, es imposible que salga bien. Si no mueres por culpa de la arpía que te quite eso, te pillarán de todas formas. Los latigazos no se propinan con la ropa puesta, ¿recuerdas? Debajo de esa faja, eres una mujer. E incluso si sobrevives a la bruja y te libras de los azotes, estarás muy débil para afrontar el trabajo diario. Perderás mucha sangre, o cogerás una infección. ¡Por Dios santo, un aborto no es una broma!

Tiene razón pero no pienso dársela. Encontrar a una matrona que pueda matar lo que llevo dentro es mi única oportunidad de vivir. Tengo que intentarlo.

—No te voy a ayudar. Es un suicidio —concluye Íñigo furioso. Y me deja sola junto a la barandilla de babor.

El capitán sale de su cabina, seguido por sus homólogos. Se despiden con cordialidad y sus respectivas tripulaciones hacen lo propio. Martin Lurra pronto está en la chalupa, de regreso a su nave. En cuanto se encuentran a cierta distancia, el capitán se dirige al contramaestre. Este toma notas de sus órdenes. Después, se encamina a popa. Allí le aguarda paciente Domingo, apoyado en la barandilla.

El contramaestre se llama Juan Mari Oteiza y procede de una familia de marinos mercantes cuyos abuelos hicieron fortuna durante los primeros viajes a América. Pero la última generación, la de su padre, despilfarró la herencia. Era un bala perdida que en una visita a los parientes vascos dejó preñada a la chica más guapa del pueblo y, tras la intervención de la humilde pero violenta familia de ella, aceptó casarse. Juan Mari fue el sexto de los hermanos y nació ya de una mujer que había perdido la belleza y las ganas de vivir, con un marido ausente que, tras hacerle el octavo vástago, murió en una partida de dados. Juan Mari y sus cuatro hermanos varones tuvieron que salir a la mar. Solo la hermana pequeña quedó en tierra, bien casada con un panadero de Deba, gracias a la dote que entre los hermanos pudieron proporcionar. Sabían que ayudar a que su hermana hiciera un buen matrimonio era la mejor ofrenda a su difunta madre. Juan Mari, que se acerca ya a los treinta, es un marinero responsable, serio, que no soporta a los caraduras. Espera que con nuestra campaña conseguirá el beneficio suficiente para poder casarse con una costurera de Orio de la que se enamoró hace tres inviernos.

De todo eso y más yo me he enterado por las noches, tumbada en la cubierta, oyendo a los marineros hablar de sus familias, de lo que dejan detrás, de sus anhelos… A nadie le gusta hablar de la caza de la ballena. Se evita el tema una y otra vez, a diferencia de la pesca del bacalao o de la sardina. De estas todos comentan peripecias. Es curioso que, por el contrario, en tierra, la ballena sea el tema de conversación favorito.

Tras un breve intercambio de palabras con Domingo, el contramaestre se dirige al grueso de la tripulación que espera ansioso instrucciones junto a la torre.

—Los Vázquez, ¡arriad la chalupa de proa!

Mientras los tres hermanos Vázquez, bajitos, muy morenos y cuadrados, tan parecidos que casi parecen trillizos, sueltan las cuerdas de las garruchas y preparan los remos, los demás observamos a Domingo y al cirujano entrar en la cabina del capitán. Pienso en acercarme al contramaestre, ofrecerme para acompañar a la expedición, pero descarto la idea. Así no se hacen las cosas a bordo. Todos quieren ir. Yo no soy nadie. Menos que nadie, un simple grumete. Las ganas de solucionar mi problema no pueden cegarme. Ahora más que nunca necesito mantener la sangre fría. Utilizar mi inteligencia.

Domingo sale hablando con el capitán, y él y el cirujano bajan a la chalupa, ya preparada para partir. Los afortunados Vázquez se encargan de los remos. Los marineros los observan con envidia. El capitán y el contramaestre los despiden. En el último momento, don Pedro se vuelve hacia mí.

—Mendaro, venga, tú también vas.

Lo miro estupefacta.

—Domingo dice que chapurreas un poco de inglés. ¿Es eso cierto?

Asiento con la cabeza, aterrorizada. Así que me adelanto y demuestro lo mucho que sé. En realidad, la única palabra que conozco.

—*Yes.*

—¿Querrás decir, *yes, sir*? —me interroga amenazador.

Asiento azorada. Todos se ríen, incluido el capitán. Era una broma. Íñigo es el único que no ríe. Le noto preocupado. No es momento de pensar por qué me han elegido. Salto al bote antes de que alguien se arrepienta y no miro atrás. La actitud de Íñigo me molesta. Sé que no despedirme de él es mi manera de castigarle. Los Vázquez me miran con curiosidad. El cirujano, suspicaz. El único que parece ignorarme es, precisamente, Domingo.

Domingo y el cirujano negocian con un pelirrojo de llamativo chaleco de piel de oveja que ha salido a recibirnos, acompañado por un grupo de hombres. Estamos en una taberna. El cirujano va repasando su lista. No entiendo nada de lo que dicen. Dos de los hermanos Vázquez se han quedado esperando en la chalupa. El mayor, Luis, sigue los acontecimientos saboreando su segunda jarra de cerveza junto a mí. También a mí la cerveza me ha sabido a gloria.

—¿De qué hablan? —me pregunta Luis Vázquez.

Estoy a punto de responder que no tengo ni idea. Por suerte, de repente recuerdo que se supone que hablo inglés. Así que me lo invento. Le digo que discuten sobre el precio y la forma de encontrar los víveres que queremos llevarnos. Luis Vázquez se da por satisfecho y vuelve a dar otro trago a su cerveza. Las pintas son enormes. Me llama la atención lo pálida que es la tez de todos los que nos rodean, y las miradas suspicaces que nos lanzan con sus ojos azules. Se nota que están acostumbrados a recibir barcos de paso, pero no parece que aprecien mucho a los extranjeros. Necesito encontrar a alguna mujer que pueda ayudarme, pero allí solo hay tres: dos jovencitas que no se detienen demasiado en las mesas de los extranjeros, es decir, nosotros, y la que parece estar al mando, una pelirroja entrada en años y en carnes. La mujer sirve cerveza de una jarra enorme que sostiene con unos poderosos brazos que para sí quisieran muchos de los marineros del ballenero, incluida yo, claro.

—Esa pelirroja tiene un buen revolcón, ¿eh? —me dice Luis dándome un codazo y señalando a la mujer.

De repente, he ahí la solución.

—Escucha, Luis. Embarcar en un ballenero es jugársela. No quiero morir sin…, ya sabes —le explico, haciéndole una mueca que capta al instante—. Esta podría ser mi última oportunidad.

—¡Pardiez! ¿En verdad no te has estrenado? —pregunta asombrado—. ¡Si debes de tener unos dieciséis años!

—Es que en mi aldea nos conocíamos todos y las muchachas son muy pías —suelto, pues es la única disculpa que me ocurre.

Me pone una mano en el hombro, comprensivo.

—Pues hay que arreglar eso, grumete. Venga, ve a ver si encuentras a alguna que te pueda hacer el favor.

¡Caramba! Ha resultado tan fácil que me quedo paralizada. Él nota mi desconcierto.

—¿Qué pasa? ¿No tienes dinero? Aunque eres mozo agradable, dudo que lo consigas por caridad. —Y suelta una risotada.

Sigo aturdida.

—Yo, no, no tengo nada —miento compungida.

Llevo un doblón, pero quizá no sea suficiente y prefiero reservarlo. Él se rasca el bolsillo y me da veinte maravedíes. Echa un vistazo hacia Cazenare y Domingo que siguen absortos en la conversación.

—Cuando regresemos a Deba, me lo devuelves, ¿de acuerdo?

Asiento entusiasmada y extiendo la mano, pero él retira el dinero y me sonríe con picardía.

—Una cosa más. Luego quiero detalles, ¿de acuerdo?

Cojo el dinero y salgo con toda la discreción y rapidez de la que soy capaz.

25

Amaia despertó de repente a las ocho de la tarde sintiéndose mejor. Se levantó y fue a la cocina. Al pasar por la entrada, observó que habían deslizado unas cartas por debajo de la puerta. Las cogió. Una de ellas venía de Sánchez Macías Notarios. Debía presentarse a finales de semana para atar los cabos sueltos de la herencia. Se cumplían diez años de la desaparición de su hermana Noelia y se la iba a declarar legalmente muerta. Pensó en llamar a Santiago, un psiquiatra que se había convertido en amigo, pues tenía el don de no hacer preguntas y no juzgar, pero se sintió fuerte y decidió que iría sola.

Dejó la carta junto a la tostadora y se dispuso a preparar un desayuno-cena. Tenía hambre y se alegró. Más que comer, en los últimos meses se alimentaba. Pero hoy le apetecía tomárselo con calma, saborear ese tiempo que había dejado de disfrutar. Por suerte, hacía pocos días había hecho una compra importante en el supermercado y estaba casi intacta. Notaba que había perdido peso, y eso no le convenía. Se preparó unos huevos revueltos con jamón y queso, como hacía cuando se enfrentaba a un examen en la universidad, y metió dos rebanadas de pan de molde congelado en la tostadora. El café pronto estuvo listo.

Cuando terminó de recoger, lo que le apetecía era caminar por la noche. Y salió. La brisa oscura la empujó por el paseo hacia el Peine del Viento. ¿Cuántas veces habría pisado aquellas losetas? Cientos, miles. Incluso mentalmente durante los años de universidad y los posteriores que vivió en Madrid. Ahora su realidad no tenía nada que ver con el piso en Malasaña que compartió durante cinco años con compañeros de la facultad primero, y después con una pareja gay, Robert y Lilo, camareros en el local Gula Gula. Había sido una estudiante excelente. Se decidió por la licenciatura de Literatura y por la de Historia. Sus padres pensaron que bromeaba cuando les comunicó que iba a sacar las dos carreras al mismo tiempo. Siempre había destacado sin esfuerzo, pero dos licenciaturas eran demasiado. Notaban que su hija, a medida que cumplía años, se volvía cada vez más seria, menos interesada en vivir su juventud. Sin embargo, tampoco se la podía tachar de ermitaña. Tuvo novios, se emborrachó, conoció la vida nocturna... y terminó sus dos carreras.

Los padres de Amaia, Gonzalo Mendaro, un oftalmólogo muy conocido en San Sebastián, y su madre, María Galván, ama de casa y pintora aficionada, suspiraron satisfechos el día de su graduación con honores, y más aún cuando Amaia les comunicó que tenía dos propuestas de trabajo: quedarse en la Complutense para hacer una tesis sobre la literatura femenina en el siglo XIX, o incorporarse al equipo que se estaba formando en La Industrial, una empresa privada líder en gestión cultural. Se debatieron ambas propuestas. Fue su hermana Noelia, por aquel entonces una adolescente de catorce años, quien hizo la observación más interesante:

—O sea, lo que tienes que decidir es si quieres quedarte en el mundo de los vivos o en el de los muertos.

—Bueno… Creo que tienes razón. De algún modo de eso se trata: dedicarme a estudiar el arte de antes, o encontrar el de ahora.

—Yo me quedaría con los muertos —saltó Noelia—. Son mucho más interesantes. Solo el espíritu de los que valen la pena sobrevive al paso del tiempo. En el otro lado encontrarás mucha morralla.

Amaia soltó una carcajada y concluyó que lo que más le apetecía era pasar el verano viajando por el norte de Europa. A la vuelta decidiría.

Todo se empezó a torcer en aquel viaje. Amaia cogió un tren a París un 28 de junio y no supieron de ella en tres semanas. Justo cuando iban a recurrir a la policía, la chica llamó, según dijo, desde Reikiavik. La conversación duró lo suficiente para asegurarles que estaba bien y que volvería a dar señales de vida en cuanto pudiera. Reapareció en septiembre. Les llamó ya desde Madrid. Parecía deprimida, pero se excusó asegurándoles que solo estaba cansada y que no tenía ganas de comenzar a trabajar todavía. Necesitaba pensar. Intentaron convencerla de que no perdiera el tiempo, que era una lástima dado su excelente currículo. Sin embargo, Amaia había tomado su decisión y les pidió que no se preocuparan por ella. Había conseguido trabajo como camarera cuatro noches por semana y podía mantenerse económicamente. No necesitaba más.

Por supuesto, los padres no aceptaron su plan así como así. En contra de la opinión de su padre, que prefería que Amaia se diera cuenta por sí misma de que estaba enfocando mal su vida, la madre se presentó en Madrid. Se encontró con su hija mucho más delgada, demacrada y triste. Quiso averiguar qué había sucedido durante el verano, pero no sacó nada en claro. Todo eran evasivas.

Intentó localizar a los amigos con los que había viajado. Estos terminaron por reconocer que su hija se había ido sola. ¡Pobre, mamá!, pensó Amaia mientras contemplaba el mar. Finalmente, no había razones para pensar que ella fuera la única persona en el mundo que recordara vidas pasadas, y además *izena duen guztia omen da*, todo lo que tiene nombre existe, y ella le había puesto nombre a Erik. Respiraba el mismo aire que ella. Sus caminos volverían a cruzarse. Nunca lo había sentido con tanta fuerza. Asier iba a poner palabras allí donde faltaban. Asier, que iría sabiendo.

26

Huele a sudor, a carbón, a berza y pescado. Apuro un brebaje inmundo de una tosca taza de cerámica. Yein, una joven de pelo rubio y enmarañado, me indica con brusquedad que me recueste. Estoy en el suelo, sobre un lienzo sucio y duro con las piernas abiertas. Tengo miedo, pero eso da igual. Debo seguir actuando como si esa aguja que se calienta entre los carbones no fuera a entrar por mi vagina. La tabernera pelirroja nos observa atentamente. Me vuelvo hacia el techo de paja, sostenido por toscas vigas de madera y me concentro en él. No quiero ver nada. Siento cada irregularidad de la tierra bajo el lienzo como si estuviera tumbada sobre guijarros cortantes. Y una desagradable humedad a pesar del fuego. Tengo frío y sin embargo estoy sudando.

Uno de los bebés llora. Yein le grita, imagino que tratando de que se calle. Solo consigue empeorar su llanto. La tabernera sale de mi vista y pronto los lloros se oyen fuera. La mujer que está a punto de matar lo que llevo dentro resopla inquieta. Un útil de latón se le cae y suelta nerviosa alguna maldición. Percibo que ya no es la joven segura que dijo sí al ver el dinero. Mi miedo se transforma en pánico y me lleva a Dios, el único que a estas alturas puede ayudarme. ¡No me abandones! Sería horrible morir aquí: no tiene sentido, no es justo y no lo merezco, maldita sea. Incluso ante la muerte, me siento incapaz de doblegarme. No puede ser que la soberbia me haya emborrachado. Si fuera un hombre, sin duda sería el valiente que hace lo que tiene que hacer. La rabia me consume. El borboteo de la infusión maloliente que hierve en el fuego me transporta ante la estampa de mi padre y mis hermanos bendiciendo con fervor los alimentos en la mesa.

Yein se aproxima. Yein. Yein. Yein. Quiero que sea Yein, que es como entendí que la llamó antes la tabernera. Debe tener nombre. No puede ser una completa desconocida. No soportaría confiar mi vida a una extraña. Su mirada no me tranquiliza. Tiene tanto miedo como yo. Evita mis ojos, pero al sentir que mi mano tiembla, con una compasión inesperada, pone la suya sobre la mía. Esa mágica conexión con la irlandesa me arranca de la parálisis, y asiento para que proceda. Ella suspira, en cierto modo aliviada. Abro más las piernas y un pinchazo tremendo lentamente me desgarra por dentro. No dura demasiado. Saca la aguja y me ayuda a incorporarme. Está temblando.

—Gracias —mascullo, intentado ignorar el dolor que acaba de perforarme.

Ella asiente y me da otro tazón de la inmunda tisana y unos trapos para que me los coloque a modo de empapadores. Entiendo que iré soltando el engendro de Martin Lurra poco a poco. La tabernera entra preocupada, con un sucio bebé muy rubio de unos dos años en brazos. Al ver que yo me incorporo, se asusta. Las dos mujeres me indican que me tumbe, pero no puedo. A pesar del dolor y las tremendas ganas de vomitar, debo irme. Si mis compañeros terminan con su misión y no he vuelto, darán la voz de alarma. Me ajusto bien los trapos y la faja y me visto. Cuando termino, le doy el dinero a Yein ante la atenta mirada de la tabernera. Percibo que no es avaricia sino necesidad lo que une a estas dos mujeres. Al verlas juntas, deduzco que deben de ser hermanas. Una es rubia y la otra pelirroja, pero comparten la misma frente, la misma nariz y un cariño que no es difícil percibir. Justo cuando vamos a salir, Yein me extiende un pequeño hatillo con más trapos. Lo acepto agradecida.

Me cuesta andar con normalidad. La tabernera me conduce de nuevo hacia la taberna por callejones mugrientos y miserables. Lisiados, niños jugueteando en el barro, ancianos de mirada perdida. Un mundo sin sonrisas. Me llaman la atención dos mujeres preñadas que arreglan una red a la puerta de su casa. Rostros demacrados y tristes. Los *arrantzales* en Irlanda no son tan diferentes de los que he conocido. Las mismas mujeres gestando solas, sin saber si sus maridos volverán o no de la mar. Las mismas mujeres que se juegan la vida en cada parto. La misma preocupación, la misma miseria.

Un abundante flujo de sangre desciende por mis piernas y me detengo para apoyarme en una valla. La tabernera se da cuenta a tiempo y me sujeta del brazo. Hago una señal de que estoy bien y continuamos. Si tengo tiempo, antes de subir a la barca debería cambiarme la toalla. ¿Fue el salir de una costilla de varón lo que nos ha hecho seres humanos de segunda? ¿O sería por culpa de la dichosa manzana? Se nos llama brujas, zorras, perversas y además Dios nos concedió el dudoso honor de parir y mantenernos esclavas de nuestra prole, proclamando un amor materno que a menudo no sentimos. Pero nadie perdona que una madre sea una descastada.

Una densa bocanada de peste, mezcla de orines y comida, me

produce una fuerte arcada. No puedo contenerme y vomito en el canal de la vía. La tabernera me sostiene la cabeza. Tras esta arcada viene otra y otra y otra. Me siento morir pero lo doy por bueno. El brebaje está cumpliendo su cometido y pronto seré libre. Hombre libre. Jamás mujer. Nunca más. No permitiré ni a Dios ni a la naturaleza elegir mi destino. Cuando por fin termino, levanto la cabeza y me limpio con uno de los paños que me dio Yein. Bendigo mi suerte por haber puesto a esta mujer pecosa en mi camino. Las piernas me tiemblan pero debo continuar.

Cuando llegamos a la taberna, mis compañeros no están. Me vuelvo alarmada hacia la pelirroja. Ella se encoge de hombros. Por un instante, tengo miedo de que se meta en la taberna y me quede yo allí sola. No sé cómo llegar al puerto. Cuando bajé de la chalupa, estaba tan obsesionada con encontrar a alguien que no me fijé en el camino. Me maldigo por ello. La mujer intercambia unas palabras con un tipo forzudo que en ese momento sale de la casucha. Por fortuna, no parece que vaya a abandonarme a mi suerte. Se vuelve resuelta hacia mí y me pide por gestos que vaya con ella. La sigo confusa y mareada por el dolor y la pérdida de sangre. Serpenteamos entre callejuelas igual de mugrientas y pobres que las anteriores y muy pronto estamos en el puerto. Ella me señala la barca, y me hace un gesto de despedida que parece una señal de la cruz. Yo quiero cogerle las manos y besarla pero temo que alguien nos vea y ella entiende. Las dos nos apresuramos, cada una en una dirección, ella de regreso a su vida, y yo a la mía.

Alcanzo la barcaza disimulando a duras penas. Mis compañeros están cargando las provisiones que pidió el capitán. El primero que nota mi presencia es Luis Vázquez, y suelta una carcajada.

—¡Hombre, Mendaro! Madre santísima, ¡estás pálido! Te han exprimido pero bien, ¿eh?

Intento sonreír pero no puedo. Me encuentro cada vez más débil y siento la toalla totalmente empapada. Si no me la cambio pronto, notarán la sangre. Los marineros se ríen y me dan golpes en el hombro.

—Perdonamos tu ausencia por el estreno pero que no vuelva a pasar, ¿de acuerdo? —me advierte el cirujano divertido.

Asiento. Entonces noto la mirada cargada de odio de Domingo. No sé interpretarla, pero me preocupa.

—Bien, Mendaro, pues si estimas oportuno echarnos ahora una mano, faltan tres sacos de patatas por cargar. Ven conmigo.

Mientras los marineros y el cirujano colocan la mercancía en el interior de la barcaza, sigo a Domingo. Tengo miedo porque no me veo con fuerzas de cargar nada y porque temo que, si alguien me puede delatar, es él. Cuando nos alejamos, descubro que mi instinto no me engañaba, que Domingo tiene algo contra mí.

—No pedí que vinieras con nosotros para que te fueras con una furcia —escupe con rabia.

—Lo siento. Pensé que nadie me echaría de menos —murmullo.

—Viste una oportunidad. Y te has equivocado. Conmigo te has equivocado.

No entiendo qué me quiere decir. Llegamos a los tres inmensos sacos de patatas y me alegro. Cargarlos de repente me parece mucho mejor que seguir una conversación que me resulta siniestra y confusa. Sin previo aviso, Domingo carga a mi espalda uno de los sacos. Mi columna chasquea bajo su peso, y un chorro de sangre corre por mi pierna derecha. No puedo evitar un quejido.

—¿Qué pasa? ¿Ya no tienes fuerzas? —pregunta con sorna.

Me acabo de ganar un enemigo. Y, ahora sí, no me queda energía ni para odiar.

Le ignoro y me pongo en camino. Las piernas me tiemblan. El saco debe de pesar unos treinta kilos. Sé que tengo que aguantar sacando fuerzas de flaqueza. Confío en que mi sucio pantalón marrón, al menos, camufle la sangre.

—¡Eh, espera! —me llama—. Aquí quedan dos.

Antes de que pueda reaccionar, lanza el segundo saco sobre el primero y ahí me derrumbo. Yazco en el barro, con la boca llena de tierra, incapaz de incorporarme, ni siquiera para apartar los sacos de la espalda. Aguardo sus risas bobas ante el mal ajeno. ¿Qué más da? Jamás podré levantarme. Deseo que mi sangre se funda con el barro y mi carne desaparezca para siempre en esa tierra, extraña y sin embargo igual a la mía. Estoy tan exánime, que preferiría que así fuera. Que Domingo me odie tanto que me abandone allí. Que todos se olviden de mí y partan.

—Vamos, incorpórate —me dice. En las vibraciones de su voz tiembla una furia bermellón, lava que se derrama con lentitud por la ladera. Y no me importa. Nada me importa. Tengo los ojos abiertos a la altura de sus pies, pero no me puedo mover. Mi cuerpo se niega a reaccionar. Incluso cuando el peso desaparece de la espalda, permanezco inerte.

—¡Levanta! —ordena—. No ha sido para tanto. ¡Levanta!

Finalmente es él quien me ayuda a incorporarme. A duras penas lo consigue.

—¿Por qué pediste que os acompañara en la chalupa si me odias? —le pregunto con un hilo de voz casi imperceptible.

Pero yo no soy imperceptible para Domingo.

—No te odio, imbécil —me responde brusco—. ¿Se puede saber qué te pasa?

—No me encuentro bien.

—Estarás borracho. Y seguro que no estás acostumbrado. Eso es todo.

Niego, pero no me cree. Me huele el aliento y se aparta con desagrado.

—Por todos los santos, ¡apestas! ¿Qué demonios has tomado?

Siento una arcada, pero solo suelto bilis. Entonces me cree.

—Si tienes algo infeccioso, no deberías subir a bordo —me dice alarmado. Como todos, tiene pánico de la sífilis.

Algo de vida debe de haber vuelto a mí, porque de repente, me horroriza ser abandonada.

—No tengo nada infeccioso. La prostituta me dio un brebaje para quitarme el miedo. Eso es todo. Pero, por favor, no se lo digas a nadie. No quiero ser el hazmerreír del barco.

Me mira asombrado. Soy un enigma para él, como él lo es para mí. Sin embargo, Domingo tiene intenciones, planes, y puedo ver que la información se torna poder en su mirada. A mí eso me da igual ahora. Mejor que crean que soy un calzonazos que una mujer. De nuevo la muerte tira de mí. Un sudor frío me recorre el rostro de una forma tan espantosa que veo mi reflejo en el ceño asombrado de Domingo. Y muero…

—Mendaro, vamos, Mendaro, espabila —me suplica Íñigo.

Su voz está muy lejos y soy incapaz de abrir los ojos. La debilidad es tal que incluso el dolor del vientre y la espalda son meros recuerdos.

—Dejadlo. Tiene que dormir la mona —dice el cirujano.

Los pasos del capitán hacen temblar los tablones de madera. Sé que es él porque nadie lleva unos zapatos de piel como los suyos. Y por el ritmo nervioso, percibo su enfado. Estoy en el interior del barco, tumbada en el suelo sobre una manta y, por el olor fuerte a pescado, cerca de la zona de despensa. Un buen número de marineros nos rodea.

—¡Domingo! —exclama el capitán finalmente—. Mira que llevarte al grumete…, ¡qué ojo tuviste para elegir la mejor ayuda, maldita sea! ¿Veis por qué no debíamos desembarcar?

—Es joven, señor —me excusa el cirujano—. No le demos más importancia.

—Cincuenta latigazos, es lo que se merece. ¿Se puede saber qué miráis? —pregunta el capitán furioso a los marineros—. ¿Es que no tenéis trabajo que hacer? ¡Largaos!

Se oyen murmullos de la tripulación que sube a cubierta. Quisiera perder los sentidos otra vez, pero mis ojos se abren.

—¡Por fin! —estalla el capitán.

El primer rostro que veo sobre mí es el del cirujano, muy preocupado.

—Capitán, con el debido respeto, este joven ya ha recibido su merecido. Si lo azotáis, puede ser demasiado para él. Recordad que ha sido envenenado. Es práctica común de las prostitutas para robar al incauto. Y el muchacho, sin duda, ha sido presa fácil —interpreta el gascón—. Debemos alegrarnos de no haberlo perdido.

Sé que Pedro de Aguirre me aprecia, pero no quiere quedar mal ante sus hombres.

—Está bien. Parece haber aprendido la lección.

—Quédate, Íñigo —ordena el cirujano—. Necesito ayuda.

El capitán da su permiso y sube a cubierta haciendo un gesto a Domingo para que le siga. Cuando solo quedan Íñigo y el cirujano, este se dirige a mí, muy serio.

—Tenemos que hablar. ¿Sabes a qué me refiero?

Claro. Entonces se vuelve hacia Íñigo.

—Tú también sabes a qué me refiero, ¿verdad?

Íñigo me mira y baja la cabeza.

—Por favor, es cosa mía —le suplico—. Él no sabía nada. Lo juro.

El gascón me hace un gesto de impaciencia.

—Basta. No más mentiras. ¿Era tuyo? —le pregunta a Íñigo. Pero mi amigo vuelve a bajar la cabeza.

—¡Responde!

—Sí —dice en un tono poco convincente. Nunca ha sabido mentir.

—No —respondo yo en el acto—. Íñigo es solo mi amigo.

A Íñigo mi réplica le escuece. Ahora mismo no me importa. Prefiero protegerlo. El gascón nos mira muy enfadado. Queda claro que hubiera preferido no saber. Ahora se enfrenta a un dilema serio.

—Debería informar a don Pedro.

—Me abandonarían a la primera oportunidad.

—¡Qué optimista! De aquí al norte, no habrá más paradas. Algunos capitanes hacen caminar a los polizontes por el tablón y fin del problema. Pero esta situación es inaudita. ¡Una mujer a bordo de un ballenero, por Dios santo! ¡Y habiéndonos burlado a todos!

Debo reaccionar rápido. Siento la boca muy seca y un calor insoportable en la frente. La poca sangre que me debe quedar martillea mis sienes con frenesí.

—Por favor, soy uno más a bordo. Puedo resolver mis problemas sin la ayuda de nadie. No diga nada.

—¿Que no cuente nada? ¿Y si mueres? Porque hay muchas posibilidades de que lo hagas por la infección o la pérdida de sangre. Tienes mucha fiebre. Quizá no pases de esta noche. ¿Lo entiendes?

Íñigo escucha aterrado.

—Seguro que usted puede ayudarla —le suplica al cirujano.

—Demonios, ¿cómo? A estas alturas lo único que podemos hacer es rezar.

—Bueno, si muero, me amortaja y me lanzan al mar. Asunto arreglado. Nadie se enterará jamás de que había una mujer a bordo.

—Estupendo, ya tenemos un plan. Pero ¿y si no mueres? Entonces, ¿qué?

—Si no muero, me guarda el secreto.

A pesar de su enfado, el gascón me mira con admiración.

—La infección se extenderá —sentencia, y se dirige a las escaleras. Pero al llegar allí, se vuelve hacia Íñigo—. Quédate con ella. Cuando empiece a delirar, me llamas. Voy a preparar unas compresas húmedas para la fiebre y una tisana. No me atrevo a sangrarla más.

Íñigo asiente. En cuanto el gascón desaparece, empiezo a temblar compulsivamente. No puedo controlar mi cuerpo y me asusto.

—Dios bendito, Amalur. ¿Cómo pudiste?

Sé que es una pregunta cruel pero, de alguna manera, si voy a morir, quiero que alguien conozca mi historia. Una historia atrapada podría convertirme en un fantasma. Si me oyera el cura don

Bautista se enfadaría, pero yo no olvido mis raíces: los fantasmas existen y solo las palabras, el qué y el cómo, los liberan. Todavía no deliro pero los temblores me arrastran por un camino del que quizá no pueda regresar y debo apresurarme.

—Pude. Claro que pude. Seguí a una de las taberneras, la que me pareció más experimentada, y la arrinconé contra una esquina. Ella pensó que quería sexo. Se sorprendió cuando me solté la faja, pero en cuanto le indiqué mi vientre y con gestos le expliqué que necesitaba ayuda, entendió —me detengo. Estoy seca y recuerdo el cadáver amortajado de mi anciana abuela. Cuando la muerte se dispone a engullirnos, primero saborea nuestros fluidos—. Por favor, necesito agua.

Íñigo se dirige al barril de agua y llena un cuenco de madera que cuelga de un clavo en la pared. Me lo acerca a los labios. El líquido milagroso me produce alivio pero la sensación apenas dura un instante. Mi cuerpo extenuado no es capaz de iniciar proceso alguno de recuperación.

—Bebe más —intenta Íñigo.

Pero yo niego obstinada y continúo. Quiero acabar la historia.

—Le enseñé el dinero y la tabernera entendió. —El lenguaje entre mujeres es universal, pienso. Siento lástima por mí, sin madre, sin hermanas, y curiosamente, sin amigas íntimas. Solo Íñigo—. Ella me llevó a una cabaña inmunda donde había una joven con cuatro criaturas sucias y mocosas. Las mujeres hablaron entre ellas. Les enseñé el dinero otra vez y la joven se puso a preparar rápidamente una pócima repugnante. El resto te lo puedo ahorrar.

Ahora sí suspiro. Íñigo ya lo sabe todo. Mi cuerpo hierve. Los pasos de Íñigo se alejan apresuradamente hacia cubierta, llamando al gascón. El calor es insoportable y clamo por la ayuda de mis ancestros, o al menos su compañía, para pasar al otro lado. Nadie acude. ¿Me oyen, no me oyen? No quiero irme, que el camino de la muerte se me antoja largo y terriblemente solitario.

27

Asier llevaba dos días escribiendo sin descanso, feliz y asombrado frente a unas palabras que tenían vida propia. Nadaba entre los personajes, modelaba frases que fluían y se transformaban en imágenes, en sentimientos y deseos que él desconocía. Sentía suyo el dolor de Amalur. Ansiaba, como ella, el momento de la venganza, que estaba convencido, llegaría. Tras dos días en los que sus dedos recorrieron el teclado sin descanso, aún no comprendía cómo le habían llegado los detalles de la historia. Estaba perplejo ante el poder de su propia imaginación.

Debía encontrar a Amaia. Necesitaba saber toda la verdad sobre ella. Cogió la chaqueta y salió dispuesto a encontrarla, aunque tuviera que andar la ciudad casa por casa. Paseó entre las calles, arriba y abajo, estudiando con detalle cada edificio, cada ventana. Presentía que vivía sola. Se detuvo ante un edificio moderno muy lujoso, de tres plantas. No, allí no la imaginaba. A continuación empezaba la zona de caserones, muchos auténticos palacetes de finales del siglo xix y principios del xx. Una mujer del pasado tenía que venir de allí.

A pocos metros de él, frente a una hermosa mansión de estilo modernista, se detuvo un taxi. Tras unos instantes, una anciana con un extravagante abrigo de chinchilla se bajó del coche con dificultad.

—Disculpe, señora —dijo ofreciendo su brazo a la anciana para que pudiera alcanzar la acera—. ¿Me permite ayudarla?

La anciana, alta y de moño blanquísimo, sonrió coqueta y aceptó el apoyo que le ofrecía Asier. Debía de tener casi ochenta años, y aun así, sus ojos, que amarilleaban desde hacía décadas, eran todavía curiosos y rebosaban picardía.

—Tal vez pueda usted ayudarme también a mí…

—Veamos… —respondió ella de buen humor.

—Estoy buscando a una chica. Creo que vive por aquí.

La anciana le lanzó una mirada extraña.

—Pues no sé. Tendrás que darme más datos.

—Se llama Amaia Mendaro. Es morena, de pelo largo, muy guapa.

La anciana suspiró. No era la primera vez que un joven buscaba a Amaia, pero cuando su vecina quería un contacto, lo propiciaba. No le gustaban las sorpresas. Y no era de extrañar. Bastantes había tenido ya en su corta vida.

—¿Por qué no esperas a que ella te busque?

Asier la miró atónito. Solo alguien que la conociera podía preguntar algo así.

—Usted la conoce, ¿verdad? —Se volvió hacia las casas que les rodeaban—. ¿En cuál de estas vive?

La anciana soltó el brazo de Asier y se dirigió hacia los peldaños de acceso a su mansión.

—Vuelve a casa, chico.

Pero Asier no iba a darse por vencido. No, estando tan cerca.

—Es importante que la encuentre.

La mujer solo se detuvo frente a su puerta y rebuscó en su bolso de piel de cocodrilo. Sacó una llave muy antigua de Fichet, de esas que hace décadas que no se fabrican. Asier tuvo un momento de inspiración. La gente mayor, muchas veces, solo necesitaba sentirse segura. Y la seguridad la daban las referencias.

—Me llamo Asier Iparraguirre. Usted parece haber vivido aquí toda la vida. Soy el hijo del antiguo meteorólogo del monte Igueldo.

La revelación causo el efecto deseado.

—¡No me digas! ¿Eres el hijo de Ángel y de María? Una pareja estupenda… Yo soy Anastasia Sansegundo y frecuentaba a tus padres.

—Por favor, ayúdeme —le suplicó Asier—. Necesito encontrarla.

La anciana se quedó mirándolo un instante, sopesando. En la mirada limpia de Asier había desesperación, pero también una chispa especial.

—Entra. Vamos a tomarnos una infusión.

El suelo de la casa era una tarima brillante, de barniz muy gastado pero cuidado con esmero. Las vidrieras modernistas ya no reflejaban luz alguna del exterior. Anastasia encendió una lámpara sobre un taquillón de ébano traído de París por su suegra y luego dejó el bastón de empuñadura de marfil y el abrigo sobre un sillón.

—Puedes poner aquí tu abrigo —le indicó.

Asier hizo como le decía y la siguió. La casa olía a pasado, pero la cocina olía a café. Era espaciosa, con muebles decapados en blanco y tiradores negros, a juego con el suelo en damero. En un lateral, había una gran ventana en chaflán junto a la puerta que daba al jardín trasero. Allí les aguardaba un velador de forja blanca, rodeado de exuberantes potos. Era el lugar preferido por la anciana y donde hacía su vida.

—Por favor, toma asiento. Prepararé el té. ¿Te parece bien Earl Grey? A estas horas, si tomo café no pego ojo.

—Sí, claro. Pero no tiene que molestarse.

—Siempre se habla mejor con una taza en la mano… ¿Sabes que no eres el primero que viene buscando a Amaia?

Pero yo soy el primero que tiene una historia que contar, quiso responder, pero calló y la dejó continuar.

—Amaia es especial. Eso ya lo habrás notado. Pasan los años y no acaba de encontrar su camino. No sé si alguna vez lo hará. ¿Cómo la conociste?

—En la playa.

La anciana sonrió comprensiva.

—Trabajo de biólogo en el acuario, y también soy escritor, o lo estoy intentando. Amaia me está contando una historia. Todo es muy extraño.

La anciana asintió comprendiendo.

—Y te preguntas qué tiene esa historia de verdad.

—Sí.

—Bueno, ella tiene muchas historias. Demasiadas. Ese ha sido siempre el problema.

Anastasia se encogió de hombros y sirvió el agua en dos tazas ya preparadas con sendas bolsitas de té. A continuación las tapó y las acercó a la mesa suspirando.

—No sé cómo lo hace, pero siempre es igual. Se la ve ilusionada, o esperanzada, no sé, y luego todo se hunde. Por favor, no le hagas daño.

—No, nosotros solo somos amigos… —explicó Asier desconcertado.

—Amaia es de otro mundo. Tiene algo de sirena, así que ojo: no te enamores. A menudo he deseado que encontrara a alguien. Pero es complicado.

—¿Por qué?

Anastasia se sentó y dio un sorbo a su té humeante.

—Amaia perdió a toda su familia en un accidente aéreo hace diez años y la herida aún no ha sanado. Seguramente no sanará nunca.

—Vaya, no lo sabía —murmuró Asier, aturdido con la revelación—. Yo no voy a causarle problemas.

—No le gusta que la atosiguen. Sufrió una crisis nerviosa y, bueno, tuvo que pasar más de un año en un psiquiátrico. Hasta donde yo sé, debe tomar una medicación de por vida. Aunque se anduvieran con eufemismos, la verdad es que la tuvieron que aislar porque era un peligro.

—¿Para sí misma? —preguntó él recordando su primer encuentro.

—Y para los demás —le advirtió Anastasia.

—¿Dónde puedo encontrarla? —preguntó Asier terco.

Ambos se estudiaron detenidamente. La anciana todavía no estaba convencida.

—Si no me lo dice, lo averiguaré —le aseguró él decidido—. Estoy dispuesto a llamar a todos los timbres o a esperar lo que haga falta. Sé que vive muy cerca.

Anastasia supo que hablaba en serio.

—Prométeme que tendrás cuidado —le pidió.

28

—¡Mendaro, baja!

Mi turno de vigía en la cofa ha terminado. Lo lamento. Los turnos son de dos horas, desde el amanecer hasta que se pone el sol, igual que al mando del timón. Flotando a unos cien pies, sostenida sobre dos palos en paralelo, siento mi espíritu ligero y una paz como jamás he soñado. No es un lugar cómodo, y los primeros días terminaba con las piernas tan agarrotadas que las rodillas no querían doblarse para bajar por la escalera de cuerda. Además, hay que tener la precaución de subir bien abrigada. Incluso con buen tiempo, como tenemos ahora, aquí arriba las corrientes son despiadadas con el hombre. A medida que remontamos hacia el norte, el viento va refrescando y hoy lo noto especialmente gélido. Bendigo mi estupendo abrigo de oveja y pienso en coserme unos guantes con un retal de la manta de borrego. Luego los forraré de cuero. No me dejarán movilidad en los dedos para el trabajo en cubierta, pero allá arriba me mantendrán caliente.

Todavía me encuentro muy débil. Ha pasado una semana desde que superé las fiebres, que duraron tres días y dos noches. El cirujano e Íñigo me cuidaron con esmero y sé que temieron por mi vida. Suspiro profundamente. Ha valido la pena jugármela. En cuanto pude incorporarme, pedí volver al trabajo. El capitán accedió a darme más tiempo en el puesto de vigía, por ser una obligación más descansada, a pesar de lo incómodo y del frío. Allí me siento segura, lejos de todos. Y poderosa. Desde la altura, además, veo factible mi venganza. Martin Lurra pagará. No me conformo con que sufra, o muera. Quiero que sepa por qué, que soy yo, Amalur Mendaro, la causante de su desgracia.

Todavía no hemos avistado ninguna ballena pero no creo que falte mucho para empezar a cruzarnos con alguna manada. Eso comentan al menos los que ya han visitado estos mares en campañas anteriores. Bajo por las cuerdas y un donostiarra de pocas palabras llamado Ander me releva. Me saluda con un leve movimiento de cabeza. Una vez abajo, me dirijo hacia la proa donde Íñigo y los otros dos grumetes pelan patatas para la comida. Hoy toca guiso de bacalao con las patatas nuevas y la berza que conseguimos en tierra irlandesa. Me fijo en que el capitán pasea arriba y abajo con el ceño fruncido. Parece nervioso. Miro al cirujano con curiosidad.

—Pronto empezará la caza —murmura.

No puedo resistir un gesto de entusiasmo dirigido a Íñigo. Empieza a haber demasiados tiempos muertos en el barco y me aburro. El gascón nos mira molesto. Desde que me recuperé, nuestra relación ha vuelto a ser la de antes: mínima. Él no quiere intimar y yo prefiero respetar su decisión. No quiero que me delate y he notado que le preocupo. Me siento observada continuamente. Creo que no le gusto. O quizá solo teme que me descubran y que a él se le acuse de encubrimiento. ¿Cómo culparle?

—Se nota que sois nuevos. Cuando se arríen las chalupas y empecemos a tener brazos y piernas desmembrados por doquier, echaréis de menos la tranquilidad del viaje —masculla con su acento gascón.

Jaumeta Cazenare no es hombre de muchas palabras. Está casi calvo, pero tiene un rostro firme y agradable. A pesar de mantenerse al margen en los servicios religiosos, besa una virgen que lleva colgada al cuello. Lo hace a menudo. Esto causa un efecto de sobrecogimiento en la tripulación. El cirujano no parece confiar demasiado en que su intervención pueda cambiar el destino divino. Lleva toda la vida a bordo de buques y, a diferencia de otros, estoy convencida de que recuerda cada viaje, cada destino, cada uno de los cientos de hombres que se han puesto en sus manos, y a todos los que ha perdido. No lo dice, pero no es difícil adivinarlo en su limpia mirada grisácea.

No es tarea fácil encontrar cirujanos cualificados hoy. Muchos son auténticos matasanos, aunque la orden real tiende a controlar las licencias en los últimos años. Sucede que en ocasiones, teniendo el barco equipado y listo para la expedición, no se consigue cirujano y el armador opta por llevar al menos un barbero. Los capitanes experimentados saben lo peligroso del asunto pero a veces no tienen elección. En esta ocasión, don Pedro de Aguirre está satisfecho. Cazenare y él han navegado varias veces juntos y lo considera hombre de confianza. Lo que nadie entiende, y se comenta a menudo en corrillos, es por qué un cirujano tan cotizado sigue exponiéndose a los peligros de los marinos. Hay historias para todos los gustos: que tiene cuentas con la justicia en su tierra, allá por Bayona, que huye de una mujer, que tiene la enfermedad del juego y allí la controla… Desde luego, no es ni un loco ni un tarado. A menudo se le oye decir que no le gustan los marineros que no sepan qué es el miedo. Los «valientes» son los compañeros más peligrosos que se puede tener en la mar. Y el capitán asiente en silencio. Mi intuición me dice que don Pedro sabe por qué Cazenare sigue viajando, pero el capitán es un auténtico marino y sabe guardar secretos.

En la torre, hay una mesa de madera atornillada a la cubierta alrededor de la cual se toman las decisiones importantes que tienen que ver con el manejo del barco, la tripulación y la pesca. Al pasar, me fijo en el capitán y el contramaestre, absortos en unas cartas de navegación. Me cruzo con el sacerdote, que sube en ese momento a la torre y echa un vistazo a los papeles sobre la mesa. Don Pedro, con un lápiz muy fino, traza unas líneas sobre el papel. Sigue las vetas de las ballenas, las sardinas y el bacalao por la inmensidad oceánica con sorprendente precisión. Lo sé por las historias casi mágicas que oigo contar a los marineros antes de conciliar el sueño. En la mar hay caminos que pocos saben encontrar. Las estrellas y unos aparatos hacen de guía. Noto que el timonel vira ligeramente a sotavento. Nuestro barco lidera la expedición por ser don Pedro de Aguirre el más experimentado en los mares del Norte. Las naves de don Esteban de Tellaría y don Martín de Villafranca nos imitan.

Cuando el capitán termina con sus anotaciones, guarda las cartas en un tubo y se dirige a la barandilla de la torre.

—¡Tripulación! —grita.

Muchos de nosotros hemos estado siguiendo con el rabillo del ojo sus movimientos. Llevamos mes y medio de convivencia y el grupo se ha fundido hasta tal punto que a veces siento que somos un único organismo marino. El capitán es el cerebro. La nave, el esqueleto, y los marineros la musculatura y órganos que animan a la bestia. Nos volvemos hacia él. Los latidos emocionados del barco retumban en la cubierta.

—Por fin va a empezar lo bueno. ¿Tenéis miedo, grumetes?

—nos pregunta Santiago, un rudo ballenero con el cuerpo lleno de cicatrices y al que le faltan dos dedos de la mano izquierda.

Íñigo y yo negamos con la cabeza.

—Pues deberíais. Veremos quién no vuelve a casa esta vez —nos advierte Santiago—. ¿Hacemos apuestas?

A Íñigo y a mí se nos hiela la sangre. En vez de responder nos volvemos hacia el capitán.

—Alcanzaremos la costa islandesa en uno o dos días. Montaremos el campamento base y, desde allí, prepararemos las tareas de despiece. Ochoa organizará a la tripulación. No queremos problemas con los lugareños. Si hay suerte y la caza es buena, quizá necesitemos contratar a algunos hombres allí para que nos ayuden con la fundición. Quedan prohibidos los trueques de las herramientas hasta el final del verano y siempre bajo supervisión. El que desobedezca se las tendrá que ver conmigo.

El capitán no bromea y los marineros asienten a desgana. Íñigo y yo no entendemos a qué se refieren, pero Mateo Vázquez, el mayor de los tres hermanos, nos lo aclara.

—En Islandia no hay más hierro ni madera que la que la mar arrastra desde el continente. Los islandeses están dispuestos a trueques muy provechosos para nosotros, pero a veces los marineros se apresuran y nos quedamos bajo mínimos.

—¿Cómo que no hay madera? ¿Acaso los árboles no tienen tronco? —pregunto yo.

Mateo Vázquez lanza una carcajada paternalista.

—Vamos al desierto. Un desierto helado que según dicen hierve por dentro, ya lo veréis. El hogar del mismísimo diablo.

Luis Vázquez ha escuchado la conversación y aparece detrás de nosotros.

—No asustes a los grumetes —le dice a su hermano dándole un golpe en la espalda—. No le hagáis caso. Lo que sucede es que el hielo cubre la tierra, y a veces incluso el mar, durante más de la mitad del año. Por eso venimos en esta época.

Íñigo y yo nos miramos atónitos. ¿Mar y tierra cubiertos de hielo? Deben de exagerar. Nuestra cara refleja desconcierto y temor.

—Pero hay gente que vive aquí, ¿cómo lo hacen? —pregunto intrigada.

—Porque son bestias —responde Mateo Vázquez despectivo.

—No digas tonterías, Mateo —le pide su hermano con firmeza.

—No son tonterías. Vosotros juzgaréis cuando los veáis. Muchos tienen el pelo de un rojo candente por sus tratos con el demonio blanco como la nieve. El fuego del infierno es el que los mantiene vivos. Incluso ellos lo confiesan. En los abismos que rodean la isla campan los más temibles monstruos de toda la faz de la tierra. Por algo será. Os aseguro que echaréis de menos a vuestras madres —nos advierte con una voz grave que nos pone los pelos como escarpias.

—¡Basta, Mateo! —le ordena su hermano menor muy enfadado.

Mateo comienza a reírse como un loco. Luis Vázquez nos rodea a cada uno con un brazo. Todavía se siente culpable por haberme dado dinero para estrenarme con la prostituta. Como todos a bordo, ha creído la versión de que me envenenaron.

—Solo quiere asustaros. Volveremos a casa antes de que comiencen los hielos, ya lo veréis.

—Si Dios juega de nuestra parte —matiza Mateo sin dejar de sonreír.

El capitán se vuelve de nuevo hacia la tripulación, todavía congregada en cubierta.

—¡Tripulación! —llama desde la torre—. Se sabe que los lugareños son de costumbres relajadas en cuanto al celo de sus hembras, pero nosotros estamos aquí para trabajar. ¿Entendido?

Los hombres vuelven a quejarse pero nadie levanta la voz. Noto la mirada curiosa de Domingo sobre mí. Desde las fiebres, ha buscado momentos para hablar conmigo, pero me las he ingeniado para evitarle. Su rostro deforme se me apareció una y cien veces junto al de Martin Lurra en mis pesadillas febriles, una señal definitiva que no voy a desoír.

—¿Crees que nos dejarán en tierra o podremos ir a la caza de la ballena? —le pregunto pesarosa a Íñigo cuando la tripulación vuelve a sus obligaciones. Las palabras de Mateo Vázquez y del cirujano han causado efecto, y por primera vez tengo miedo de lo que nos aguarda.

—Algunos de los jóvenes se quedarán en tierra. Quizá nos vayamos por turnos —dice Íñigo preocupado—. Hablaré con el contramaestre para que no nos separen.

Estoy de acuerdo, e Íñigo se aleja.

—¡Mendaro! —me llama el cirujano y hace un gesto con la mano para que le siga.

Bajo por las escaleras. Él ya me espera en su camarote, el mismo que he ocupado durante mi convalecencia. Solo hay cuatro compartimentos independientes en el casco: el suyo, el del cura, el del contramaestre y la despensa. El camarote del capitán está en el castillete de popa. Es un espacio mayor e incluye una mesa donde comen los oficiales. El hombre comprueba que nadie nos haya seguido. Su gesto adusto me preocupa. Y más aún el que evite mi mirada. Parece temer que yo lea en su interior. Entramos y él cierra la puerta tras de mí. Me señala su camastro para que tome asiento. Él permanece de pie. Por un momento, temo que quiera cobrarse algún tipo de retribución, ya no me fío de ningún hombre. Por suerte, en cuanto nuestras miradas se cruzan, me doy cuenta de que me equivoco.

—¿Cómo te encuentras? —me pregunta.

—Bien —respondo cauta.

—¿Cómo de bien?

—Perfectamente. A veces todavía me siento un poco mareado, pero tengo hambre y ya estoy engordando.

Me lanza una mirada despectiva. Le molesta que hable en masculino. Le recuerda lo estúpido que ha sido al no darse cuenta de que había una mujer a bordo.

—Quítate la camisa y la faja.

—¿Por qué?

—Porque me temo que sigues preñada —me responde sin contemplaciones.

—No puede ser…

Las palabras salen de mi garganta como si no fueran mías. Después de todo lo que he pasado, no puedo estar otra vez en el punto de partida.

—¿Has soltado algo desde que te levantaste de esta cama?

—No. No he vuelto a sangrar.

Nos miramos en silencio. No hay mucho más que decir. Él se da la vuelta para dejarme intimidad. Yo me subo la camisa, suelto la faja y me tumbo sobre el catre para que me explore.

—Estoy lista —anuncio.

Jaumeta se vuelve hacia mí y me palpa la tripa. Sus expertas manos están frías.

—Sigue ahí —me comunica con la seriedad del sacerdote que administra la extremaunción.

No. Eso no.

—Quítemelo. Por favor, quítemelo —le suplico.

—Yo no quito vidas —me responde con resentimiento.

—Tiene que ayudarme, por favor.

—Si este bastardo tiene que nacer, que así sea —concluye.

La rabia me inunda. Me oprime la garganta de tal modo que podría morir asfixiada. Hago un esfuerzo para tranquilizarme. Quiero llorar y gritar y maldecir el mundo, pero eso no me va a servir de nada. Respiro muy hondo y la rabia afloja.

—¿De cuánto estás? ¿De cuatro meses?

Reflexiono. Un poco más creo, pero me cuesta recordar. Asiento. Él hace chasquido de disgusto con los labios.

—No volveremos a casa antes de cuatro o cinco meses. Se te notará, si no lo tienes antes, claro. El trabajo que nos espera es muy duro.

Me siento en el camastro derrotada. Si él no me lo quita, solo me queda buscar a alguien que pueda ayudarme cuando montemos el campamento. Jaumeta adivina mi pensamiento.

—No puedes volver a intentarlo —me avisa—. Casi mueres la primera vez. Ahora el feto será mayor y expulsarlo sería mucho más complicado.

—Entonces, ¿qué hago?

Me mira con frialdad y, por primera vez entiendo: a este hombre no le gustan las mujeres, y apostaría que su odio tiene que ver con ese secreto que guarda y que le ha empujado a la mar.

—Lo único que sé es que no voy a meterme en problemas por tu culpa.

—¿Me delatará? —pregunto con voz temblorosa.

No contesta.

—Fui forzada, señor —le informo, sin soltar una lágrima.

—Por supuesto —me responde con sarcasmo—. ¿No es siempre así?

Prefiero no contestar. ¿Para qué?

—Eso a mí no me importa. No soy yo quien debe juzgarte.

—Tengo la conciencia tranquila —le aseguro orgullosa.

Me lanza una mirada llena de escepticismo y rencor.

—Dudo que las mujeres tengan conciencia, pero esa discusión ahora no va a resolver el problema. Solo sé que una vez más, hay aquí dos víctimas: el niño que va a nacer y yo.

—¿Usted? —suelto sin pensar.

El cirujano está furioso pero estamos en esto juntos. El día que decidió no delatarme y proteger mi secreto, quedó encadenado a mí. Al menos durante el tiempo que dure la travesía.

—¿Qué quiere que haga? ¿Que salte por la borda para no crearle más problemas?

—Eso tampoco, pero la verdad es que no deberías estar aquí. Las mujeres sois egoístas e impulsivas por naturaleza. Nunca pensáis en las consecuencias de vuestras acciones.

—Usted no me conoce de nada. No tiene derecho a hablarme así.

Me mira impresionado de que le plante cara.

—¿Cómo te atreves, mujer?

Y mujer en sus labios, suena a insulto… Aunque yo he renegado de mi sexo, el insulto me duele en carne propia, y trae a mi género de vuelta hasta mi carne. Me siento prodigiosamente fuerte, como si estuviera protegida por un batallón de espectros femeninos. Él no las ve. Nadie lo haría, pero yo sé que están allí y que con ellas no hay amenaza ni dolor, ni siquiera la muerte, que no pueda enfrentar. Son ellas, todos esos fantasmas femeninos, esas mujeres que han sufrido trayendo y criando a la humanidad, trabajando como esclavas, soportando humillaciones y privadas de libertad, todas esas hembras siempre traspasadas de padres a maridos como simples bestias domésticas, de las que se dice que son incapaces de raciocinio. Ellas ahora me defienden, y me entregan la fortaleza de su rencor que me da valor.

—Si tiene que delatarme, hágalo. Si no, déjeme en paz con mi problema —le advierto amenazadora. Yo no tengo nada que perder. Desde luego, mucho menos que él. Y ambos lo sabemos—. Me las arreglaré sola.

El cirujano me mira exasperado y sale del camarote, dando un portazo.

29

Asier se levantó del ordenador angustiado. Ansioso. El rencor de Amaia ahora le pertenecía. Tenía tantas ganas de golpear como ella. Caminó hasta la ventana. La oscuridad y el silencio habían hecho presa en la ciudad. Hora de dormir. De soñar lo improbable.

Negro y blanco. El mar negro bajo los destellos blancos que arrojaban la luna y las luces de las farolas. La noche había convertido el mundo en una película en blanco y negro, una sensación que Amaia disfrutaba. El rostro irónico de Noelia, de belleza pálida y cejas tan oscuras como sus ojos, se dibujó sobre el lienzo plano del horizonte. Lamentó no haberle prestado más atención, pero su hermana siempre pareció tener una agenda muy diferente a la suya y los encuentros entre las dos no conseguían pasar de las buenas intenciones y las promesas. Suspiró cansada. Pronto amanecería. Empezaba a tener ganas de volver a casa, pero antes se tumbó sobre la arena y cerró los ojos. En su interior apareció otro color, el azul de la tierra islandesa. El azul siempre volvía.

De repente, he ahí la colcha azul claro que la enfermera extendía con pulcritud profesional todas las mañanas sobre su cama.

Cuántas veces había visto volar sobre su cabeza aquella colcha…, sedada durante meses, sin moverse apenas del lecho hospitalario, mientras la razón digería la terrible desgracia. Para entonces ya sabía quién era ella, y se sabía sola. La pérdida de sus padres y hermana no hizo más que aumentar el aislamiento.

La enfermera de la mañana se llamaba Elisa. Podía haber llamado a la auxiliar para que le hiciera la cama, pero prefería encargarse ella. Amaia Mendaro le despertaba unos sentimientos con los que se identificaba sin esfuerzo. Tenía cincuenta y dos años y era viuda. Su marido y el mayor de sus dos hijos habían muerto en un accidente de tráfico hacía veinte años, cuando ella acababa de parir a su segundo vástago. Elisa era una mujer sencilla y muy resolutiva. Crió a su hijo trabajando como enfermera y formando un hogar de dos.

Amaia sintió su mano fresca y protectora sobre la frente una mañana. Aquella caricia, la primera sensación física que recordaba tras el accidente de sus padres, fue la que le trajo de vuelta de la tiniebla. Recordaba haber abierto los ojos y haberse encontrado con los de Elisa, que le sonreía. Elisa fue su ángel. Con ella no había que hablar. Bastaba el tacto. A diferencia de los psiquiatras del centro, ella percibió que Amaia era especial. Presentía que su edad no se correspondía con la de su cuerpo y que vivía en una dimensión ajena a lo usual. No estaba loca, ni deprimida: era que su bolsa de dolor pesaba mucho y llevaba demasiado tiempo trajinando con ella.

Cuando salió del centro de salud, Amaia buscó recuperar el contacto protector de Elisa, tanto en hombres como en mujeres, pero incluso este consuelo le fue negado. El placer enseguida quedaba empañado por la decepción. Y es que Amaia no quería conocer, sino reconocer, volver a sentir el cuerpo y el olor de Erik, más allá de la razón y del tiempo.

Tumbada, con los brazos estirados, cogió arena y la dejó escurrir entre los dedos. Estaba fría como el pellejo de un difunto.

30

¿De cuánto mal soy capaz?, me pregunto mientras pelo patatas para la cena. No puedo quitarme de la cabeza a Martin Lurra. A la primera oportunidad, lo mato. Encontraré la ocasión en el campamento. Allí coincidiremos. Pero mi afán de venganza ahora mismo no me va a ayudar. Me fijo en el montón de peladuras a mis pies. Por primera vez, caigo en la cuenta de que ese ser que está creciendo en mi interior también es mío. ¿Y si Dios me está mandando una señal? ¿Y si ese niño tiene que nacer? El pensamiento me aterroriza e intento sacarlo de mi cabeza.

Íñigo pela patatas junto a mí.

—¿Qué te pasa?

—Nada —respondo cortante y de muy mal humor.

—¿Sabes que cada vez me gustas menos? —salta él, y su enfado me pilla desprevenida. De súbito, observó lo mucho que ha cambiado en este mes y pico en la mar. Está más moreno, más fuerte, y su mirada se está volviendo dura. De nuevo me sorprende mi escasa sensibilidad para fijarme en el prójimo, y me prometo a mí misma esforzarme.

—No, no lo había notado —digo sin asomo de ironía.

—Lógico. Tú siempre estás a lo tuyo. Lo que quiera que eso sea —masculla.

Tengo ganas de decirle que mis problemas, en cualquier caso, necesitan más atención que los suyos.

—Sí, ya sé lo que piensas —continúa con una mirada que destila rencor y afecto a la vez—. Que tú lo tienes más difícil. Pero te equivocas. Por si todavía no te has dado cuenta, yo cargo con tus problemas y con los míos.

—Nadie te lo ha pedido —respondo con frialdad. Sé que su sufrimiento por mí es intenso, y que quizá hubiera preferido ser él la víctima. Terminamos de pelar las patatas y recojo todas las mondas en el cubo.

—¿Me vas a decir qué te pasa ahora?

—No. —Mi intuición me dice que la única manera de alejar su corazón de mí es romper la comunicación. Temo a la soledad, pero no es justo involucrarle más—. Déjame en paz.

Voy a lanzar las mondas de las patatas por la popa. Noto la mirada de Domingo en mi espalda. No le presto atención. Estoy ofuscada. Todos mis esfuerzos no han servido de nada. No es que esté igual que hace un mes. Estoy peor. Y no pienso tirarme por la borda en medio de la noche. Sin duda eso solucionaría los problemas de conciencia del cirujano, pero yo, ahora, quiero vivir.

La temperatura baja mucho por la noche. Llevo mi abrigo de oveja. El cielo está estrellado y la tripulación cena de excelente humor. Se espera alcanzar la costa al día siguiente, y la celebración incluye un barril de sidra. Los observo desde la popa, donde como sola, al margen de chanzas y bromas. Me ven como un muchacho extraño. Desde que casi pierdo la vida, me he vuelto más huraña si cabe. Algunos me miran con recelo. Nadie pensó que superaría las fiebres y se preguntan si habré tenido ayuda de seres oscuros.

Las pactos con el diablo están a la orden del día en la mar. La mayoría de los marineros ha participado en alguna expedición en la que todo se ha torcido: tormentas, ballenas que han despedazado barcazas y se han tragado marineros, asaltos de corsarios, el temido escorbuto. Y coinciden en que en todas aquellas naves viajaba un gafe, un tipo oscuro que no se mezclaba con los demás, y que por alguna razón inexplicable, siempre sobrevivía. Afortunadamente hemos tenido una buena travesía, pero sé que algunos creen que una tragedia nos acecha y que el gafe soy yo.

Hace dos noches oí a Martin Ttipia pidiendo al capitán que me abandonaran en tierra a la primera oportunidad. Alegaba que muchos estaban convencidos de que mi presencia les traería algún infortunio durante la caza. Por suerte, el capitán no cree en gafes. Don Pedro de Aguirre advirtió que los rumores debían cesar so pena de castigos. Martin Ttipia es un marinero experimentado de la costa labortana muy respetado entre sus compañeros. Aceptó las órdenes, pero se alejó mascullando que se atuviera a las consecuencias. Más tarde pregunté a Íñigo y este me confirmó preocupado que sí, que a varios miembros de la tripulación les incomodaba mi presencia. Domingo y yo nos habíamos convertido en las dos personas menos queridas a bordo. Íñigo me sugirió que hiciera un esfuerzo por entablar amistad o al menos conversación con los compañeros, pero no tengo ni cuerpo ni alma para chascarrillos.

Mi amigo charla con el contramaestre. Imagino que sobre estrellas, porque miran al cielo y el contramaestre señala constelaciones. Hace una noche como yo jamás he visto. El firmamento está todavía iluminado por el sol, pues en estas latitudes y época del año nunca se pone del todo, pero a la vez hay tantas estrellas que tengo la sensación de haber entrado en un mundo con reglas naturales distintas a las que conocemos. Siento una profunda desazón. En un acto reflejo, me vuelvo hacia Íñigo, avergonzada. Me he portado mal con él. Dos son siempre más que uno. Es el momento de estar unidos. Y yo siempre he pecado de soberbia. En un arranque de honestidad, reconozco que lo necesito yo más a él que él a mí. Me pregunto si alguien habrá notado la frialdad entre nosotros. El solo hecho de perder a mi mejor aliado me perjudicaría frente a la tripulación. ¡Domingo! Lo busco rápidamente con la mirada y lo descubro también al margen del grupo, junto al barril de sidra, observándome con su rostro desfigurado e impenetrable. Me siento desnuda y frágil.

—¡Íñigo! —llamo.

Mi amigo se vuelve hacia mí, para que no me quede duda de que me ha oído, pero regresa a su conversación con el contramaestre. A punto estoy de romper a llorar. Nunca me he sentido tan sola. Sin mi familia, sin los susurros de mis antepasados entre las hojas de los árboles, sin Íñigo. Me vuelvo hacia la mar para que nadie perciba mi estado de ánimo. Por fortuna están casi todos borrachos. El agua tiene unos tonos plomizos sobre los que cae una suave luz anaranjada. Al menos ha desaparecido el azul eterno. No podría soportar un «para siempre» en estos momentos. Tampoco las risas de mis compañeros. Quiero estar sola. Escuchar mis pensamientos, sin interrupciones. O mejor, concentrarme en ahogarlos en silencio. Cojo el tazón de sidra que aún no he probado y me dirijo a las escaleras para bajar al interior del barco.

Avanzo con cuidado para no derramar la sidra. Huele a verdura marchita, a bacalao y sardinas en salazón, a excrementos de gallina, aunque hace semanas que terminaron en un guiso, a humedad y sudor. Con razón, los marineros prefieren dormir a la intemperie siempre que el tiempo lo permite. Las ratas y chinches han tomado posesión del vientre de la nave. Hoy, con la sidra y mis tribulaciones, mi alma está tan cargada como este ambiente rancio. Pasaré aquí mejor la noche. Sola. Extiendo la manta de borrego en el suelo y, justo cuando estoy a punto de cubrirme, oigo unos pasos que se acercan.

—¿Os habéis enfadado Íñigo y tú?

Frente a mí está Domingo de Eguaras.

—¿A ti qué te importa? —respondo.

Le ignoro y me tapo con la manta de cordero. Me incomoda la posición: él de pie y yo tumbada. Me siento hostigada.

—Sí, os habéis enfadado —me confirma él satisfecho.

—Me gustaría estar solo.

Su mirada me hiela la sangre. La conozco. La he visto antes, y ahora ya sé qué significa. El horror recorre mi cuerpo y quiero gritar, pero ya no soy dueña de mí.

—Estar solo no te conviene —me dice, tumbándose a mi lado.

Hago un gesto brusco para levantarme. Él está preparado y me sujeta con fuerza. Mi grito queda aplastado por su sucia mano. Pataleo e intento desasirme con todas mis fuerzas, pero Domingo es mucho más fuerte y me tiene bien agarrada entre sus manos y piernas. Me vuelve hacia la pared y siento su aliento nauseabundo en mi cuello y su barba como lija.

—No seas tonto. Estate quieto. Yo sabré recompensarte. Lo juro.

Forcejeamos. Él se da cuenta de que así no se saldrá con la suya. Me defiendo a la desesperada. Tengo las de perder, así que intento huir. Él me agarra con fuerza del cuello y me abraza poderosamente. Noto que esto le excita. Casi no puedo respirar, y mis brazos están inmovilizados por los suyos. Canalizo toda mi energía para morderle una mano. Funciona. Me suelta con una queja y un golpe seco en la mejilla, que me lanza contra el suelo.

Recompuesto, aprovecha mi indefensión para propinarme una tremenda patada en el vientre que me deja casi sin sentido. Entonces saca una navaja y se agacha para ponérmela en el cuello.

—Estate quieto, chico —repite en susurros fríos. Intento soltarme. La navaja se clava en mi cuello y sangro. Lágrimas de rabia y dolor mojan la mano que me amordaza. Maldita sea, yo quiero vivir. ¿Me van a violar ahora también como hombre? ¿Descubrirá que soy mujer? La rabia me consume. Si me moviera, si empujara con fuerza para desasirme, la navaja se clavaría en mi cuello. Y todo se acabaría. Pero no puedo morir. Todavía no. De nuevo, de espaldas a mí, se baja los pantalones.

—¿Qué pasa aquí?

Es la voz de Íñigo. Mi amigo no espera respuesta antes de lanzarse contra Domingo. Lo siguiente es el golpe sordo de un cuerpo que cae en el suelo, a mi lado, y un gemido callado. Los ojos de Íñigo fijos en los míos, derramando su último aliento. La navaja de Domingo está clavada en su pecho, una cruz sobre su cadáver.

Una hora más tarde, Domingo camina por el tablón, atado a su víctima. Parece una vertiginosa pesadilla. Tiemblo. Los dientes me castañetean y entonces me doy cuenta de que solo llevo una camisa mientras que los demás llevan puestos sus abrigos. Pero no hago nada. Horrorizada, he quedado clavada a la cubierta del barco por el dolor intenso que me taladra. La extraña luz de la medianoche cubre el mar de espejismos. A lo lejos intuyo cinco sirenas de larguísimo pelo verde que cantan. No son voces humanas, sino susurros de la mar que me recuerdan que el mundo es mucho más de lo que vemos. En el arrullo creo entender que quieren tranquilizarme, que mi amigo no viajará solo.

Ante la mirada atenta y adusta de la tripulación, uno de los timoneles, Joan de Basauri, es el encargado de apagar las esperanzas de Domingo sobre un posible indulto. Lo empuja con uno de los arpones pequeños para cazar ballenas: no hay perdón posible. Nació como monstruo y morirá como tal, pienso. Domingo de Eguaras camina con el cuerpo de Íñigo atado a la espalda. La cuerda solo deja libres sus pies para que avance por el tablón. En cuanto caiga al mar, morirá ahogado sin remedio, arrastrado a las profundidades por su víctima. Es la ley. El juicio ha sido tan rápido como el crimen. Domingo nunca fue una persona querida y se va sin voces que lo defiendan. Lo sucedido no solo es una tragedia, sino una vergüenza. El capitán se siente responsable por contratarlo, a pesar de los rumores que perseguían su nombre. Pero es difícil encontrar marineros que conozcan lenguas bárbaras y don Pedro de Aguirre es un hombre que aborrece los rumores. El sacerdote ha querido darle la extremaunción, pero el capitán no se lo ha permitido. Domingo de Eguaras pertenece al infierno, ha dicho. No merece recibir los sacramentos. Su inapelable decisión ha impresionado a la marineros.

Noto las miradas de la tripulación sobre mí. Lastiman mi rostro, como el resto de mi cuerpo, tumefacto por los golpes. De no ser por el orgullo que me anima no me sostendría en pie. El dolor en el vientre es insoportable. Sin embargo, mis sentidos están más alerta que nunca, como si Íñigo al morir me hubiera cedido su don para entender a las personas. Percibo el olor de la condolencia, pero también suspicacias y temor. Puede que Domingo de Eguaras no fuera una persona muy querida, pero yo ahora les espanto.

Quiero apartar la vista de Domingo pero no puedo. Amordazado y atado a Íñigo, casi al final del tablón, se vuelve hacia el capitán con ojos implorantes. Don Pedro de Aguirre se muestra inclemente. De repente se vuelve hacia mí:

—¿Quieres rematarlo, Mendaro?

Los marineros esperan que demuestre mi hombría. Huelo el desprecio que muchos de ellos sienten por los débiles. No esperan mucho de mí. En este cuerpo, anestesiado por el frío y el dolor, el corazón se rebela.

—Sí —asiento con seguridad. Ahora solo quiero ser uno de ellos. Y que a todos les quede claro que mi pulso no temblará para defenderme o vengarme.

Me aproximo a Joan de Basauri y este me entrega el arpón. Es una lanza robusta con un gancho en un extremo y una larga cuerda en el otro. Todos esperan que empuje con ella al asesino de mi amigo. Cojo el arpón sin prisa en lo que parece el culmen del ritual. La madera es suave y la punta pesada. Las sirenas elevan su voz, siento su fuerza y la de miles de espectros femeninos que nunca me abandonarán. Y así, para sorpresa de todos aquellos hombres, animada por una fuerza sobrenatural, me dejo llevar.

Un grito primitivo y ronco precede al certero lanzamiento. Atravieso a Domingo de Eguaras y a mi amigo a la altura del corazón. El cuerpo rotundo del asesino se sostiene en inestable equilibrio sobre la tabla por unos interminables segundos, con la mirada fija ya en el infierno. Entonces tiro con vigor de la cuerda para recuperar el arpón y todos oímos el gancho desgarrando la carne. Ni un experto cazador de ballenas lo hubiera hecho mejor. Los cuerpos caen al mar con un golpe sordo. Un silencio sobrecogedor se apodera del barco. Mis compañeros se han quedado sin habla. Con el ánimo templado, le devuelvo la lanza a Joan de Basauri y me dirijo muy digna al cirujano:

—Creo que va a tener que echar un vistazo a mi herida.

Jaumeta Cazenare asiente y, ante la mirada atónita de la tripulación, nos dirigimos a su camarote. Un respetuoso pasillo de silencio se abre a nuestro paso. Cuando hemos cruzado la cubierta por completo, oigo al capitán ordenando a todos que vuelvan a sus puestos.

En cuanto el cirujano cierra la puerta, cojo una palangana y vomito. No sé cómo he conseguido llegar hasta allí. Cazenare me pone la mano en la espalda, compasivo. Cuando termino, levanto la cabeza:

—Ahora sí. Ahora sí lo he perdido —le confirmo, incapaz de sentir nada más. Los golpes de Domingo no han sido en vano.

31

El timbre de la puerta despertó a Asier. Por la obstinación con la que martilleaba parecía que al otro lado llevaran tiempo insistiendo. Avanzó por el pasillo tambaleándose. Hacía años que no dormía tan profundamente. La sensación de plenitud, de satisfacción que sintió al finalizar ese capítulo de la novela, le había regalado una noche de sueño apetecible.

—¡Amaia! —exclamó asombrado.

La mujer sonrió ante su desconcierto.

—¿Puedo pasar?

No esperó respuesta y él solo tuvo que cerrar la puerta y seguirla. Asier no se cuestionó cómo habría averiguado dónde vivía, ni anteriormente, dónde trabajaba. Había otra pregunta más acuciante. Amaia llevaba un vaquero y un impermeable con restos de arena y eso encendió sus alarmas.

—¿Has estado en la playa?

Ella asintió sin darle importancia y se dirigió al escritorio.

—Tranquilo. Ni me he acercado al agua. Quiero ver lo que has escrito.

Asier se colocó entre ella y el ordenador.

—¿Qué te hace pensar que he escrito algo? Te dije que necesitaba más detalles y desapareciste.

Amaia hizo un gesto de fastidio. Sus reclamos le resultaban necios.

—Venga, enséñamelo —insistió empujándole a un lado y sentándose en la silla frente al ordenador.

—Y luego ¿qué vas a hacer? ¿Desaparecer otra vez?

Asier quería respuestas. Ella no estaba dispuesta a darse por aludida.

—¿Lo leo de la pantalla o me lo imprimes?

—No tengo impresora —replicó molesto.

Amaia dio al «enter» y frente a ella apareció el texto. Subió la barra para comenzar por el principio.

—¿No tiene título? —preguntó.

—Todavía no…

—No importa —cortó ella volviéndose hacia la pantalla—. Lo encontrarás cuando entres a fondo en la historia.

Asier, perplejo, quiso replicar, pero ella ya estaba absorta en la lectura.

—¿Quiere un café la señora? —le preguntó con sorna.

—Umm, más tarde quizá —respondió Amaia sin despegar la mirada de la pantalla—. No quiero desvelarme.

—¿Cómo?

—Aún no me he acostado —soltó ella de malos modos. Quería entrar ya en la historia, y en un mundo remoto que hasta hacía unos días no existía. ¿Existía? ¿Existió?, se preguntó Asier mientras preparaba un café y unas tostadas. La miró. Tenía ojeras, pero sus ojos y sus gestos no indicaban cansancio. ¿Sería verdad que no se había acostado esa noche? ¿Y por qué? ¿Por qué había estado en la playa otra vez?

En vista de la falta de miramientos de Amaia para irrumpir

en su casa como si tal cosa, decidió que también él podía permitirse cierto descaro. Se preparó el desayuno y se dispuso a tomárselo en el sofá, justo frente a ella, para no perderse detalle de su rostro durante la lectura. Hacía días que soñaba con volverla a ver y allí estaba su oportunidad. Comió en silencio y con parsimonia.

Dos horas y media más tarde, Amaia retiró la vista de la pantalla y lo miró.

—Vale —dijo lentamente. Y suspiró.

—¿Eso significa que te ha gustado?

Amaia asintió satisfecha.

—Sí. Es eso. Ya no me vas a necesitar.

Asier se alarmó.

—Claro que te necesito.

—¿Para qué? —preguntó Amaia retadora.

—No sé adónde voy. Qué pasará a partir de ahora.

—A partir de ahora vendrá lo mejor. Esto es solo el comienzo…

Amaia se levantó para irse. Asier la creía muy capaz de desaparecer, quién sabe si para siempre, y no estaba dispuesto a aceptarlo.

—Dime una cosa —le pidió él—. Aún no lo tengo claro. ¿Estoy escribiendo una historia de venganza o de amor? Ahora que ha muerto Íñigo…

—¿Tú qué crees? —le cortó Amaia.

—Que es más que eso.

Ella asintió y le animó a continuar, sentándose en el sofá a su lado.

—Presiento que hay más —continuó él ligeramente aliviado.

—¿Recuerdas cómo empezó todo? —le preguntó ella—. Tú creíste que yo pretendía suicidarme.

—¿Y no era así?

—Solo era una llamada.

—¿Una llamada para mí? Porque allí no había nadie más. Nadie te hubiera sacado del agua.

—Estabas tú y me ayudas a escribir mi historia. Tendré palabras donde descansar, y cabe que Erik me encuentre.

—Entonces, ¿estoy escribiendo una historia de amor?

—Mi historia de amor.

Una historia donde Erik sería el protagonista. Por un instante Asier pensó que si abandonaba la novela, el tal Erik jamás aparecería. Jamás sería convocado... De repente, la voz perentoria de Amaia:

—Sigue.

32

Observo la tierra inmensa que se aproxima, plagada de dientes y montañas como paredes descomunales. Nunca en mi vida he visto cumbres de tal altura junto a la mar. Bordeamos las laderas, y al girar por el último cabo asoma un paisaje diferente, más plano. Verde, azul profundo y claro, como el despejado cielo de la mañana. Líneas largas y caprichosas que recorren la tierra sin vegetación más allá de pequeños arbustos y pasto. Entramos por el fiordo hacia una bahía pequeña que el capitán y el timonel conocen de años anteriores. Un grupo de focas toma el sol plácidamente en una isleta a escasas varas. A la derecha dejamos una granja de tepe hundida en la tierra para protegerse del frío, con cuatro edificaciones a su alrededor. Nos adentramos en la bahía. Frente a esta primera granja, en el otro lado, se ven muy a lo lejos otras edificaciones similares, a gran distancia unas de otras.

No hay rastro de ser humano. Solo ovejas perezosas pastando. La tripulación está entusiasmada. Yo siento temor. Mi instinto me dice que esa tranquilidad idílica, ese cielo permanentemente diurno desde hace tres jornadas, podrían transformarse en pesadilla sin darnos cuenta. En mi aldea debe de ser de noche. El cansancio me hace sentir con una intensidad cercana a la del borracho o la del trasnochador que recibe el regalo de poder soñar despierto. Aquí no parecen aplicar las leyes de la naturaleza que Dios estableció para los hombres de buena voluntad. Me resisto a dejarme llevar por la paz que se respira en el interior del fiordo. Al mismo tiempo, rezo para que solo sean recelos ante lo desconocido.

La boca de la bahía nos ingiere con parsimonia y la granja queda oculta tras una loma. Me fijo en los restos de un campamento. Son poco más que unos montículos de piedra y tepe, abandonados, como dormidos. A Íñigo le hubiera encantado ver, sentir, conocer. Mis ojos están a punto de empañarse, pero la pena es un sentimiento que no me puedo permitir. Un chispazo en mi interior me conduce a Dios. Confío en que ahora mi compañero ya sea parte del Todo y del saber absoluto. Quiero creer. Necesito fe, confiar en que el Altísimo tiene para todos un plan y que no he sido yo la responsable de la muerte de mi amigo más querido. Sin embargo, no puedo dejar de pensar que la culpa de lo ocurrido es mía. De no ser por mí, Íñigo seguiría en nuestra aldea. Si yo hubiera sido más fuerte, no hubiera sido necesaria su intervención.

Según nos acercamos a tierra, escucho al capitán charlar con el cirujano. Ambos confían en que las cosas sigan como en años anteriores. El rey danés, que controla desde hace varias décadas la isla, ha prohibido a los islandeses comerciar con nadie que no sean ellos, y a cualquier extranjero pescar o capturar ballenas en sus costas, pero hasta la fecha siempre hemos sido recibidos con alegría. Patxi de Castro lanza la sonda para comprobar la profundidad en el perímetro. Acostumbrados a la bravura del Cantábrico, aquellas aguas del fiordo nos resultan extremadamente amigas. La emoción impregna la atmósfera y lleva de golpe al pasado lejano el trágico episodio y la ejecución inmisericorde que han tenido lugar hace apenas medio día. Por doquier se cruzan miradas entusiastas y curiosas. Me duele que ya nadie piense en Íñigo. Así somos: volubles y egoístas. Y así debo ser yo: uno más, pero nunca olvidaré a Íñigo. Su memoria es mi forma de honrarlo. A Martin Lurra lo olvidaré en cuanto le mate.

—Mendaro —me llama don Pedro desde el torreón—. Irás en la primera chalupa para ayudar con el desembarco.

La orden me sorprende tanto como al resto de la tripulación. No es habitual que el capitán se dirija en público a un muchacho dándole órdenes tan precisas. Eso es cosa del contramaestre. Tampoco es normal que el primer día de expedición se admitan novatos. A los marineros les incomodan los inexpertos. Y con razón. Si te juegas la vida, más te vale tener a tu lado a un compañero que sepa lo que se hace. Asiento, y durante la siguiente media hora observo cómo el capitán y el contramaestre organizan a la tripulación. Excepto un grupo de cinco marineros que permanecerán a bordo, el resto bajará por turnos para ayudar con el asentamiento inicial. Mañana por la mañana partiremos a la captura de la ballena. Hace casi veinticuatro jornadas que navegamos en paralelo a una de sus rutas. De no haber ocurrido la tragedia a bordo, hubiéramos brindado por la caza, pero las circunstancias trágicas han abortado cualquier posible celebración.

Cuatro marineros de nuestro barco, cuatro de don Esteban de Tellaría y cinco de don Martín de Villafranca se encargarán de montar el campamento en el mismo asentamiento que emplearon los dos veranos anteriores. Ninguno de ellos es Martin Lurra. El sacerdote permanecerá con ellos. Su presencia es fundamental para relacionarse con los isleños, pues la comunicación es posible gracias a un chapurreo de latín, vasco e islandés. Él nunca ha estado en estas tierras, pero don Pedro estableció una estrecha relación con el cura de la zona que les facilitó las relaciones comerciales en anteriores campañas. La corona danesa envió predicadores para cristianizar a la escasa población y, gracias a eso, la comunicación es posible. Aquí nadie sabe que yo hablo y escribo latín y pienso que me da cierta ventaja el que así sea. Además, prefiero no llamar la atención más de la cuenta. Noto la mirada recelosa de Martin Txikerra. Era el único marinero que jugaba a las cartas con Domingo, aunque no creo que le agradara demasiado. Tiene la mirada oscura, pero su rostro es armonioso. Me sobresaltan sus ojos acusadores, y, más aún, mi capacidad para leer en su interior. Yo soy víctima y justiciero, y ese es mal negocio.

Por muy peligrosa que sea la caza de la ballena, los marineros no quieren quedarse en el campamento. No solo por el beneficio futuro, sino por la propia hombría. No es lo mismo jugarse la vida enfrentándose al animal marino más peligroso que se conoce, que esperar montando un campamento en tierra firme. Por eso, ya desde el momento de la partida en España, se suele decidir quién se queda y quién sale a la caza. Por lo general, en tierra, además del sacerdote, permanecen el tonelero al mando, varios carpinteros y la mayoría de los grumetes. Ellos preparan las chozas, los barriles para el almacenaje del esperma de ballena y se construye, o reconstruye en nuestro caso, el horno para fundir la grasa. En cuanto tengamos el primer animal, habrá trabajo para varios más, pero en esa primera expedición queda en tierra un mínimo equipo a las órdenes de Salvador de Almeida, un experimentado tonelero muy perfeccionista y con poco sentido del humor. No es de extrañar. Su trabajo ahora es vital para que el saín llegue a casa y la empresa tenga sentido. De hecho, Salvador de

Almeida contará con su propia cabaña en tierra para descansar, independiente del resto de los hombres que queden en el campamento. Ni siquiera el capitán tiene ese derecho. Él siempre duerme a bordo. Enseguida me fijo que reconstruir las chozas no será tarea fácil. Como anunció mi compañero, no hay un solo árbol. Hemos traído ladrillos y canalones para reconstruir el horno, pero el resto de los materiales de construcción serán piedras y tepe, grandes pedazos de una gruesa alfombra de musgo y hierba que sirve de recubrimiento de las edificaciones. La grasa de ballena se funde al aire libre en un gran horno circular situado en el centro del campamento. Los pedazos del animal se introducen por la parte superior y el saín va saliendo por el canalón donde es recogido en los toneles. Estos se irán almacenando en la cabaña de Salvador de Almeida.

El capitán ordena a Martin Ttipia lanzar de nuevo la sondaleza, justo frente a la explanada donde reconstruiremos el campamento. La tranquilidad del fiordo me sobrecoge. En la orilla opuesta se distinguen tres granjas muy desperdigadas y varias figuras humanas que, imagino, nos observan. Bajo la atenta mirada de la tripulación, el cabo con el peso desaparece en el agua, plomiza y densa como la neblina que acaba de extenderse sobre nosotros. La profundidad de la bahía es sorprendente. Dios debe de haber tenido a bien construir un puerto natural tan conveniente y perfecto para nosotros. Maravillados, observamos pasar los nudos que van marcando las varas. Como Pedro de Aguirre esperaba, la profundidad allí es tal que el escandallo no llega a tocar fondo. Gracias a la gran sima marina, podemos acercarnos hasta unos treinta metros de tierra sin temor a encallar. El desembarco será sencillo.

En los otros dos galeones se preparan para llevar a cabo la misma operación. No puedo evitar pensar en Martin Lurra. Tarde o temprano coincidiremos. Tengo que estar preparada. Actuar con sangre fría será clave para garantizar el éxito. Organizamos cinco chalupas. La sexta y más pequeña, la del capitán, tampoco en esta ocasión se utiliza.

Pasamos más de dos horas cargando las chalupas que van saliendo hacia tierra, de una en una. Como ha ordenado el capitán, yo viajo en la primera. Sentada en medio de los seis marineros que reman en perfecta sintonía, ante el espectáculo de aquella vasta tierra, pienso que ese debió de ser el lugar donde Dios comenzó la creación. Quizá donde la debía haber dejado. Por primera vez, aprecio el aire fresco y extraordinariamente fino que se respira. Hay algo mágico en la sensación de libertad que experimento al ver los resueltos riachuelos corriendo por el estático paisaje hasta el fiordo. Según nos acercamos a la orilla, el chapoteo de los remos se convierte en el único sonido que rompe el silencio. Más allá del campamento, tras una colina, media docena de siluetas se recortan sobre la bruma baja que recorre el horizonte, desprendida de los densos y plomizos nubarrones que cubren el cielo. Los lugareños no salen a nuestro encuentro. Estarán decidiendo cómo proceder.

Mikel Jáuregui, un curtido tonelero de San Sebastián, que hace años peina canas y que será el primer ayudante de Salvador de Almeida, se relame hablando de un asado de cordero que saborearon el año anterior. Dice que, a pesar de la orden danesa que prohíbe el intercambio comercial, los nativos hacen la vista gorda y están siempre dispuestos a hacerlo. Los mejores trueques se hacen al final del verano con los cabos y los aparejos para la pesca, pues el hierro en la isla es de muy mala calidad y el que viene de fuera está muy cotizado. La advertencia de no deshacerse antes de sus útiles es tomada muy en serio por la mayoría de los marineros. Saben que su vida puede depender de ello. Igual que de las armas. En general el pueblo islandés es tranquilo y sencillo. Los granjeros no necesitan espadas y estas son muy caras. Nuestros hombres suelen volver con ellas a casa. Además, son vitales en el camino de regreso, cuando el barco está cargado y hay que defenderlo de incursiones piratas.

Sin embargo, los marineros no quieren alimentarse exclusivamente de pescado y, por otra parte, gustan del hidromiel y otros manjares nórdicos. Los trueques se buscan desde el primer día. Mikel Jáuregui ha traído unos encajes de sus tías de Bermeo con los que espera conseguir un buen canje. Sus compañeros se ríen de él. No creen que las granjeras se distingan por sus finos modales. Mikel Jáuregui no está de acuerdo. La moneda de cambio ha sido durante siglos el *vadmal,* un tejido de lana que se fabricaba en los hogares durante el invierno y que tenía muchas aplicaciones: ropa, velas, material para techos… El encaje les puede venir muy bien para realzar sus vestidos y no hay mujer que se resista a llamar la atención.

Acarreamos barriles y madera hacia la explanada del campamento. El asentamiento a la entrada del fiordo tiene una vista privilegiada para recibir a los barcos con sus capturas. El hielo del invierno ha estropeado los bastimentos anteriores, pero lo principal sigue en pie. A lo largo de la tarde, y en vista del buen tiempo, la tripulación de las tres naves al completo se reúne en tierra. Localizo a Martin Lurra para mantenerme siempre a cierta distancia. Hasta que llegue el momento, no quiero levantar sospechas.

Al principio me sorprende que los barcos hayan quedado abandonados, pero dicen que los lugareños no son peligrosos y que las relaciones siempre han sido cordiales. El ambiente festivo anima a los capitanes a autorizar una cena de celebración a base de guiso de patata y bacalao, el embutido que queda, y un tonel de sidra. Se decide que esa noche todos, excepto los capitanes y un marinero por navío, dormirán alrededor de las hogueras. Por la mañana partirá la primera expedición a la caza de ballenas. Durante las últimas horas de travesía han sido avistados decenas de ejemplares. Los pronósticos son buenos.

Yo escucho en silencio. Colaboro en todo lo que se me pide. De cuando en cuando, noto la mirada preocupada del cirujano. Es él quien me asigna, una vez más, tareas de cocina que yo agradezco. Mientras mis compañeros reconstruyen los fuegos para fundir grasa y las cabañas donde se almacenarán los barriles de saín y material, yo pelo zanahorias. Para no molestar, me sitúo a cierta distancia de las obras de construcción, en la falda de una suave colina desde donde puedo hacer mi tarea y no perder detalle de los progresos en el campamento. Jaumeta Cazenare me ha preguntado si necesito ayuda de algún otro grumete, pero la he declinado. Observo que el sol no se va a poner. La noche no llegará hoy, ni mañana, ni al otro. ¿Será posible descansar? La falta de oscuridad me desasosiega.

—*Ave, amico.*

—*Ave* —respondo automáticamente en latín, levantando la cabeza. Un nativo de aspecto imponente y ojos azules se me acerca. Su cabello es rubio y denso, peinado en una coleta baja. La poblada barba y las cejas tienen tonos rojizos. Tiene una piel nívea, pero curtida. Las ropas son también llamativas. Botas de cuero, un pantalón de lana marrón y una camisa de lino amarilla con cinturón de cuero del que pende un cuchillo. Una gruesa capa de lana le protege del frío. Es un atuendo demasiado costoso para tratarse de un sencillo granjero. Su mirada grave aguarda mi reacción.

—*Spaniards?* —pregunta.

—Sí —afirmo en latín. Siento mi pulso cada vez más acelerado. Me estudia cuidadosamente. No tiene prisa y yo, a pesar del tumulto interior, me he quedado paralizada. Un colgante en forma de martillo cuelga de su cuello. Me vuelvo hacia el grupo. No sé por qué lo hago, si es por miedo, para que sepa que no estoy sola, o porque no entiendo cómo nadie parece haberse dado cuenta de su presencia. Él no se inmuta.

—Soy Erik Magnusson, *gothi* de aquella granja —me dice en una mezcla de latín y vasco, señalando hacia las edificaciones tras la colina que hemos avistado desde el barco. Y me hace un gesto protocolario con la cabeza.

A punto estoy de presentarme como Amalur Mendaro pero reacciono justo a tiempo:

—Yo soy Mendaro. —Y de repente la educación recibida por don Bautista cobra una importancia vital. Solo el capitán, el cura y el cirujano saben latín. Y yo.

Erik Magnusson sonríe y hace un gesto para que subamos con el resto de la tripulación. Asiento.

—Este será un buen año para las ballenas y el trueque —me informa—. Pero tenemos que ser cuidadosos. ¿Quién es vuestro jefe?

—El mío es don Pedro de Aguirre.

Erik Magnusson asiente satisfecho.

—Llévame con él —me ordena.

Todavía no tengo claro si me interesa demostrar que soy capaz de comunicarme con los lugareños, pero a este paso no voy a poder guardar el secreto mucho tiempo. Dejo el cuchillo dentro del cubo de las patatas, me limpio en el mandil y me dispongo para acompañarle al campamento. Entonces, dudo si hago bien dejando allí el cuchillo. Él lee mis pensamientos.

—Aquí nadie roba —me asegura con orgullo.

Asiento. Estaría mal dudar de su palabra. Así que intento olvidar las consecuencias que tendría para mí que el cuchillo desapareciera, y le acompaño hacia el campamento.

—Conoces bien el latín —confirma el hombre mientras caminamos—. Y todavía no tienes barba.

—Bueno, todos los marineros conocen el padrenuestro —digo sin pensar.

Suelta una risotada franca y generosa. Hay algo inocente y curioso en el aspecto de ese hombre tan fuerte, de pómulos altos y nariz recta y estrecha.

—Pero las oraciones no sirven de mucho para el trueque —opina con sorna.

Al cruzar el campamento, noto las miradas de mis compañeros sobre nosotros. Percibo suspicacia, respeto, temor. Desde que Íñigo murió, un sexto sentido, cada vez más agudo y refinado, se ha despertado en mí. Leo con rapidez los estados de ánimo y los deseos de los que me rodean, como si cada ser humano emanara un aroma y yo fuera capaz de distinguir todos sus componentes con absoluta precisión. Aspiro hondo y me dejo llevar. Erik huele a fresco, a naturaleza, también a sangre y a… deseo. ¿Deseo? Quedo advertida: cuidado.

El capitán se encuentra junto al futuro almacén, discutiendo con los toneleros la organización del saín y la reconstrucción de la cabaña de Salvador de Almeida. El techo ha desaparecido completamente y dos de las paredes principales están medio derruidas. En cuanto nos ve llegar, el rostro de don Pedro se ilumina.

—¡Amigo Erik Magnusson! —exclama mientras abraza al nativo con una efusividad que hasta ahora no había visto en él. El cariño es mutuo y sincero.

El primer tonelero también le conoce porque sonríe y le hace un gesto de saludo. En cuanto el capitán y Erik rompen el abrazo, don Pedro de Aguirre se dirige a mí:

—Mendaro, trae sidra. Rápido.

Yo asiento y salgo del almacén como alma que lleva el diablo. Corro hacia la orilla. Los toneles de sidra han sido desembarcados, pero todavía están junto al resto de los aparejos. Debo encontrar una jarra, a ser posible dos vasos. Espero que alguien haya tenido la precaución de incluirlos entre el material. Erik Magnusson. Se llama Erik. Las piernas me tiemblan como las de un ternero recién nacido, o las de una mujer, pienso fastidiada. ¿Qué me pasa? ¿Debo tener miedo? No, qué tontería. Habrá pensado que soy un chico, claro. Es lo que soy. El grumete Mendaro. Por primera vez quisiera volver a mi antigua piel, donde se aloja una emoción extraña, nueva para mí.

—Tú, ¿qué haces con esa jarra? —pregunta una voz que jamás olvidaré. Martin Lurra me mira con cara de pocos amigos—. ¿Nos conocemos, grumete? —me pregunta extrañado.

Ignoro la pregunta y respondo a la anterior con la cabeza baja.

—Órdenes de mi capitán, don Pedro de Aguirre.

—¿Eres de Deba?

—De Donosti.

—Tu cara me suena.

—Somos muchos de familia —respondo, apresurándome hacia la cabaña del tonelero con la jarra, sin preocuparme ya por los vasos.

33

Aquel 14 de junio se cumplían diez años del accidente y por eso la habían citado en la notaría. En realidad, Amaia debería haber heredado mucho tiempo atrás, pero la imposibilidad de encontrar el cuerpo de su hermana retrasó los trámites legales. Sin cuerpo ni constancia de que viajara en la avioneta, la ley marcaba que debían transcurrir diez años desde su desaparición para dar a la persona por muerta. Amaia podía haber agilizado los trámites, pero suele pasar que los familiares que sobreviven prefieren mantener la esperanza y dejan correr el tiempo, como si la marea fuera a devolver tarde o temprano lo que había robado.

Por otra parte, el acceso a la herencia había encontrado otro escollo que, por fin, estaba a punto de ser salvado. Amaia se había enfrentado durante años con sus problemas mentales y todavía tenía un tutor, asignado por el juez, al que debía rendir cuentas cada tres meses. Aunque legalmente no era una persona capaz de manejarse con independencia, la realidad, por suerte, era muy distinta. Ella había propuesto a Santiago Batalla como tutor y el juez lo había aceptado al no contar Amaia Mendaro con ningún familiar vivo que pudiera aceptar la responsabilidad de su cuidado.

Santiago Batalla era de Granada, pero había ejercido toda su vida en San Sebastián. Si el hombre hubiera sido un psiquiatra sin imaginación, de esos que encuentran razones incluso para explicar el sexo de los ángeles, no hubiera dudado en emitir un diagnostico de locura, pero Santiago tenía imaginación, sensibilidad y suficiente experiencia para saber que hay cosas que hoy siguen sin poder demostrarse, y Amaia era un ser extraordinario con preguntas extraordinarias. Santiago tampoco tenía respuestas para todo, pero su mera presencia, el hecho de que la escuchase, tenía un efecto balsámico en ella.

El accidente de avioneta en Madeira seguía obsesionando a Amaia. Dicen que a pesar de ser una isla ventosa, los pilotos que se aventuran por esas latitudes dominan las violentas corrientes. Nadie se explicó cómo pudo pasar. La nave explotó en el aire, fracturada en dos pedazos. El de cola se localizó en un arrecife, y con él aparecieron los restos de sus padres. Pero la zona de cabina, con el piloto, Noelia y la caja negra, desaparecieron para siempre, se supuso que en el fondo del mar. El accidente se convirtió en un misterio sin visos de aclararse jamás.

—Y yo no acabo de creerlo —le comentaba Amaia una y otra vez—. He visto a mis padres, pero ¿por qué de mi hermana no hay nada?

—A veces pasa. Una explosión así podría haber pulverizado los restos.

Amaia se quedaba mirándole, sopesando sus palabras. Pero un día, de pronto, Amaia sorprendió a Santiago con una frase contundente:

—No puedo dejar ir sin ver.

—Se puede, pero cuesta más —reconoció el psiquiatra.

—Quizá podría si alguien vistiera eso de palabras.

Santiago calló, como suelen hacerlo los hombres sensatos que adoran a las mujeres.

34

Esta noche hemos dormido en la cabaña que servirá para el almacenaje del saín cuando completemos la del tonelero jefe. A mi lado oigo la respiración profunda de Mikel de Justía. Hemos quedado ocho en tierra. Dormimos envueltos en nuestras mantas, unos contra otros, sobre un colchón confeccionado con matorrales que nos separa del suelo húmedo y frío. La temperatura baja durante las horas de la noche pero no más que en el invierno de las Vascongadas. El sol no desaparece por completo; teme zambullirse en el mar y, apenas lo roza, vuelve a ascender. He perdido la noción de las horas. Me duele todo el cuerpo. Me incorporo en silencio para asomarme a la puerta, única apertura de la cabaña. Las tres naves se internan en el mar. Los capitanes ordenaron que la tripulación durmiera a bordo para no perder tiempo por la mañana. La caza va a comenzar.

Nuestra misión consiste en preparar el campamento para recibir a los marineros y poder despiezar la ballena con eficiencia. Eso incluye conseguir que los islandeses nos provean de leche, carne, patatas y alguna salazón con la que poder completar nuestra parca dieta. Don Pedro de Aguirre nos ha dejado un arcón con útiles de metal y una pequeña bolsa de coronas para negociar. El padre

Patxi se ha quedado al mando del campamento en esta ocasión. La noche anterior, antes de que los hombres se dirigieran al barco para pasar la noche, todos, uno por uno, se confesaron y fueron bendecidos con la extremaunción. En caso de que pasara lo peor, serán recibidos en el reino de los cielos. ¿Perdonará Dios a Martin Lurra? Espero que no muera. El momento de presenciar su agonía me corresponde a mí y a nadie más. Dios lo sabe.

Subo a la colina para verlos partir. Siento alivio, y me sorprende este sentimiento, pues hace solo un par de días estaba pensando en lo emocionante que sería demostrar coraje frente a un monstruo tan temido. Me vuelvo hacia la granja, al otro lado de la colina. El fuego indica que los habitantes ya han despertado. Cabe que Erik esté en la principal. Un grupo de eiders se aleja hacia el interior del fiordo.

La mañana transcurre con rapidez. Cada cual sabe qué tiene que hacer. En tierra, además del padre Patxi y de Mikel de Justía, han quedado dos grumetes de la nave comandada por Esteban de Tellaría, y tres jóvenes y forzudos hermanos, los Sabeña, de la tripulación de Martín de Villafranca. Para todos ellos, esta expedición es también la primera. Los Sabeña son hábiles carpinteros y el pequeño, además, un experto tonelero. Me sorprende comprobar que tienen planos y una idea muy clara de qué hay que construir y cómo. Nadie pierde el tiempo y a cada cuál se le asigna una misión. La mía es la de organizar la zona de comidas y preparar el guiso de la tarde. No sabemos cuándo regresarán los barcos pero hay que estar preparados.

Sugiero al padre Patxi que nos acerquemos a la granja de Erik para ver qué podemos conseguir. Este es el quinto viaje al norte del sacerdote. Se maneja con dificultad en una mezcla de vasco e islandés. No es un hombre culto, ni demasiado inteligente, pero sí práctico. Le parece bien llevar unas monedas y unos collares de cadenas y nos ponemos en camino. Don Pedro le ha ordenado que busquemos al párroco de la zona. Es amigo y un excelente mediador.

Durante el trayecto, el padre Patxi me cuenta que la isla lleva décadas cristianizada por los daneses, que controlan el gobierno de Islandia. No aceptan la autoridad papal, sino que siguen a Lutero. Sin embargo, en anteriores viajes ha comprobado que todavía están muy arraigadas las antiguas costumbres paganas porque, a diferencia de España, se permite el culto libre en el interior de los hogares. Practican brujería y adoran a Odín. Además, creen en ogros y en elfos. Me recomienda precaución, no vaya a regresar con algún hechizo que me arruine la vida.

A los daneses no les gustan los extranjeros, de hecho han prohibido el comercio con cualquiera que no se encuentre bajo la supervisión de Cristián IV, pero los islandeses son gente amable y acogedora. Sus mujeres, en demasía, comenta incómodo. Está convencido de que Eva debió de ser islandesa. Pelirroja y desvergonzada, seguro. Me aconseja, y es casi una súplica, que no me acerque a ellas. En resumen, cuidado con las mujeres y con los tratos comerciales porque pueden meternos en problemas.

—Los nativos negocian como usureros judíos —dice el padre Patxi con desprecio—. Por suerte, Erik Magnusson es un hombre justo. Nada que ver con su primo Ari. Ese es una rata codiciosa. Se metió a los daneses en el bolsillo y consiguió que lo nombraran alguacil. No nos quieren, pero tampoco desean perder negocio.

—Así que hacen la vista gorda —concluyo.

El padre Patxi asiente.

—A Ari le gusta sacar tajada. Verás que lleva en el cinturón una hermosa daga con puño de marfil de morsa que acaricia constantemente. Se la quitó con amenazas veladas a un comerciante noruego el año pasado ante nosotros. Siempre se las arregla para quedarse con nuestros útiles más valiosos y luego especula entre los suyos. Nos aceptan, siempre y cuando desaparezcamos antes de que empiece el frío. Está prohibido que los extranjeros pasen el invierno en Islandia. ¡Como si alguien quisiera quedarse en esa tierra de hielo!

Alcanzamos la granja, casi una aldea con cuatro edificaciones alrededor de la casa principal y lo que parece un establo para ovejas. El paisaje desnudo anuncia a los visitantes con tiempo suficiente para recibirlos. Nos esperan en la entrada de la edificación grande, de piedra, tepe y turba, una docena de personas, todos vestidos con sus mejores galas. Erik nos acoge con una sonrisa. Le flanquean cuatro hombres fornidos. Tras ellos, varias mujeres de edades distintas nos observan. La mayor debe de tener al menos cincuenta años y por la dignidad de su mirada azul, su atuendo y los collares que rodean su cuello, intuyo que es la madre de Erik. La más pequeña es una niña de unos seis años. Su curiosidad me hace sentir incómoda, pero no tanto como la sonrisa de Erik y su intensa mirada.

Pronto nos encontramos en el interior de una sala de unos diez metros de largo por cuatro de ancho. Los más altos tienen que agacharse para pasar por la puerta. El interior quedaría en total oscuridad de no ser por cuatro ventanucos laterales. Media docena de lámparas de aceite cuelgan del techo y bañan la estancia con una luz anaranjada. Huele a humanidad y a comida. Al cabo de un rato, nuestros ojos se acostumbran a la penumbra. Un fuego en canal recorre la planta rectangular del edificio. A la entrada, escudos y armas cuelgan de las paredes. En el lateral de la izquierda, hileras de salmón ahumado, bacalao seco, una pierna de cordero y hierbas aromáticas penden del techo. Al fondo de la sala, una cortina, y al lado ocho grandes tinas de barro que, luego lo sabré, conservan el suero de leche o carne en fermentación. Sobre ellas, unos anaqueles con quesos y tarros de cuajada. En el lado opuesto, arrinconados contra la pared, descansan dos telares que usan las mujeres en el invierno, cuando las horas de luz son escasas y disponen de todo el tiempo para hilar el vellón en rollos de *vadmal*. En el centro de la sala está la zona de cocina, y el fuego se abre en círculo bajo una gran olla de hierro para luego continuar por el mismo canal hasta el dormitorio del fondo. A ambos lados se intuyen bancos y, sobre ellos, pieles y mantas que sirven de lecho. Nos invitan a sentarnos ante unas mesas que han montado sobre caballetes, y al momento las mujeres nos ofrecen un pescado marrón y seco y cuajada en unas grandes escudillas metálicas.

—Es tiburón macerado —me informa el sacerdote señalando el pescado con cierta aprensión—. Come.

Lo pruebo. No está mal. Erik asiente satisfecho.

—¿Cómo lo maceráis? —pregunto extrañada por el sabor de la carne.

—En su propio orín —responde Erik con naturalidad.

Ahora entiendo la aprensión del padre Patxi, que evita mi mirada. Yo decido comer sin más.

Unas mujeres se acercan con cuernos de hidromiel. Me parece la bebida más deliciosa que jamás he probado. Pero enseguida noto que el alcohol se sube a la cabeza. No puedo perder el control. El padre Patxi no parece tener la misma preocupación. Vacía rápidamente su cuerno y pronto sus escrúpulos hacia la comida desaparecen. Mientras discute con Erik de las provisiones que necesitamos y le garantiza en pago la mitad de la primera ballena, yo observo a las mujeres. Las más jóvenes son muy hermosas. Rostros orgullosos, cabelleras rubias y pelirrojas, sueltas o recogidas en trenzas. Noto sus miradas descaradas sobre mí y me sorprenden. En mi aldea una mujer jamás se atrevería a mirar así a un hombre. En la oscuridad del fondo, dos mujeres amamantan a sus hijos. Todas ellas visten túnicas de lana teñida en brillantes colores: azul, rojo, anaranjado, amarillo… Para proteger la ropa de las tareas domésticas, llevan largos mandiles, y alrededor de la cintura de todas las adultas pende un cinturón con un cuchillo. Madres e hijas visten igual.

Don Patxi no domina el latín y tiene dificultades para entenderse con Erik. El padre pregunta por el cura de la aldea y descubrimos que el viejo pastor murió durante el pasado invierno. Yo me mantengo al margen, mero convidado de piedra. Además de la mitad de la ballena, Erik exige garantías de que les dejarán a ellos sus útiles de pesca al partir al final de la campaña. El sacerdote no entiende. Los tres cuernos de hidromiel que se ha bebido no ayudan a la comprensión. Erik está impaciente. No sabe cómo explicarse mejor. Se vuelve hacia mí. Entonces intervengo. Le traduzco a un sorprendido don Patxi las pretensiones del nativo y el sacerdote me mira atónito.

—¿Lo estás inventando?

Los presentes siguen nuestra conversación con curiosidad. Intento evitar la mirada azul de Erik. Percibir su admiración me hace sonrojar.

—No. Dice que quiere nuestros arpones y material de pesca a final de temporada.

—¿Cómo lo sabes?

Dudo. Pero creo que es el momento de poner algunas de mis cartas sobre la mesa. Y mi dominio del latín, el vasco y el castellano puede ser de mucha utilidad.

—Mi padre me hizo estudiar con el párroco de nuestra iglesia y conozco el latín y un poco la lengua germana.

Don Patxi no puede evitar una muestra de admiración, aunque pronto detecto cierta envidia en su voz. Y me alegro. No de los sentimientos negativos del padre, sino de ser capaz de detectarlos con tanta claridad. Dios te bendiga, Íñigo, que me proteges desde allá arriba y me has dejado este don.

—Quizá nunca sepa tanto latín como usted, pero yo creo que si practico un poco, podremos comunicarnos bien con ellos —le digo con humildad. Mi actitud le convence. Además, no tiene otra opción y no podemos volver al campamento de vacío.

—Está bien. Diles lo que necesitamos.

Lo hago. A trompicones me entiendo con Erik. A diario nos proveerán de leche y carne de oveja. Nosotros pagaremos con la mitad de nuestra primera ballena, y, al final de la estancia, intercambiaremos útiles de pesca por pieles y otras mercancías. Quieren asegurarse de que el trato será con ellos y con nadie más. Se escudan en que el decreto de Cristián IV prohíbe comerciar con extranjeros y no quieren problemas con los daneses. Don Patxi y yo discutimos sobre la conveniencia de este punto. Es una decisión importante para tomarla sin consultar. Pero, en ese momento, no parece que podamos arriesgar la buena relación. Don Patxi cree que nuestro capitán lo aprobará. El resto de los detalles o transacciones comerciales se negociarán entre los lugareños y los marineros, que son bienvenidos en la aldea siempre que quieran. Terminamos chocando las palmas con energía, una vez hacia arriba y otra hacia abajo. Trato hecho, sin que haga falta más.

Entonces, traen otra jarra de hidromiel y nos rellenan los cuernos. El brebaje dulce es adictivo y de muy alta graduación. Noto que me arden las mejillas y temo cometer algún error. Erik percibe mi azoramiento. Le caigo bien. Mi timidez le divierte. Me da un golpe en la espalda en señal de amistad y casi me tumba. Nos invitan a quedarnos y celebrar con ellos, pero don Patxi cree que hay demasiado que hacer en el campamento. Cargamos la carne y la leche y acordamos regresar al día siguiente.

Por la mañana, don Patxi se despierta con el estómago suelto. Él lo achaca a lo que comimos y bebimos ayer. A mí me duele la cabeza por el exceso de alcohol, pero me encuentro bien. Sugiere que uno de los grumetes me acompañe a la granja. Preferiría ir sola pero, a pesar de contar con una carretilla, es cierto que necesito que alguien me ayude a cargar. Así que se lo propongo al que todos llaman Begizuri, ojos blancos, porque los tiene de un azul claro casi transparente. Begizuri tiene catorce años. Es tan enclenque que no entiendo cómo ha sido aceptado a bordo. Debe de ser familiar de algún marinero. Tiene la mirada limpia y un ligero ceceo que le ha convertido en el blanco de burlas. Odio los abusos. En varias ocasiones, he estado a punto de intervenir para defenderle, pero al final he callado por no significarme. A todos les sorprende que quiera llevarme a Begizuri. El interesado no da crédito, abre mucho los ojos y sonríe. Está deseando conocer la granja. Carlos, el otro grumete, se queja. Él es mucho más fuerte, podría ser más útil que el flacucho de Begizuri. Esta vez no me puedo contener. Mi habilidad para entenderme con los nativos me ha dado un poder que todos respetan y necesitan:

—No es fuerza lo que requieren las transacciones comerciales, sino inteligencia.

Antes de que Carlos decida si debe darse por ofendido, me dirijo a la carretilla, haciendo un gesto a Begizuri para que se apresure. La media hora de caminata sirve para reafirmar la idea que me había hecho del mozo. Es hermano de uno de los timoneles de Esteban de Tellaría. Iba para sacerdote pero por culpa del ceceo lo rechazaron. Bromea sobre lo que hubieran sido sus sermones. Sin embargo, hay amargura en su tono. Su recurso para sobrevivir es reírse de sí mismo antes de que lo hagan los demás. Yo le digo que a mí no me divierte que se burle de sí mismo, debería tratarse con más respeto. Le sorprenden mis palabras y caminamos en silencio un rato. Me mira con admiración, y calla. Estoy a punto de preguntarle por Martin Lurra…, a tiempo lo juzgo imprudente. Si voy a matar a mi violador, y pretendo seguir viviendo, mejor no dejar rastro alguno que nos relacione.

Cuando llegamos a la aldea, nos recibe una mujer imponente, más o menos de mi edad. Se presenta como Brynja, esposa de Erik. Es muy hermosa, con una larga cabellera pelirroja, piel de marfil y unos ojos tan azules como los de Erik. Debo parecerle un hombre enclenque porque me saca la cabeza. Entonces me fijo en el abultado vientre bajo la túnica y el mandil: está preñada y su estado es avanzado. Los brazos rotundos indican que el trabajo duro no le asusta. Se conduce con la seguridad de una reina, y yo no puedo dejar de mirar el vientre que ella ignora; sin darme cuenta, pongo la mano sobre el mío, ya plano. No es envidia, ni nostalgia de lo que nunca quise. Es algo distinto y extraño que aún no sé nombrar.

Brynja nos conduce hacia una de las cabañas donde se arremolinan las ovejas. Del interior sale Erik sudoroso y con el torso desnudo. Trae un cubo de leche en la mano y una sonrisa sincera y fresca. Me ruborizo y, al darme cuenta, siento que la cara me arde aún más. Por fortuna, él se ha vuelto hacia Brynja y le pone la mano sobre la barriga, orgulloso.

—Este verano será un gran verano —anuncia—. Antes de que empiece el frío, nacerá mi primer hijo.

Algo verde y viscoso asciende por mi garganta. Debo de hacer al menos un gesto de felicitación. Pero no soy capaz, así que asiento y esbozo una sonrisa. Erik advierte mi azoramiento un tanto sorprendido y cambia de conversación.

—Bien, ¿qué necesitáis hoy?

Se lo explico y él me dice que le gustaría estar presente cuando llegue el primer animal, para cobrar su parte. No creo que tarden mucho en avistarse las naves. De hecho, desde la granja, la vista de la bahía es tan buena o mejor que desde el campamento, así que le confirmo que, en cuanto los barcos regresen, pueden acudir al campamento y presenciar el despiece. Nos vendrá bien que sus hombres colaboren en el proceso. Me extraña que los islandeses no cacen ballenas, y a él que nos atrevamos nosotros.

Mientras discutimos los detalles, un grupo de hombres a caballo se aproxima a la aldea. Brynja hace un gesto a Erik para que la acompañe, pero él parece molesto de repente, y la ignora. La joven preñada no tiene reparos en mostrar su mal humor y discutir su decisión, lo cual me asombra. Begizuri se queda con la boca abierta ante el exabrupto de la mujer, que finalmente se aleja para recibir al grupo sin siquiera despedirse. Erik se vuelve hacia nosotros. Parece muy molesto. Sus ojos lanzan chispas que intenta contener. Me fijo en su fuerte complexión. Hay algo fuera de lugar en un cuerpo de guerrero empeñado en labores de granjero.

—Perdonadme pero tengo que ir a atender a mi primo Ari. Estaremos atentos a la llegada de los balleneros.

Un hombre de pelo castaño, muy delgado y pálido se aproxima.

—Este es Jon, mi hermano y consejero. En mi ausencia, acudid a él.

Intercambio una mirada de saludo con Jon y, al instante, veo en su mirada que es un hombre sabio y tranquilo. Begizuri se vuelve hacia mí, esperando instrucciones.

—Carguemos el carro —le digo.

Siento un alivio perverso al pensar que cuando Erik ha tocado el vientre de Brynja, ni la ha mirado siquiera.

35

Amaia no solía maquillarse, pero hoy necesitaba una máscara para encarar la cita que le aguardaba en la notaría. Eligió una falda tubo negra, una camisa italiana de seda con un estampado fucsia y una chaqueta de cuero negro y corte Chanel que habían pertenecido a su madre. Para completar su disfraz, se calzó unos zapatos negros de medio tacón. Esta vez, cuando se miró en el espejo de cuerpo entero, no se reconoció. Parecía una abogada, o una ejecutiva, alguien con una vida ordenada. Si controlaba la mirada, nadie dudaría de su estabilidad emocional.

Del pulcro armario de su madre, que recorría toda la pared enfrentada a la ventana, también sacó un bolso de piel negro tipo maletín. Yacía junto a otros muchos cadáveres del lujo en aquella habitación decorada en color marfil. Antes de salir, se volvió para contemplar el dormitorio. Excepto por la ligera capa de polvo que limpiaba un par de veces al año, no había variado un ápice en la última década. Mientras bajaba las escaleras, pensó con alivio en el momento en el que volvería a casa, se quitaría la ropa y se habrían terminado para siempre su relación con abogados y testamentos tras diez años de suplicio. Santiago se sentiría orgulloso de ella.

Amaia caminó durante cuarenta minutos disfrutando del impecable disfraz que le hacía sentir segura y saboreó las miradas de admiración de algunos transeúntes. Firmaría los documentos. Hablaría lo justo. Cuando estuvo internada, Santiago le había enseñado técnicas de concentración y, gracias a ellas, pudo mostrar cordura ante los psiquiatras que valoraban su caso. El engaño había surtido efecto.

Llegó puntual al hermoso edificio del siglo XIX, frente al paseo que recorría la ría y muy cerca del hotel María Cristina, donde Sánchez y Macías habían establecido su negocio hacía más de veinte años. Subió a la primera planta y se dejó conducir por la secretaria de la notaría con una docilidad poco habitual en ella. Cuando la llamaron, entró en el despacho donde el notario y dos hombres más la esperaban. Uno de ellos era el abogado que representaba al seguro. Se presentó, pero Amaia no retuvo su nombre. El otro caballero, García-algo, le sonaba de una ocasión anterior, de cuando sufrió un colapso nervioso tras varias noches en vela y tuvo que regresar al Centro de Salud durante un par de días. García-algo era seguramente más joven que ella pero las pronunciadas entradas le avejentaban. Amaia percibió al instante que era un hombre embarcado en una carrera a ninguna parte. El notario, Alberto Sánchez, era un hombre barbudo, de mal carácter. Hacía años que podía haberse retirado, pero ¿adónde? Amaia percibía su pánico de volver a casa, con una mujer que nunca había amado, y alterar así una perfecta estabilidad inestable.

Repasaron el testamento una vez más. El contenido era por todos conocido, repetido mil veces. Lo único que diferenciaba ese momento de otros anteriores era la fecha en el calendario: esta vez a su hermana Noelia la daban por muerta. Amaia quedaba capacitada para asumir con plenos poderes la totalidad de la herencia. Le pasaron un pesado bolígrafo negro y oro. Al posarlo sobre el papel, no fue sangre viscosa lo que brotó del arrastre, sino tinta azul con las que trazó unas hermosas letras: Amalur.

Al salir a la calle, Amaia aspiró profundamente y sintió unas incontenibles ganas de llorar. Una ráfaga de aire frío la contuvo. Alzó la vista al cielo: unos negros nubarrones que avanzaban desde el mar estaban a punto de estallar y pronto llegó la lluvia.

La mujer se guareció en el portal, observando, y fue entonces cuando la vio junto a la barandilla de la ría, cubierta por un paraguas negro: Noelia la miraba. Sus ojos se cruzaron y Amaia se sintió, una vez más, cazada. Pero cuando cruzó la calle y llegó al otro lado, Noelia no estaba. Miró a derecha e izquierda e incluso al otro lado de la barandilla, por si se había lanzado a la ría. No había rastro. La respiración, agitada. El corazón golpeando las sienes, exigiendo una resolución. Chorreando agua. ¿Dónde estaba? ¿Qué pretendía? Ya no le quedaba duda. Era ella. Y parecía otra. ¿Bastarían las palabras de Asier para explicar lo inexplicable?

36

Me siento pletórica. La brisa sobre la piel, el palmoteo de las olas y el viento a favor sobre las velas anuncian aventura y emociones desconocidas. A unos metros, en la torre, mi capitán señala a Erik la zona a la que nos dirigimos. El resto de la tripulación está nerviosa y enfadada. Temen que traiga mala suerte. ¿Cómo ha sido invitado Erik? La primera salida fue un desastre. Asustaron a la ballena y la manada huyó. No he podido enterarme de los detalles. Los fracasos no se comentan, aunque a buen seguro los arponeros cargan con la responsabilidad. Cuatro días en alta mar y lo único que trajeron al campamento fueron unos estómagos vacíos. En tierra todo estaba listo para descuartizar la primera ballena, así que la decepción del barco se extendió con rapidez pero no había nada que no pudiera arreglar una buena comida regada con la cerveza local.

Don Pedro de Aguirre no deja nada al azar y gusta de controlar todo lo que él considera importante para el éxito de la campaña. En cuanto la fracasada expedición bajó a tierra, se reunió en un aparte con don Patxi para ponerse al tanto de las negociaciones llevadas a cabo durante su ausencia. Don Pedro es exigente. Como era de esperar, don Patxi pronto se puso nervioso ante la demanda de precisión en las respuestas, y tuvo que llamarme para que yo explicara los detalles de nuestro acuerdo con los nativos: la media ballena prometida en pago, los detalles del despiece, las provisiones, los intercambios comerciales entre marineros y lugareños... Me escuchó atentamente, anotando con pulcritud. Al principio me temblaban las piernas. Temía haberme excedido en mis decisiones y sufrir ahora las consecuencias de mis errores con algún tipo de penalización sobre mis beneficios. Pero cuando terminé mi exposición, don Pedro de Aguirre parecía complacido.

—Tienes buena memoria, muchacho.

—Gracias, señor —respondí bajando la cabeza. Sabía que me tenía cariño pero no quería llamar la atención más de lo necesario. El cirujano se acercó en ese momento y escuchó nuestra conversación con cierta suspicacia.

—¿Dónde aprendiste a hacer cuentas?

—Mi padre deseaba que hiciera carrera en la iglesia y me preparó con el cura de nuestra parroquia.

—Y allí aprendiste latín.

—Sí, señor.

El capitán, satisfecho, se volvió hacia el cirujano gascón.

—¿Ves, Cazenare? El chico es enclenque pero tiene cerebro. —Y a continuación me ordenó—. Quiero que invites a Erik a cenar esta noche con nosotros.

Corrí a la granja. Brynja discutía con dos mujeres a la entrada de la casa. Le conté que mi capitán quería invitar a Erik a cenar al campamento. Ella me aseguró que le transmitiría el mensaje. Dudé. Si no lo hacía, el almirante se enfadaría conmigo. Pero no tenía opción, excepto rezar para que Erik apareciera esa noche.

Y lo hizo. Con Brynja, cuatro de sus más terroríficos hombres y el fiel Jon, siempre discreto, a su vera.

El capitán quedó complacido por la buena comunicación que había surgido entre el jefe de la aldea y yo. Por eso aceptó la propuesta de Erik de unirse a la caza a la mañana siguiente y me permitió acompañarles. El alcohol hizo que don Esteban de Tellaría y don Martín de Villafranca no se opusieran al plan, aunque no es habitual que un extraño sea admitido en barco ajeno. Más aún a bordo de una nave en la que todos se juegan la vida. Pero el calor de la lumbre, el suelo bajo nuestros pies y el hidromiel habían devuelto el humor a las tripulaciones. Me di cuenta de que incluso Martin Lurra reía a carcajadas hacia el final de la noche. Risas necias de un moribundo.

El pelo rubio de Erik está recogido en dos trenzas. Sus ojos azules estudian con interés las cartas náuticas a las que solo el capitán y los oficiales tienen acceso. Desde la distancia, veo trazadas las rutas de las ballenas. Todos estamos muy ocupados baldeando y preparándonos para la batalla, pero al mismo tiempo, nos sentimos en una especie de limbo antes del enfrentamiento con el monstruo. La emoción embarga una vez más a la tripulación y la decepción de los días anteriores desaparece de golpe. Esta vez, los barcos de Esteban de Tellaría y Martín de Villafranca han partido en direcciones opuestas. Desde las veinte varas largas del puesto de vigía se distingue el de Martín de Villafranca. Lo he comprobado durante mi último turno en la cruceta. Pienso en lo oportuno que sería que Martin Lurra fuera coleteado por una ballena, atrapado en sus fauces y arrastrado a las profundidades. Me sorprende la satisfacción que me causa el pensamiento. Hasta hace muy poco, no hubiera permitido que nada ni nadie, excepto yo misma, acabara con la vida de mi violador. Ahora me conformaría con que desapareciera de la faz de la tierra. Y con él mi ignominia.

El capitán y Erik han acordado que yo les acompañe para facilitar la comunicación entre este último y los marineros. Percibir la admiración de mis compañeros me ha hecho sentirme bien. En algunos todavía queda desconfianza. Espero que una buena captura termine con sus recelos. Los hombres se han organizado por grupos. Cuando nos lancemos contra la ballena, seremos cuatro tripulaciones de bote. En todas ellas hay un oficial, seis marineros de primera, es decir, con experiencia, y un arponero. Dudo que me permitan formar parte de ninguna, por lo menos en esta ocasión. En la nave solo quedaremos seis u ocho personas.

El tiempo pasa lentamente. El sol empieza a caer y con él, el ánimo de la tripulación. ¿Qué pasa? ¿Dónde están las ballenas? ¿Quizá hemos llegado demasiado tarde? El desánimo hace presa en la nave. Incluso Erik observa la mar consternado. Es el quinto día de búsqueda. Según comentan los más expertos, es algo inusual. No podemos volver a tierra con las manos vacías. El descalabro económico sería terrible para el armador. No sería capaz de soportar otra expedición. Y para la mayoría de los que estamos a bordo, significaría la ruina más absoluta. Hemos invertido todo lo que tenemos en pertrecharnos para embarcar. El capitán ha hecho triplicar la guardia. Los vigías se bambolean en las crucetas.

—¡Un chorro! ¡A sotavento! ¡Resopla a sotavento! —grita con todas sus fuerzas Mikel de Justía desde el palo mayor.

Los hombres se abalanzan sobre la regala. La tensión sube de golpe en la nave. El silbido trepidante de la sangre que recorre la bestia de madera adquiere el ritmo de una marcha militar, incontenible tras el interminable y narcótico preludio. ¡Por fin! El capitán extiende su catalejo veloz. Como si una fuerza divina las hubiera invocado, a menos de cincuenta brazas, una ballena franca, seguida por más de veinte ejemplares, surca las olas. El aliento se me corta ante la visión de aquellos animales gigantescos de piel brillante. Me quedo estupefacta, incapaz de reaccionar, mientras mis compañeros corren a organizarse a mi alrededor:

—¡Arriad los botes! —brama el capitán. Pero yo sigo inmóvil, contemplando un imponente ejemplar que salta en una exhibición magistral de poderío. ¿Cómo es posible que una criatura tan formidable se mueva con semejante agilidad? La siguen varias ballenas jóvenes, imitando sus saltos, soltando aire por sus espiráculos, perezosas, juguetonas. ¡Santo Dios! ¿Son estas las bestias que vamos a descuartizar? Así, aquí, ahora, conforman el espectáculo más hermoso que he presenciado jamás. Miró a mi alrededor: por desgracia, nadie parece compartir mi emoción. La suya es de un cariz bien distinto. Los veo prepararse y concluyo que quizá su reacción sea la propia del instinto masculino. Ninguno tiene dudas. Todos van a cazar. Me sobresalto. Yo también soy un hombre. De repente, percibo unos ojos sobre mí. Me vuelvo. Es Erik que me observa desde la torre, extrañado. Evito su mirada por temor a ser descubierta.

A partir de ese momento, el silencio se apodera de la escena. Comprendo por fin la importancia de que las abrazaderas de los remos estén acolchadas y los marineros, por supuesto, vayan descalzos. Hay que evitar ruidos que espanten a las ballenas.

—A la de una, a la de dos, a la de tres. ¡Abajo! —oigo por cuadriplicado a los oficiales, en susurros.

Mientras se alejan para encontrarse con la manada, los murmullos de «¡Bogad, bogad! ¡Vamos, espabilad!» se alejan. El oficial de cada una de las cuatro chalupas sostiene el remo del timón. Sobre la cubierta de la nave nodriza quedamos el capitán, el cirujano, Erik, dos grumetes y tres marineros de cierta edad. El resto avanza hacia la presa.

La ballena franca es un animal extraordinario. Al matarla no se hunde, sino que flota para que los cazadores puedan capturarla. Justicia divina: es como si Dios aceptara así pagar por la valentía del que arriesga su vida. Las chalupas de roble pintadas de brea se acercan sigilosamente hacia la zona de las ballenas. La emoción colectiva se transforma en ansiedad. Sobre el mar se ha posado una tensa calma y los marineros, en sus frágiles botes, esperan a que los mamíferos vuelvan a la superficie.

—Cuanto más larga sea la espera, mayor el monstruo —dice el capitán preocupado—. Los ejemplares pequeños no suelen pasar bajo el agua más de diez minutos, pero los adultos más desarrollados pueden almacenar aire para más de una hora.

Gigantescos mamíferos nadando en las oscuras profundidades, ignorantes de lo que les aguarda. ¿Por qué esta lucha? Hoy alguien va a sufrir, quizá a morir. Casi agradezco no haber sido aceptada en ninguna chalupa. Tampoco he podido elegir. Nadie quiere compartir la suerte con un novato. Ni con un padre de familia, aunque esto, a menudo, no se puede evitar. Los solteros experimentados son los preferidos. En vida son los más apreciados, y su muerte es la menos lamentada.

A pesar del sonido constante de las olas golpeando las embarcaciones, podría oírse el vuelo de una mosca. Nadie osa moverse. La batalla por la vida puede empezar en cualquier momento, y hasta que así sea, el hombre está en franca desventaja. Tras más de veinte minutos esperando, en posición de ataque, sin que nadie, ni en las embarcaciones ni en el barco, se mueva un centímetro, empiezo a sentir los músculos entumecidos. Los marineros han estudiado una y mil veces los fallos en el diseño del animal. Una criatura tan gigantesca tiene puntos ciegos. Si la aproximación se produce frente a su ojo, es decir, de costado, la tripulación al completo está perdida. El éxito depende en gran medida del lugar por el que se acerquen, de frente o por detrás. Tampoco su cola, que en ocasiones puede ser mayor que tres lanchas, es ruta fácil. El corazón me palpita aterrado. La espera no puede durar mucho más. O quizá sí, quizá las ballenas se hayan ido y emerjan a tomar aire a varias millas de aquí. Miro a mi alrededor. Nadie parece contemplar esa posibilidad. Los arponeros, con las sangraderas en posición de ataque, no quitan ojo a su alrededor. Si fallan, si espantan a las ballenas y fracasan, será la ruina de todos nosotros.

La mar lleva media hora en absoluta calma…, de repente se oye un soplido, y otro, y otro. Surge un chorro aquí y otro allá. Un magnífico ejemplar de lomo gris y vientre blanco emerge de un salto imponente y cae muy cerca de los botes. Los marineros tienen que agarrarse fuerte para mantener el equilibrio. La ola alcanza nuestra nave. Los arponeros esperan al momento justo. Verla así, cien veces mayor que su verdugo, me corta el aliento. A continuación sale un ballenato. Temo por él. Sigue siendo enorme, pero al lado de la ballena es solo un bebé. Imagino la sorpresa de la ballena al encontrarse con esos seres minúsculos que osan molestarla.

Mikel de Justía es el primer arponero en preparar el ataque. Sangradera en mano y de pie, en precario equilibrio sobre la proa, se convierte en el brazo ejecutor de la chalupa. La ballena se acerca hacia ellos a la velocidad del parpadeo. Señor Dios mío, rezo, Mikel de Justía es un buen hombre. Cuida de él. Sobrecogida observo cómo el arponero se apuntala contra el bote con el muslo derecho y cuando la bestia se encuentra a menos de diez metros, con una sangre fría que me maravilla, lanza el arpón con todas sus fuerzas hacia el entrecejo del animal. Casi se oye la afilada punta de hierro silbar hacia su objetivo.

—¡Bravo! —exclama don Pedro de Aguirre. Entonces me fijo en que todos seguimos los acontecimientos con la misma angustiosa emoción—. Este hombre vale su peso en oro.

Erik también ha quedado muy impresionado. Pero la batalla no ha hecho más que comenzar. La ballena y la chalupa están ahora unidas por un cordón umbilical. Otras cuatro sangraderas son lanzadas al lomo. La bestia entra en pánico y se retuerce. Con una fuerza sobrehumana, el arponero y el oficial al mando, Luis Vázquez, ordenan tirar de las sangraderas, hundidas en la gruesa capa de grasa del animal. Dos ballenas del mismo tamaño aparecen tras las otras barcas que en ese momento intentan ayudar a la de Mikel de Justía lanzando también sus arpones sobre la víctima.

—¡Dios mío, ayúdales! —exclama Antonio de Azúa, un marinero que peina canas hace años y al que, a buen seguro, no le quedan más expediciones por delante que dientes en la boca.

—Tranquilidad, muchachos, tranquilidad —dice el capitán para sí. Como si pudieran oírle…

Durante unos interminables segundos, no sabemos qué reacción tendrá la manada. Esperamos el ataque. El cirujano besa la virgen que lleva en el cuello y se santigua. Me vuelvo hacia él incapaz de controlar el pánico ante la masacre que está a punto de desatarse a pocos metros de nosotros. La culpa es nuestra. Nosotros hemos provocado al leviatán. Nos hemos creído dioses y ahora pagaremos por ello. Siento las manos sudadas, las piernas temblorosas.

El desconcierto de la manada nos coge por sorpresa. La compañera herida queda rodeada por las barcas y los arpones se clavan en su piel como agujas enhebradas en un rudo hilo.

—¡Vamos! No os detengáis —grita Mikel de Justía, secundado por los oficiales al mando de las otras balleneras—. Ignorad a las demás. ¡Tienen que darla por perdida!

Hay un instante en el que los hombres dudan. ¿Deben ignorar el peligro mortal a sus espaldas? Todos ellos reaccionan a una. La muerte les tiende bajo su abrazo, *alea iacta est*, y una huida instintiva por mar no tendría sentido. No hay posibilidad alguna de hacer frente al ataque de las ballenas. El tiempo parece detenerse. Al unísono, los marineros de las cuatro barcas ignoran a las compañeras de la víctima y lanzan las sangraderas como posesos. La intensidad de la batalla, los gritos de los hombres, los quejidos de la ballena sobre el batir incesante del agua, que zarandea las chalupas complicando el trabajo de los cazadores, componen una escena única. Ante mis ojos, mis compañeros se transforman en héroes o bestias. Siento su emoción en mi vientre y en mi pecho y doy las gracias a Íñigo por haberme traspasado este don de la empatía con el que, por fin, puedo entender a mis semejantes y vivir con ellos sus emociones.

Y entonces sucede lo imprevisto. La peor de las pesadillas. Desde detrás de las ballenas que no terminan de decidirse a huir, aparece, precedida por una inmensa explosión, la madre de todas las ballenas. El leviatán convocado desde las profundidades. La barca más cercana al lugar por donde ha emergido el terrible mamífero, vuelca. Todos sus tripulantes desaparecen bajo el agua. Oigo a nuestro capitán farfullando:

—Esto no va contigo, bestia.

El cirujano no mantiene la misma sangre fría y está tan horrorizado como yo.

—¡Por todos los santos! —exclama. Y siento su terror, multiplicado en mis entrañas. Si él, que ha visto, se encuentra presa del pavor, yo me quedo petrificada.

—¡Tenemos que ayudarles! —grito, dirigiéndome a Pedro de Aguirre.

Sin embargo, el capitán mantiene la calma. Me fijo que Erik también lo hace, con la mirada templada. Para ninguno de los dos es esta la primera vez. Ya han mirado la muerte cara a cara. Es una vieja amiga que les obligó a poner el valor de la vida en perspectiva. El impacto de la ballena, saliendo y entrando en el agua, nos obliga a agarrarnos fuerte a la barandilla.

—¡No podemos abandonarlos! —grito desesperada ante su indiferencia.

—Hasta que las ballenas no se vayan, no podemos intervenir —responde con frialdad—. Estamos en manos de Dios.

Como si Dios Todopoderoso hubiera escuchado, el leviatán vuelve a hundirse en el agua y desaparece, esta vez seguido del resto de las ballenas. La víctima permanece sola. Se retuerce intentado liberarse de las sangraderas sin éxito. El arpón se ha doblado cuarenta y cinco grados, y lo único que consigue es desgarrarse aún más. Con un gruñido de animal sentenciado, se sumerge con rapidez hacia los abismos, arrastrando a sus atacantes. Los marineros sueltan cabo y vemos cómo la barcaza de Mikel de Justía vira a sotavento, en la dirección por la que han desaparecido sus compañeras. Los marineros, bien protegidos por guantes para soportar la fricción de la cuerda, resisten en perfecta coordinación. No sé de qué estará fabricada la soga. Cáñamo, creo. La he visto en los botes y es dura y pesada como el metal. Agarrados al cordón umbilical, los hombres y la ballena son un solo cuerpo. La situación se me antoja demencial. Debemos estar locos para enfrentarnos a semejante criatura. No es solo un combate de resistencia y de fuerza. El vencedor necesita a Dios, o al diablo, de su lado porque la agonía de la ballena y, por consiguiente, el arrastre de la barca, puede durar horas.

—Bien, timonel —oigo decir al capitán—. Recojamos a los que han caído al mar. Ha habido suerte. Parece que la chalupa no ha sufrido desperfectos. Rápido, antes de que se hunda.

Los marineros que cayeron al agua ya están en las balleneras de sus compañeros. Dios se ha puesto de nuestro lado y están todos bien.

Don Pedro de Aguirre se dirige a los hombres que se acercan remando.

—¡Apresuraos! ¡No hay tiempo que perder! Esa hija de Satán tiene fuerzas para rato. —Entonces, se vuelve hacia mí—. ¿Qué, Mendaro? ¿Te has divertido?

Le miro sin saber qué decir. El capitán suelta una carcajada.

—Sí, eso me había parecido. —Y se sigue riendo y dando órdenes para que los hombres suban a bordo. Pero la tensión no ha desaparecido, ni mucho menos. Y pronto la seriedad vuelve a surcar su rostro, y la superficie del mar. Seguimos a la barcaza pero es arrastrada a mucha más velocidad de la que es capaz nuestra nave. Me vuelvo hacia el gascón.

—¿Y ahora qué?

—Ahora viene lo peor —me dice molesto. No me soporta y lo entiendo. Le he obligado a mentir. Quisiera que lo olvidara, pero no es capaz.

Martinandi nos ha oído y noto que le ha gustado mi anterior reacción, instintiva e inocente, de ayudar a los compañeros.

—La tenemos pillada, pero esto solo ha empezado. Cuando la ballena tome su última bocanada de aire, podría levantar la cola, y la de ese ejemplar debe de pesar más de una tonelada. En realidad, puede que al final sea ella la que nos haya cazado.

Le miro sin comprender. Martinandi continúa:

—Su cola es capaz de matar de un golpe. El bote será apenas una mosca palmeada. Al menos no es un cachalote. A veces esos deciden morir abalanzándose sobre la lancha con la mandíbula abierta. No existe defensa alguna contra semejante reacción.

De repente, la ballena elige nadar hacia nuestro barco. La pesadilla regresa pero ahora ya no somos espectadores. Esta vez viene a por nosotros. Parece que nos va a embestir.

—¡Todos a popa! —grita el capitán—. ¡Quiero que cada hombre capaz de lanzar un arpón piense en este como el último que lanzará en su vida!

Corro a una de las lanchas y agarro una sangradera. Erik, a mi lado, hace lo propio y juntos nos acercamos a la barandilla de sotavento, esperando que la ballena no cambie su curso. Siento la altura de Erik junto a la mía como la de un Dios protector. ¡Saca al más alto de los nuestros el cuello y la cabeza! La ballena se acerca rápidamente, arrastrando la chalupa de sus miserables e ínfimos verdugos. Su piel negra chorrea sangre por los arponazos recibidos, pero no tiene aspecto de moribunda. Contengo la respiración. La inmensidad de su cuerpo parece elevarse sobre el agua según se aproxima y entonces, cuando tengo la certeza de que el animal acabará sin remedio con nosotros, Erik arroja su arpón con una fuerza brutal y este se clava certero bajo su aleta izquierda, la misma que aloja el corazón y los pulmones. Ha sido la estocada final, y rezo para que sus últimos espasmos de vida no nos arrastren al infierno con ella. El espiráculo de la ballena suelta un chorro de espesa sangre que cae como lluvia torrencial sobre nosotros. La macabra estampa se completa con unos ruidos espantosos que surgen del estómago del animal. Un reguero de vómito repugnante cae sobre el barco. Calamares medio digeridos y babas resbaladizas y pegajosas cubren la cubierta. Una última expiración y termina la agonía. El animal rueda de lado, una aleta apuntando al cielo. El silencio apresa la irrealidad. Me vuelvo hacia Erik, que parece ligeramente preocupado.

—Espero no haber ofendido a nadie —se excusa, lamentando haber arrebatado el honor de la estocada final a la tripulación.

Antes de que yo pueda responder, el capitán le da un amistoso golpe en el hombro.

—¡Te has ganado tu parte, amigo!

Los vítores y las exclamaciones inundan de luz y alegría el aire, arrastrando la pesadilla a su paso. El sabor de la gloria dura apenas un instante en mi boca. El gigantesco ojo de la ballena, inerte en su contemplación del cielo, hace que mi ánimo se enfríe. Y siento como si con él, el leviatán se hubiera llevado una parte honda de lo que soy.

37

Podía haber cogido un taxi. Pero no lo hizo. Bajó corriendo la calle empedrada junto al antiguo puerto de pescadores y llegó al portal de Asier. La puerta estaba abierta. Subió sin llamar al interfono. Una vez arriba, llamó al timbre y esperó. No se oía nada. Insistió. Golpeó con los nudillos.

—¡Asier! ¡Asier, soy yo!

Oyó la desesperación en su voz como si de alguien ajeno procediera, pues ella estaba dormida. Aquello era un mal sueño y la impotencia llegaba del mundo de los despiertos. ¿Dónde estaría Asier? Trabajando sabía que no, pues se había tomado unos días de vacaciones, o unas semanas. Empezaba a perder noción del tiempo otra vez. Con sorpresa descubrió que la desolación a la que se enfrentaba la obligaba a detenerse, a recapacitar. Sintió frío. Estaba empapada hasta los huesos. Entonces se vio: descalza, con los zapatos en la mano, la larga melena pegada al rostro y la espalda. Era hora de volver a casa.

Empezaba a escampar. La arena absorbía el agua. Las nubes se retiraron, tropas en retirada comandadas a un rápido repliegue. Un tímido arcoíris arrancó tras el monte Igueldo y surcó la bahía mientras Amaia se tambaleaba hacia su casa por el desierto paseo de La Concha.

Justo cuando se disponía a cruzar la carretera para subir hacia la urbanización, distinguió a dos personas protegidas por un paraguas junto a la barandilla más próxima al parque de Miramar. El más alto cerró el paraguas: era Asier. Junto a él estaba Noelia, que le sonreía. Se encontraban en animada charla. Asier ahora le daba la espalda, pero el rostro feliz de Noelia no dejaba lugar a duda: algo mágico y especial estaba ocurriendo entre ellos. El ambiente era limpio, las nubes grises se espumaban, el azul luminoso por el que se colaban los rayos de sol solo significaba una cosa: los elementos bendecían el encuentro. Amaia se quedó inmóvil. De nuevo, atrapada en ese cuerpo de sal que se negaba a ponerse en movimiento. De nuevo, por ver lo que no debía.

38

Mi corazón late con fuerza. Sé que no tengo derecho, pero no puedo apartar la mirada. Oigo jadeos, veo retazos de piel blanca y luminosa. Un solo cuerpo de cuatro brazos y cuatro piernas que se agita y gime de placer bajo una manta de piel de foca. El deseo los ha convertido en uno. Por primera vez, siento envidia y celos. Percibo los olores, la sensación de calor sobre mi piel. Debería alejarme, pero ni siquiera la posibilidad de que me descubran me preocupa lo suficiente. Buscando a Erik para que asista al reparto del despiece, me he asomado por el ventanuco del establo y allí estaba él, con Brynja, celebrando la caza. Un grito ahogado pone fin a mi tormento. Ansío a este hombre con una angustia que amenaza con reducirme a cenizas. Vendería mi alma al diablo si pudiera cambiarme por su mujer en ese preciso instante. Me avergüenzo al pensar que ni siquiera cuando Íñigo murió me arrepentí tanto de haber abandonado mi aldea.

Me alejo del establo. Necesito espacio para recomponerme; eso solo puede hacerse a solas. Quisiera poder hablar con alguien. Imagino la cara del cirujano si le hablase de mi mal de amores. El pensamiento me hace esbozar una sonrisa y consigo respirar hondo. Mi pecho se distiende y el aire fresco que corre por el fiordo me acaricia con ternura. Estamos disfrutando de unos días maravillosos. Cielo azul, buena temperatura. La campaña está resultando un éxito y la relación con los islandeses es buena. Incluso Ari Magnusson, el alguacil de la región de Strandir, ha decidido mirar para otro lado a cambio de que le dejemos algunos aparejos. Los capitanes han accedido. La carga que llevaremos hace que cualquier trato valga la pena. Me alejo por la orilla hasta una zona de peñascos que sobresalen. Tomo asiento y contemplo el agua, un espejo de los días eternos. A medida que pasan las semanas las noches nos regalan unas breves horas de oscuridad que nos permiten tomarnos un respiro. Unas nubes distintas, de tinta china, se acercan desde el norte.

A lo lejos, descuartizan las últimas dos ballenas. No habíamos terminado con la última cuando llegaron con la siguiente y ahora tenemos demasiado trabajo acumulado. Los capitanes han decidido que mañana la tripulación al completo trabajará en el despiece. Los veteranos aseguran que jamás han participado en una campaña tan exitosa. Además, milagrosamente, hasta la fecha no hemos perdido a ningún hombre. Mikel de Justía se rompió un brazo y ahora me ayuda en la cocina, y uno de los hermanos Tellaría ha tenido una espantosa infección en la boca que acabó cuando el cirujano le arrancó dos muelas. Ha estado una semana entera en la cabaña sin poder levantarse por las fiebres y la sangre que perdió durante la extracción, pero ya parece recuperado. Eso sí, ha perdido mucho peso y por eso el capitán lo ha asignado a las labores del campamento hasta el final de la campaña.

—Sé que nos has visto.

Me vuelvo y ahí está Brynja con su sonrisa burlona, el pelo como una llama y esa mirada azul claro que tanto me incomoda.

Es lista y aprende rápido. En menos de un mes se comunica con nosotros tan bien como Erik.

—¿Qué es lo que he visto? —pregunto con estudiada naturalidad.

—A Erik y a mí. En el establo. No quiero que se te olvide. Eres un hombre raro.

—Solo soy de otro lugar.

Brynja se acerca con su tripa cada vez más abultada. Se sienta junto a mí. Me maravilla como las nativas viven su estado de buena esperanza. Es como si lo que creciera dentro de ellas no tuviera nada que ver con su persona. Hace unos días, durante las horas de descanso de la noche, oí unos terribles lloros de recién nacido que procedían de la granja. Desperté a Joanikot que dormía junto a mí para preguntarle si él también lo oía.

—Sí —respondió—. Algún bebé debe de estar inquieto.

Se dio media vuelta y siguió durmiendo. Nadie más pareció despertarse, pero yo no pude conciliar el sueño. Oí llorar al niño durante horas. Por la mañana, Begizuri y yo cogimos el carro para ir a buscar leche a la granja. De camino, me fijé en un bulto en la parte exterior de la empalizada que delimita la zona donde se recogían las ovejas en el invierno. Me aproximé con curiosidad y un presagio negro que esperaba no se confirmara. No pude creer lo que vieron mis ojos. Sobre una pequeña manta de piel de foca yacía inerte un bebé recién nacido completamente desnudo y amoratado por el frío. Tenía la espalda contrahecha y un muñón en vez de mano derecha. Lo cogí rápidamente intentando hacerle entrar en calor, pero hacía varias horas que el bebé ya no respiraba. Begizuri se acercó tan horrorizado como yo.

—¡Malditos bárbaros! —exclamó horrorizado—. ¿Qué hacemos?

No me lo pensé dos veces. El dolor se había transformado en una rabia incontenible.

—Devolvérselo a su madre.

Y así entramos en el campamento. Lo deposité a los pies de Erik cuando salió a recibirme. El *gothi* palideció y sin decirme nada entró en su casa. Oímos gritos. Finalmente una niña de unos catorce años salió muy asustada y recogió al bebé. Muy digna, sin mirarnos siquiera, lo tapó con su capa y se dirigió hacia la colina tras la granja.

—No deberías meterte en lo que no te incumbe —me dice Brynja y pone una mano sobre mi pierna. Se la retiro rápidamente.

Ella me mira y sonríe enigmática. Recuerdo la imagen de Eva que tenía el padre Bautista. Ante el espectacular y desnudo paisaje de los fiordos es fácil imaginar allí el principio y el final de la creación.

—Así que no me mirabas a mí —comenta con sorpresa—. En el establo, ya sabes. Estoy segura de que no lo has olvidado. Te apetecería probar…

Me incorporo escandalizada.

—Yo no soy un animal.

Brynja suelta una sonora carcajada.

—Todos los hombres lo son.

—También las mujeres por lo que veo. Fornicáis fuera del matrimonio, abandonáis a vuestras crías a la intemperie.

Su rostro se ensombrece.

—Si te refieres al bebé, es la costumbre. Un hijo es un tesoro, pero los recién nacidos sin posibilidad de sobrevivir deben ser puestos a prueba. Si aguantan su primera noche fuera, merecerán una oportunidad. Si mueren, se les libra de una vida de sufrimiento —explica convencida.

La miro sin saber por dónde empezar a contarle lo que yo pienso de semejante práctica, pero ¿para qué? Me iré pronto. Espero no volver jamás.

—Debo regresar al campamento —le anuncio a modo de despedida y me doy media vuelta para alejarme de aquella presencia. Me recuerda al *Sterna paradisaea*, el ave blanca que ataca con violencia a cualquier persona o animal en movimiento que osa acercarse a su territorio. Ya en dos ocasiones he sufrido su ataque mientras trabajaba en el campamento, pero en ambas ocasiones he conseguido zafarme con apenas unos rasguños en las manos y un tirón de pelo. Creo que les llaman también charranes.

—¡Espera!

Me vuelvo hacia ella sorprendida por la orden imperativa.

—Tú no eres como los demás. No tientes mi paciencia.

—Y tú déjame en paz, mujer —respondo airada con voz grave, en mi papel de hombre. Y me alejo a paso presto pero seguro.

Regreso al campamento y me uno a mis compañeros, que en ese momento se disponen a empezar con el despiece de la segunda ballena. Dos marineros experimentados han subido con crampones y cuerdas a lo más alto y con unas palas afiladas están dando los primeros cortes sobre el lomo gigantesco y resbaladizo de la ballena. Entonces empezamos a desenrollar la grasa, como si fuera la monda de una naranja. Las largas tiras se colocan en el suelo y se cortan en grandes bloques. De ahí se pasan al segundo grupo de hombres entre el que hoy me encuentro, que se encarga de trocearlos en pedazos más manejables que se fundan con más facilidad en el enorme horno de ladrillo.

A ratos, el ruido es espantoso. Los tendones, la carne, los músculos desgarrados. ¡Y qué decir del olor! A medida que el monstruo se abre, los hedores empeoran, si es que eso es posible. La sangre y las entrañas se esparcen a nuestro alrededor conformando un sangriento campo de batalla. Hoy ataco las piezas con una fuerza inusitada y sorda. No puedo quitarme de la cabeza el rostro seguro y pérfido de Brynja, y a Martin Lurra que, por su experiencia con el despiece, es uno de los que andan siempre subidos en el lomo de la bestia. Estoy furiosa. Sobre todo conmigo misma. Hace días que casi no pienso en Martin Lurra. Erik ocupa mis pensamientos. Soy discreta. No creo que nadie haya podido percibir mi interés excepto Brynja, pero ¿cómo? ¿Será cierto lo que dicen, que practica brujería y que tiene de su lado a las fuerzas oscuras?

Dividimos el día en cuatro partes y en tres de ellas se trabaja sin descanso por turnos. Así conseguimos descuartizar entre todos una ballena en dos días. Yo no suelo cubrir más de un turno. Los otros dos me dedico a la cocina. Han decidido que vale la pena asignar mis horas de trabajo a ello, cosa que agradezco. Esta que vamos a descuartizar hoy no es demasiado grande. A este ritmo y con las tres tripulaciones involucradas, por la tarde ya habremos llegado a los órganos de la cabeza. Ahí se aloja la parte más valiosa, litros y litros del esperma líquido más puro y las fibras de aceite más esponjosas. El estómago y los malolientes despojos van siendo trasladados a un agujero preparado para tal fin, al fondo de la explanada, y de vez en cuando se les prende fuego.

—¡Muchacho, ten cuidado, a ver si uno de tus dedos acaba en el caldero! —me advierte con preocupación Mikel de Justía.

Y con razón. En toda campaña, varios marineros vuelven a casa con algún miembro amputado durante el proceso de despiece. Los cuchillos no son para tomárselos a broma. Tampoco es extraño que algún hombre muera aplastado por gigantescos pedazos de ballena. Cuentan que el año pasado un marinero de Getxo murió abrasado en el aceite hirviendo.

Me detengo para secarme el sudor con la manga y noto la mirada desconfiada de Jaumeta que no deja de observarme. Se la sostengo, desafiante, y es él el quien la desvía. Aquí hay que cuidarse incluso de lo que aún no tiene nombre.

39

Amaia cerró los ojos. Necesitaba dormir para luego poner orden en los nombres y las emociones. Erik. Noelia. Brynja. Asier. De nuevo esa soledad poblada de fantasmas y dudas que la perseguía. Demasiados rostros que se intercambiaban, se fundían y la confundían. El timbre de la puerta la arrancó del sueño. Abrió los ojos temblando, desorientada, sin saber si llevaba diez minutos o diez horas dormida. La campanilla de la puerta sonaba con insistencia. Por los ventanucos del sótano entraba apenas el reflejo de las farolas. Se levantó mareada. Intentó recordar cuántas pastillas había tomado pero el timbre interrumpía el recuento con su persistente ruido. ¿Quién sería a estas horas? Solo se le ocurrían dos personas: Anastasia, que tuviera una urgencia, o Asier. Deseó que fuera él, que tuviera una necesidad tal de verla que no pudiera esperar a la mañana. Abrió la puerta y se encontró a la persona que durante diez años había esperado. Ahí estaba su hermana.

—¿Dormías? —preguntó Noelia con naturalidad, aprovechando la sorpresa de Amaia para entrar y cerrar la puerta tras de sí.

Noelia se quedó apoyada en la puerta con una sonrisa inquietante. Amaia se quedó sin palabras.

—Sí, soy real —le confirmó ella—. ¿No vas a darme un abrazo?

Noelia estiró los brazos y Amaia fue a abrazarla. Sintió su pelo negro que olía a limpio y a sándalo. Ver, oler, tocar; verbos insólitos que volvían al cabo de diez años.

—Bien —soltó Noelia separándose de Amaia—. Y ahora que ya nos hemos saludado como dos hermanas, vamos a ponernos al día.

Amaia asintió y Noelia se dirigió al interior de la casa por el largo pasillo. Amaia, tras ella, observaba su andar, reconocía sus formas. Su hermana vestía un pantalón de licra negro y una camiseta del mismo color con el dibujo de un águila en el pecho, ¿o era un charrán? Una chaqueta de cuero negro la protegía del fresco de la noche y botas de media caña completaban su indumentaria. Tenía una figura espléndida. Su aire oscuro de la adolescencia trastocado por la madurez en un estilo duro pero sensual y seguro. Entró en la cocina y se sentó en el lugar que siempre ocupaba cuando vivían todos juntos, junto a la puerta de la despensa. Y esperó a que Amaia la sirviera.

—¿Quieres un té? —preguntó Amaia que lamentaba haber tomado tantas pastillas para relajarse. Se sentía muy mareada, incapaz de controlar la situación.

—¿Qué más tienes?

—Leche, zumo… —enumeró abriendo la puerta de la nevera.

—Tomaré un té.

Amaia se dispuso a preparar la tetera pero entonces decidió que no, que no podía ser así de fácil. Así que se sentó frente a Noelia.

—¿Dónde estabas? ¿Por qué no has aparecido antes? ¿Por qué ahora?

—Tú sabías que yo no estaba muerta. ¿No es eso bastante?

—Por supuesto que no. ¿Sabes qué significó para mí perderos a todos? Ni siquiera pude acceder a la herencia hasta ayer.

Noelia se encogió de hombros.

—Yo también tenía que buscar.

—Eso suena muy egoísta.

La mirada de su hermana se endureció.

—Papá y mamá ya no estaban. Nunca me quisiste y la verdad, necesitaba saber por qué.

Amaia tuvo que admitir que tenía razón. Su hermana era una gran desconocida. Siempre lo había sido. Seguramente porque ella había estado demasiado ocupada en su propia búsqueda. Aun así, le resultaba imposible aceptar una desaparición de una década, pues ello suponía reconocer que su hermana debía odiarla desde lo más profundo de su ser.

—¿Y lo has averiguado?

Noelia sonrió derrochando confianza.

—Claro que sí. Como tú.

No podía ser. El mundo se detuvo. La cocina se transformó, y ambas fueron transportadas a través de los siglos y de los mares, al confín del mundo. Brynja y Amalur se sostuvieron la mirada.

—¿Desde cuándo lo sabes? —preguntó Amaia aterrada.

—Desde que morí. Tú mejor que nadie sabes que hay que morir para comenzar la búsqueda.

Amaia parpadeó. Un hilo de cordura la atravesó. ¿Era aquello un sueño? ¿Producto de la mezcla de pastillas?

—Te he visto esta tarde a la salida de la notaría. Con Asier, en el paseo —musitó al rato.

—Y me seguirás viendo, si insistes. Esta vez no te vas a salir con la tuya.

—¿Qué quieres decir?

—Que no solo tú tienes derecho a cumplir tus deseos. Asier era solo tu instrumento. Querías que alguien contara la historia desde tu punto de vista. Pero esa no es la historia. Tú fuiste la responsable del desastre. Conseguiste a Erik con mentiras y lo perdiste por egoísmo cuando ni siquiera era tuyo.

Amaia quiso contestar, pero las palabras no acudían. En las mejillas, el dolor dibujaba muecas.

—Me alegra comprobar que todavía te quedan escrúpulos —comentó la hermana.

—¿Qué quieres?

—Quiero a Asier. He vuelto por él, porque sabía que tú, de una u otra forma lo encontrarías.

Amaia se quedó atónita. ¿Cómo podía su hermana saber nada de lo que ella era, de lo que ella buscaba? Jamás habían hablado… Todo aquello no podía estar sucediendo, no tenía sentido.

—Sé que buscas a Erik. Bien, yo también lo busco.

—Pero Asier no es Erik —balbuceó Amaia.

—¿Ah, no?

Amaia se calló. Todavía no lo sabía. Si Erik se había diluido, si él no podía recordar porque su alma no había viajado a través de los tiempos, ella quedaría en el limbo de la búsqueda, condenada a la duda. Se levantó trastornada y se dirigió hacia la tetera. La colocó sobre el fogón, sin llenarla de agua, sin encender el fuego. Necesitaba pensar sin la mirada de su hermana. Se volvió hacia Noelia deseando con todo su ser que hubiera desaparecido. Pero no. Seguía allí, observándola con una sonrisa maligna.

—A mí me ha costado entender qué pasaba —dijo de repente Noelia—. Tengo pocas cosas claras y una de ellas es que nosotras dos deseamos lo mismo.

—¡Pero eres mi hermana! Crecimos juntas, nunca te quité nada…

Noelia soltó una carcajada.

—Ya estás viendo las cosas desde tu punto de vista otra vez. Me conformaría con que no hubiera habido nada. ¿Sabes qué es crecer con una hermana perfecta, que nunca te presta atención, que no tiene tiempo para ti, que no te considera?

—Eso no es cierto.

—Eso es lo que yo sentía —dijo Noelia encogiéndose de hombros—. Y tiene tanto valor como lo que tú sentías.

Amaia sopesó las palabras de su hermana, y admitió que quizá podía tener parte de razón.

—Pero ahora todo eso ya no importa —continuó Noelia—. Por una razón que se me escapa, estamos donde teníamos que estar.

—¿Tú también recuerdas vidas anteriores?

—Yo solo he tenido una vida: la que me arrebataste junto a mi hombre —soltó con amargura Noelia.

Amaia no daba crédito a lo que oía. Era, en verdad, una pesadilla. De todas las personas que existían y habían existido, solo una la odiaba, solo a una temía.

—¿Brynja?

Noelia volvió a sonreír enigmática.

—Esta vez no vas a ganar. ¿Y sabes por qué lo sé? —le preguntó Noelia.

Amaia negó, confusa, sin entender y entendiéndolo todo.

—Porque si pudieras salirte con la tuya, yo no estaría aquí

—le aseguró con satisfacción, levantándose de la silla para marcharse. Pero Amaia no podía dejarla ir así. Quedaban muchas preguntas por responder.

—Espera. ¿Cómo sobreviviste al accidente?

—Es una larga historia que ahora no importa. Pero para tu tranquilidad, no pienso aparecer, ni reclamar la herencia… no al menos hasta que recupere a Erik —le comunicó, con el talante de un verdugo que hablara con un condenado.

—Te refieres a él como si se tratara de una propiedad. Él no era tuyo, y todos elegimos.

—Por supuesto. Y a menudo nos equivocamos, y a veces no hay segundas oportunidades. Eso le pasó a mi hombre. Se equivocó y murió por tu culpa.

—Erik me eligió libremente —respondió Amaia con voz queda e insegura.

—Asier elegirá también libremente. Y verás como duele.

Noelia se dirigió a la puerta.

—Me reconocerá.

—Sí, te reconocerá. Y recordará lo último que supo antes de morir. Yo estaba allí, ¿recuerdas?

Noelia se dirigió a la puerta y Amaia la agarró del brazo asustada. Sintió su piel fría y suave bajo la suya.

—¿Qué quieres decir?

—Antes de morir, Erik tenía derecho a saber quién mató a nuestro hijo.

—Eso no —murmuró Amaia desesperada.

—Claro que sí. Asier lo recordará todo. Fuiste tú quién le invitó a contar tu historia. Es solo cuestión de tiempo que averigüe quién eres y qué hiciste.

Amaia calló. Miró la pared de la cocina para aferrarse a algo que la devolviera a la cordura, y solo entonces reparó en que el minutero del reloj se había parado.

Asier se despertó alterado. Miró el reloj despertador. Eran las cuatro y cuarto de la mañana. Se dio media vuelta. Demasiado pronto para ponerse a trabajar, pero sabía que no volvería a conciliar el sueño. Cuando el minutero marcó y veintiuno, se levantó. Una extraña sensación se acomodó en su cuerpo: por primera vez, se veía a sí mismo como un hombre interesante.

En penumbra, iluminado por la luz de las farolas y el reflejo de la luna que se colaba por las ventanas, se dirigió a la cocina a beber agua. Se fijó entonces en el quiosco de prensa. Había luz en el interior. Esa chica se había tomado muy en serio lo de cuidar del negocio. Una furgoneta de reparto se deslizó por la calle oscura y se detuvo. El conductor salió y la sobrina de Baringo salió para recibirle. Oyó el murmullo de su conversación cuando ambos se dirigían a la parte de atrás del vehículo. Asier dejó el vaso y se sentó frente al ordenador. Noelia era agradable. Notaba que le buscaba y eso le sorprendía. No estaba acostumbrado a despertar el interés de nadie.

Se quedó mirando la pantalla, decidiendo si volvía a la cama o se arrancaba a escribir. En realidad, lo que quería era besar a Amaia, acostarse con ella de una vez por todas, sentir su piel y hartarse de ella antes de escribir las últimas palabras de esa novela que le tenía ansioso e intrigado, como a cualquiera de sus lectores.

40

El deseo se ha vuelto insoportable. Sueño que entro descalza en las cubas de saín como si de un lagar en el que piso la uva se tratara. La sustancia resbaladiza hace que sienta las piernas suaves y húmedas. Con la piel sedosa y resbaladiza, muero por desnudarme e impregnar mi cuerpo del esperma de la ballena, aspirar su olor untoso y sensual. Intento soltar los corchetes y cintas de mis vestiduras y deshacerme para siempre de esta faja que se ha convertido en parte de mi piel…

Mi destino, una vez más, no parece estar en mis manos. En tres días partiremos y nunca volveré a verle. No pisaré de nuevo esta tierra, eso lo sé. Aunque llegue a Deba sana y salva, Jaumeta se encargará de que jamás pueda volver a embarcar. Tengo que hacer algo, revelarle quién soy. Hoy. No habrá otro día. Camino hacia el lugar, detrás del campamento, donde hemos quedado para ir a pescar salmones. Espero que venga solo. Me ha costado convencer al tonelero y al cura de que valía la pena intentar pescar unos salmones para el guiso de la cena, ya que Erik se ha ofrecido a acompañarme. Camino deprisa. No quiero hacerle esperar.

Cuando llego a la falda de la loma, él ya me espera con una red, un zurrón y un pellejo con leche cuajada. Intento apartar los pensamientos que me acechan, y tras saludarnos nos ponemos en camino. Me cuenta que, en invierno, cuando los grandes témpanos de hielo se solapan como tejas de arcilla, pescan bajo la capa de hielo justo donde el lecho del río se encuentra con la mar. Allí acuden los salmones en busca del alimento que acarrea la corriente. Habla con pasión de las montañas, de la magia de sus hechiceros, de los elfos y los troles, de la bendición de poseer esas tierras, del buen verano que hemos tenido. Yo intento seguir la conversación, pero la tribulación que siento me impide charlar con la naturalidad y libertad que es habitual entre nosotros.

—¿Te sucede algo, Mendaro?

—No. Solo que ya no queda mucho para irnos y… echaré de menos esta tierra.

Erik sonríe y me da un golpe en el hombro.

—Yo también te echaré de menos, amigo. Más razón para celebrar una buena fiesta de despedida y honrar con ella a los dioses.

Caminamos en silencio durante más de una hora. Las ovejas campan por los verdes pastos a sus anchas, absorbiendo sol para todo el invierno. Ascendemos por una colina verde donde, hace cientos o miles de años, piedras de todos los tamaños fueron escupidas por una erupción. Observando las más grandes no me sorprende que los islandeses vean en ellas el hogar de los elfos. Al llegar a la cima me doy cuenta de que no es una colina sino el primer tramo de una enorme formación de montañas. Una verde alfombra de mullido tepe se ha desenrollado desde lo alto de una gigantesca montaña volcánica. En su cumbre todavía queda nieve y un caudaloso riachuelo recorre juguetón el magnífico y estático paisaje. Un poco más allá, en la punta de una cresta que se alza orgullosa sobre el mar, hay unos curiosos montones de piedras.

—¿Qué es eso? —pregunto.

—El lugar donde descansan nuestros antepasados —responde con orgullo.

Los montículos funerarios en forma piramidal disfrutan de una austera vista de la orilla opuesta. Allí, en paralelo al agua, una franja de ceniza negrísima ha sido adornada con una cenefa de musgo fosforescente.

Me duele verle dirigir de repente la mirada al cementerio. Me disgusta que miente a la muerte. Siento como si la estuviese emplazando.

—¿Acaso no sabes tú dónde serás enterrado? —me pregunta sorprendido.

—No —respondo con sequedad—. Un marino nunca sabe cuándo le llegará la hora.

Continúo la ascensión dando la conversación por acabada. Al poco, Erik hace que me detenga.

—Allí vamos a pescar —señala—. Pero antes nos bañaremos.

Le miro atónita. Él se ríe como si su anuncio fuera muy divertido.

—¿No temerás al frío? —me pregunta.

Antes de que pueda responder, se adelanta a paso ligero hacia un pedregoso saliente de la montaña. Me veo obligada a seguirle. Cada vez me saca más ventaja hasta que, tras un montículo de piedras, desaparece.

—Maldita sea —mascullo. El corazón me late con brío por el esfuerzo de la ascensión. Necesito recuperar el resuello y me vuelvo hacia el mar. El espectáculo me sobrecoge. El campamento queda oculto por la orografía. A nuestros pies solo hay naturaleza, el fiordo tranquilo de aguas que resplandecen con suavidad y len-

guas de tierra verde que van y vienen. Unas delgadas pelusas recorren el fiordo.

—¡Mendaro!

Me vuelvo hacia la montaña y veo que Erik hace un gesto para
que le siga. Obedezco casi por inercia. Yo he desaparecido en aquel
inmenso y magnífico paisaje y desearía ser pájaro para aprenderlo
todo.

Cuando llego hasta unos enormes peñascos que se me antojan
dientes de trol, me fijo en la ropa de Erik, sobre una de las piedras. Miro a mi alrededor alarmada. No veo río alguno y tampoco
le veo a él. Sin embargo, se oye un murmullo y noto que algo humea tras unas piedras. Me asomo y allí está el hombre, dentro de
una especie de tina natural que por el vaho parece una olla sobre
fuego candente. Erik sonríe divertido ante mi sorpresa. Su torso
desnudo, blanco como el mármol, me hace sonrojar y evito su
mirada.

—Vamos, Mendaro. Entra a disfrutar del mayor regalo de
nuestra isla.

Yo he oído que en algunos lugares mana agua caliente de la
tierra. Introduzco la mano y la temperatura me maravilla.

—Sí, ya sé que parece magia —comenta Erik divertido con
mi asombro—. No has probado nada mejor, te lo garantizo.
¿A qué esperas?

Claro que me apetece entrar en la poza, pero ¿cómo sin descu-
brirme? Asiento y me dirijo a cambiarme tras una roca. Entraré
con los calzones y la camisa de lino. La faja en el pecho es muy
prieta y no notará nada. Erik, al verme, se ríe.

—Pero bueno, ¡qué raros sois los vascos!

Cierra los ojos y disfruta los rayos de sol. Yo le miro y siento que el nudo que aprieta mi pecho se desata. Le miro muy seria. Quizá esta era la señal que buscaba para exponer mi verdad. Erik abre los ojos y se sorprende de encontrarme con la ropa interior, de pie ante la poza.

—¿Qué sucede?

—Tengo que entrar así.

—¿Por qué?

—Porque soy una mujer —suelto finalmente y sostengo la mirada, dispuesta a que sea cual sea su reacción, pueda contenerla.

El rostro del hombre palidece.

—¿Eres una mujer? —pregunta perplejo.

Yo asiento y puedo oír el siseo del vaho caliente derritiendo el tiempo. Erik me mira con dureza.

—Demuéstramelo —ordena.

Me quito los calzones y la camisa y me quedo desnuda frente a él, temblando de miedo y frío. De repente, Erik me asusta. Miro cómo sus ojos recorren mi cuerpo hasta que algo le duele por dentro y retira la vista.

—Entra en el agua o te quedarás helada.

Hago lo que me dice. El calor termal es el placer más amable que ha recibido jamás mi cuerpo. El frío desaparece al instante y siento las pulsaciones de mi corazón extrañamente fuertes y lentas. Sobre el agua flotan unas algas verdes y melosas muy agradables. Cuando el agua me cubre, Erik se vuelve hacia mí.

—¿Por qué me has engañado?

—Nadie sabe que soy mujer.

—¿Cómo es posible?

—Me contrataron como hombre.

—Pero ¿por qué?

—No podía quedarme en mi aldea y casarme con la bestia que me pretendía —respondo en un tono gélido, sosteniendo sin temor su mirada para que entienda que esa parte de la historia me pertenece y eso es todo lo que pienso contarle.

Erik se pasa la mano por la cara y se retira los mechones de pelo que se le han soltado de las trenzas que peina hoy. Veo que trata de tomar una decisión. No puede dejar de mirarme.

—¿Cómo es que nadie se ha dado cuenta? En verdad así vista, está claro que eres una mujer.

—Te suplico que no me delates. He trabajado como el que más y merezco mi parte de los beneficios cuando volvamos a casa. Si se enteran de que soy una mujer, lo perdería todo.

Erik mueve la cabeza irritado.

—Brynja tenía razón. Desde el principio decía que había algo raro en ti.

—Por favor, olvida lo que has visto —le ruego sabiendo que, si no hago de él mi cómplice, las consecuencias de mi engaño pueden ser terribles—. Sigamos como hasta ahora. En dos días nos habremos ido y jamás volverás a verme. Nunca quise engañarte, Erik.

Se acerca a mí despacio, tanteando su deseo, despierto y confuso a la vez, pero de repente maldice, saliendo de la poza furioso. Coge su ropa y se viste. Yo me quedo muy quieta, avergonzada. Cuando ha terminado, se vuelve hacia mí.

—Vístete, mujer —me ordena, y se va como si no pudiera soportar mi presencia. Lamento el deseo frustrado que anida en mí, pero a la vez me siento más ligera, dispuesta a asumir lo que venga.

Cuando he terminado de arreglarme, salgo en su busca. Ha

continuado subiendo y me espera sentado sobre la grama, esponjosa como una alfombra turca, contemplando con fruición el magnífico panorama de su tierra. Al verlo así, juzgo que no hay comunión más profunda entre el hombre y su entorno que la que se vive en aquella tierra hostil donde Dios ha decidido poner a prueba al hombre. Me aproximo pero él me ignora. Sigue con la mirada perdida en la inmensidad. Así que me siento cerca de él.

—Lo siento —digo.

Casi puedo oírle pensar, ordenar sus caóticos sentimientos hacia mí. Nos quedamos escuchando el viento silbar mientras a nuestros pies los hombres siguen con su vida. Una bandada de millares de aves marinas planean sobre las oscuras aguas azules. Experimento por un instante la sensación de un Dios y, por primera vez, viendo a los hombres desde la altura, siento lástima por sus cortas y miserables vidas.

—La vida parece algo muy pequeño desde aquí —comento, intentando retomar el diálogo—, pequeño y sin demasiado sentido.

—No. Eso no. Si no tuviera sentido, vagaríamos a la deriva. La noche y el día transcurrirían sin cambios. Uno detrás de otro por la eternidad. Pero no es así; hay un sentido aunque a menudo cueste encontrarlo —me asegura.

Nos quedamos otra vez en silencio. Sigo preocupada por su reacción anterior. ¿Qué pasara cuando bajemos al campamento? Entonces se vuelve hacia mí. Algo en su mirada me asusta. Tira con fuerza de mi brazo. Yo intento desasirme pero rodamos por la hierba. Él queda a horcajadas sobre mí. Está furioso. Yo también. ¿Por qué no puede entender? La peor parte la llevo yo, no él, que es el jefe de una tribu y sabe cómo será su vida y la de los suyos. Si quiere pelea, la tendrá.

—¡Déjame! —le ordeno con dureza.

Pero él me sujeta los brazos y estoy inmovilizada. No me gusta la sensación y forcejeamos.

—¡Suéltame! —grito.

Él se inclina despacio sin dejar de mirarme a los ojos. Entonces, me quedo muy quieta. Siento su barba sobre mi rostro. Y me besa con cuidado, como quien llama a la puerta con suavidad para no despertar al niño. Empieza un juego extraño, solo nuestro, pero mi cuerpo me cuenta que así aman las mujeres que pueden dar y recibir sin sentirse una mercancía, un objeto al servicio de la satisfacción del hombre.

Sus ojos me estudian con atención. Ansía conocerme tanto como yo a él, y descubro con asombro que hay admiración en su mirada. Me acaricia el rostro sin soltar el abrazo, preocupado.

—Tengo miedo —susurro.

—El miedo bien gobernado nos hace más sabios.

—Hablas así porque tienes el poder en tus manos. Por favor, no me delates —le pido con firmeza.

—Nunca te haría daño —replica ofendido.

Asiento como si hubiéramos cerrado un trato. Y así es. La confianza sella el secreto entre nosotros. Él cierra los párpados y recibe los suaves rayos de sol que, de nuevo, se cuelan entre las nubes algodonosas. Me quedo hechizada con su hermoso rostro, esculpido por uno de sus dioses despreocupados. Su barba es pelirroja, y su cabello, rubio y lacio. Los pómulos altos y las claras y pobladas pestañas heredadas de abuelos noruegos fueron esculpidas por un maestro del cincel.

—Quédate conmigo —me dice de repente.

—Tú ya tienes esposa. Brynja no lo consentirá.

Erik me pone un dedo sobre los labios.

—Calla —me pide.

—Y tu hijo.

—Mi hijo siempre será mi hijo.

Para mí no es tan sencillo. Brynja, su primogénito, mi condición de marinero, mi familia, mi casa… De repente, pienso en mi padre, mis hermanos, el caserío. Alterar el orden de lo natural tiene consecuencias. Mi huida convertida en hombre ya ha tenido trágicas consecuencias. No quiero dejar más cadáveres en el camino. Menos aún el suyo o el mío. Me levanto y comienzo a vestirme.

—¿Qué sucede? —me pregunta él. Pero sé que lo sabe. Mi mirada le da las claves. Y no le gusta lo que ve. Me observa mientras me visto—. Está bien. Ahora vamos a pescar.

—Sí, más me vale volver con esos salmones para la cena —respondo, sacudiendo las virutas de paja que han quedado prendidas de mi ropa.

41

—¡Asier!

Asier se volvió. Junto al quiosco estaba Noelia, vestida con un pantalón de trabajo y un jersey viejo, sacando una caja de revistas a la puerta.

—¡Qué madrugador! —exclamó Noelia sonriendo.

Asier solo sentía deseo. Necesitaba encontrar a Amaia, poner las cartas sobre la mesa. Preguntarle por sus intenciones a las claras. No quería esperar a terminar la novela. Es más, la novela, para su sorpresa, en aquel momento le importaba muy poco. Esa intimidad entre Amalur y Erik, recién estrenada, le incomodaba. Hizo un gesto de saludo para continuar su camino, pero Noelia tenía otra idea en la cabeza.

—¿Me puedes echar una mano con estas cajas? Son las devoluciones. Pesan más de lo que parece y el tío del reparto debe de estar a punto de llegar.

—Bueno… ¿Por dónde empiezo?

Amaia dejó de mirar el reloj de la cocina y salió a respirar el aire de la noche. Bajó por las escaleras del paseo y se quitó los zapatos. La arena de la noche estaba fresca y ligeramente húmeda. Avanzó hacia el mar. Estaba confundida, mareada, aterrada... No se sentía con fuerzas para enfrentarse a nadie más. Tarde o temprano, Asier tendría que escribir aquellas palabras que la condenaban, que la revelaban como un monstruo. Erik jamás la habría amado de saberlo.

El azul estival del fiordo en los ojos de Erik observándola, y, tras ellos, los de sus amantes a lo largo de muchos años. Miradas inciertas. Recordó los días que pasó en Islandia sola, buscando sin orden ni concierto. Quizá Virginia Woolf tuviera finalmente razón: el amor no es más que una ilusión que anidamos para que nadie descubra que es falsa. No sintió el agua que le cubría las rodillas, ni los empellones de las olas rompiendo, animándola a buscar por fin descanso y olvido.

42

El ambiente se está revolviendo como el agua del fiordo. Sin embargo nadie parece notarlo excepto el capitán y Jaumeta Cazenare. Mientras los hombres comen, me requieren para averiguar qué sé. Desde que volví con los salmones esta mañana, no he cruzado palabra con nadie. Quiero irme, o morir. Quizá porque ahora sé qué puede dar y recibir mi cuerpo, no puedo quitarme de la cabeza la marca de Martin Lurra. Mis deseos de venganza regresan con más fuerza que nunca, y mientras cortaba las patatas para el guiso he maquinado un plan para matarlo. Será esta noche, durante la fiesta. Nadie lo encontrará jamás. Desaparecerá, y los marineros jurarán que se lo han llevado los elfos.

—Mendaro, ¿has comido ya? —me pregunta don Pedro de Aguirre, que come con el cirujano, ambos sentados a la mesa que se ha instalado para ellos tras la cabaña del tonelero. Los otros dos capitanes están empezando a cargar sus barcos.

Me extraña que le interese saber si he comido o no. Lanzo una mirada de reojo a Cazenare. Temo su reacción, pero el hombre calla. Me siento muy incómoda allí de pie, frente a ellos.

—Sí, señor.

—Bien —dice el capitán retirando su plato vacío a un lado—. Quería saber tu opinión.

—¿Mi opinión, señor? —repito asombrada.

—Tú hablas con los nativos. Tienes una buena relación con el jefe y con su hombre de confianza, el tal Jon. ¿Habrá problemas?

—Los hombres están agitados. No tengo experiencia pero sé que están haciéndose trueques y que hay malentendidos entre ellos. Además se dice que el alguacil no está conforme con recibir la mitad de los aparejos de pesca. Dice que nos llevamos más ballenas que otros años y que deberíamos pagar más por ellas.

El capitán da un golpe inesperado sobre la mesa que termina con su compostura.

—¡Maldito avaricioso!

—Ofrezcámosle más, pero a cambio de unos rollos de *vadmal* —sugiero—. Nada de vellón sin hilar. El *vadmal* se transporta bien y le sacaremos un buen precio en España.

—No cubrirá el valor de los útiles. No somos comerciantes —comenta el gascón, molesto con el protagonismo que he tomado ante el capitán. Pero don Pedro ha entendido que no tenemos mucho margen de maniobra si no queremos poner en peligro la expedición.

—La ley está de su parte —reconoce—. Nos han dejado cazar contraviniendo la ley danesa y eso podría acarrearles consecuencias. Es lógico que quieran sacar el máximo partido posible. Ari Magnusson no nos dejará marchar así como así. Está bien, Mendaro. Puedes irte.

Me despido con una inclinación de cabeza. Acabo de advertir que esa noche, la última y supuestamente festiva, nos preocupa a los tres, aunque por razones distintas.

—Al menos, el tiempo nos acompaña —oigo que comenta el cirujano según me alejo. Alzo la vista hacia el cielo, limpio y azul. Un blanquísimo charrán cruza el campamento y se dirige hacia la mar. Un escalofrío me recorre la espalda. De alguna manera, en las últimas semanas, esperaba que Martin Lurra hubiera recibido lo que se merecía mientras enfrentaba los peligros de la caza. Dios podía haber hecho que una ballena acabara con su vida. Incluso en una pelea con los propios compañeros o descuartizando el animal podía haber quedado mutilado…, pero está indemne, feliz por volver a casa. La violación seguramente es un gesto sin importancia para él. Bien. Me toca a mí ajustar cuentas y el plan solo puede ser uno.

Un poco más allá se prepara una gran fogata. El campamento bulle con los preparativos de la partida. Una a una, las chalupas transportan los preciados barriles hacia los barcos. Se desmontan tiendas y el material de cocina y los aperos que ya no se necesitarán regresan a las naves. Los restos de ballena se arrojan al agujero de los desechos, al fondo del campamento. Esta noche se quemarán por última vez. Martin Lurra hace rodar un tonel por la pasarela que sube a la chalupa. En unas horas, embarcaremos, de vuelta a casa. Todos menos uno.

Entonces siento que alguien me espía y estoy ojo avizor, como si pudieran oírse mis planes y pensamientos. Miro a mi alrededor. En lo alto de la colina que conduce a la granja, Erik observa los progresos de las tripulaciones desde lo alto de su caballo. No distingo sus ojos a esta distancia, pero intuyo que también me mira a mí.

—¡Mendaro! —grita Mikel de Justía desde la cabaña en la que almacenamos la comida—. A ver si consigues que esa gente nos venda un cordero para sacrificar esta noche.

Pienso en enviar a Begizuri pero sé que no sabrá negociar. Así que me pongo en camino hacia la granja. Erik, al ver que me acerco, da media vuelta con su caballo y se aleja en dirección opuesta, hacia la mar, bordeando el fiordo. Maldigo mi suerte: habrá creído que pretendo acercarme a él.

Llego a la granja de muy mal humor y busco a Jon el Docto, pero no está. Una niña me dice que ha ido a visitar a unos familiares y no se le espera en varios días. Brynja entra en la cabaña de su abuela. La llamo. Ella se vuelve hacia mí con un extraño resplandor en la mirada. Su abultado vientre parece a punto de explotar. Lleva un extraño libro pegado al pecho.

—¿Qué quieres? —me pregunta de malos modos.

—Necesitamos un cordero para sacrificar.

—Habla con alguno de ellos —dice señalando a unos hombres que cardan ovejas cerca del establo.

Me doy media vuelta, dispuesta a no discutir.

—¡Espera, Mendaro! —llama Brynja.

Me vuelvo hacia ella. Sus ojos centellean furiosos.

—No lo voy a consentir. Erik es mío. Mi padre no pagó esta tierra como dote para que yo tuviera un hombre a medias. Sé que su cuerpo es mío, pero su espíritu también me pertenece.

—Mañana ya no estaré aquí —le respondo muy seria.

Ella se acerca y me pone un dedo amenazador en el pecho.

—Me niego a que te lleves ninguna parte de él, por pequeña que sea. ¿Lo entiendes?

No exactamente. Pero un regocijo imprevisto estalla en mi interior. Sus celos alimentan una esperanza que yace ahogada por la pena desde que me descubrí en la poza. ¿Es que Brynja sabe que soy mujer? No, no lo parece.

—Estás loca, mujer —respondo con la voz más varonil y segura de la que soy capaz, y me doy la vuelta para preguntar a los hombres del establo por el cordero.

—Sé que él no está bien y es por tu culpa. Invocaré a las tormentas. Morirás aquí, si es necesario, pero todo él me pertenece. Incluido su recuerdo —amenaza Brynja con fiereza. Su cabello pelirrojo y los celos le otorgan el aspecto de una auténtica bruja. Cualquier hombre se asustaría ante su amenaza. Pero yo soy una mujer. Después de lo que he pasado, dudo que su poder sea superior al mío, que he sobrevivido a una violación como mujer y otra como hombre, a golpes brutales, a un intento de aborto que casi me mata y a una paliza que lo consuma; yo, que he perdido a mi mejor amigo y, lo más importante, he sido capaz de romper con mi familia, con la gente que me protegía, y encarar la vida desde la soledad más absoluta.

—Ven a por mí si te atreves —le respondo. Y la dejo, ahogada en maldiciones que no soy capaz de entender. Un sabor a inesperada victoria me hace sentir más fuerte que nunca.

Mientras negocio con los hombres por el cordero, reparo en Ari Magnusson y una docena de hombres que se acercan a la granja a caballo. Se detienen junto a Erik. Sin duda vienen para asegurarse de que cobran su parte y beber hasta la última gota de cerveza e hidromiel que corra en la cena de despedida. Una brisa repentina azota sus vestiduras y, ante mis ojos, las brillantes telas de sus prendas se convierten en estandartes de guerra. O quizá es solo mi imaginación, azuzada por la emoción de la venganza.

43

Cuando terminó de ayudar a Noelia, Asier se sintió incómodo, como si hubiera hecho algo que no debía.

—Vamos, te invito a desayunar —dijo Noelia.

—No, gracias. Tengo que irme —respondió Asier.

Algo le impulsaba a buscar a Amaia. Un mal presentimiento le embargaba. Mil veces había oído hablar de las conexiones entre personas, y otras tantas las había negado. Él era un científico y un incrédulo. Sin embargo, ahora necesitaba ver a Amaia y sentía mala conciencia. Como si en el tiempo que había pasado con Noelia organizando revistas y repasando inventario, apenas una hora en la que había olvidado a Amaia, su novela y sus preocupaciones, hubiera cometido algún tipo de infidelidad.

—¿Te pasa algo? —preguntó Noelia preocupada.

—No, no. Hasta luego.

Asier se alejó y Noelia se quedó mirándole pensativa, buscando nuevas estrategias de caza.

44

Como esperaba, soy yo la encargada de limpiar y despedazar el cordero. Hace semanas elegí el lugar perfecto para esa tarea: entre el agujero con desechos de ballena y un riachuelo un poco más allá, que baja desde el nevero de la montaña más cercana. Al capitán le extrañó el emplazamiento, pues la pestilencia de las entrañas de ballena ahuyenta al marinero más zafio, pero le convencí diciéndole que a mí no me importaba y que el agua dulce era fundamental para cocinar. Así, los desechos que yo misma produjera acabarían también en el hoyo. Por supuesto, había otro motivo para mi elección. La irregularidad del terreno, que desciende al paso del riachuelo, y los restos de ballena que, aunque se queman cada dos días, suelen rebosar el agujero inicial, me ocultan del campamento. Hice que el más fornido de nuestros hombres me ayudara a colocar una enorme piedra plana a modo de mesa donde he ido sacrificando corderos, patos y he cortado y limpiado pescado durante estos dos meses. Esta mañana he pulido a conciencia los cuchillos para la tarea y he pedido un hacha pulida y liviana al tonelero. El cordero yace en la carretilla y me las apaño para dejarlo caer sobre la piedra con cuidado. Lo miro, la lana grisácea tiene restos de paja. Decido que es ahora o nunca. Aspiro la brisa del fiordo para mantener la sangre fría. Dejo el hacha junto al animal y me dirijo hacia el campamento.

Martin Lurra bebe agua mientras observa a sus compañeros cargando las chalupas. Este es mi plan: pedirle ayuda para descuartizar el cordero, y cuando esté con el pescuezo bajo, atizarle un golpe mortal con el hacha. Entonces, como la bestia que es, lo trocearé y lo lanzaré al agujero. Sus restos quedarán cubiertos por los desechos de la ballena. Las bestias con las bestias. Yo misma me maravillo de mi capacidad para articular una estrategia tan despiadada y brillante. Nadie notará nada. Martin Lurra habrá desaparecido sin dejar rastro. Con la experiencia adquirida descuartizando animales, sé que puedo desmembrar a mi violador en no más de cinco golpes y esconderlo bajo los desechos. Yo misma prenderé fuego a los despojos en cuanto termine de descuartizar el cordero.

—Lurra, necesito ayuda —le digo en un tono autoritario desde la distancia.

Se vuelve hacia mí sorprendido. Nunca le he dirigido la palabra y le extraña que conozca su nombre. Hace dos meses solo era un grumete al que nadie prestaba atención, ahora todos me conocen. Me he convertido en un compañero útil por mi capacidad para comunicarme con los lugareños. Aun así, temo que se niegue a ayudarme. Realmente, no tengo autoridad para obligarle.

—¿Qué quieres?

—Estoy descuartizando un cordero y se me resiste.

Mi violador asiente y, sin preguntar más, se aproxima. A medida que la distancia se acorta, mi pulso se acelera. Me maravilla que mi disfraz le tenga engañado. ¿Tanto he cambiado?

—Hemos tenido una gran suerte contigo a bordo —me dice sin rastro de doble sentido.

Le miró atónita. De todos sus comentarios, ese, sin duda, es el que menos me podía esperar. Él nota mi asombro y se explica.

—Nunca habíamos comido tan bien durante una campaña. Los hombres lo comentan.

—Me alegro.

—Tus guisos nos recuerdan a los de casa.

No quiero que siga hablando. Necesito que siga siendo pura bestia. Pero parece que la proximidad del regreso, o de una buena cena, lo ha vuelto parlanchín.

—¿Tienes ganas de volver, Mendaro?

—Como todos —mascullo, suplicando al cielo para que calle.

Él suspira profundamente y mira a nuestro alrededor. Su piel tostada por el sol y la brisa, y su barba dura y mal afeitada, le confieren un aspecto tosco y fiero. Pero en sus ojos hay otra cosa. Una mirada penetrante pero corta. Sus pupilas solo son capaces de fijarse en un punto, sin buscar nunca un más allá. Carecen de curiosidad e imaginación.

—Pues a mí no me parece esta tan mala vida. Aquí todo es más sencillo, ¿no te parece? Hasta las mujeres son fáciles.

Suelta una carcajada. Por fortuna no tengo que contestar. El cordero preparado sobre la piedra le impresiona.

—¡Pardiez, en verdad sabes lo que haces! El cocinero del año pasado era un auténtico cerdo. Descuartizaba las presas sobre la misma tierra, imagina la porquería que comíamos. ¿Qué quieres que haga?

Que bajes el cuello para darte el toque de gracia, hijo de mala madre. Mi pulso cabalga desbocado y me cuesta oír sus palabras.

Oigo con claridad el golpe seco que partirá su cuello. El crujir de su esqueleto. Siento cómo el hacha atraviesa el hueso, mucho más endeble que el del cordero, y veo su sangre derramada sobre la piedra y la tierra. Y me veo salpicada por la sangre. Mis manos, mi ropa. Mi rostro. ¿Qué Dios aceptaría un sacrificio semejante?

—¿Qué? ¿Te pasa algo? —me pregunta. Debo de estar mirándole de un modo extraño. Siento que me tiembla todo el cuerpo—. Anda, siéntate.

—No necesito sentarme —le digo haciendo un gesto brusco con la mano. Veo la sangre que mana sobre la piedra y penetra en la tierra. Me fijo, por primera vez, en la gran mancha oscura que rodea la improvisada mesa.

—Estos días sin noche nos tienen a todos agotados. ¿Te traigo un poco de agua?

Niego con la cabeza, pero me apoyo sobre la roca que me sirve para depositar los cuchillos. De repente, tengo una gran necesidad de hablar con mi víctima. Escuchar sus últimas palabras.

—¿Estás casado? —le pregunto.

Su rostro se ensombrece y otra vez me fijo en su barba de patán descuidado. El cirujano se encarga de afeitar a los marineros, pero a muchos les pone nerviosos tener tan cerca a un hombre con una navaja y prefieren hacerlo ellos mismos. Martin Lurra es uno de los más desconfiados.

—No.

—¿Cómo es posible, un buen partido como tú? Cobrarás buenos beneficios con este viaje.

Él no percibe la ironía de mi comentario. La tosquedad de su cuerpo encaja con la de su alma.

—A las que les interesa mi dinero, son unas putas, que andan con cualquiera. Un marino tiene que fiarse de su esposa o volverá a casa con unos cuernos que serán la vergüenza del pueblo.

—No todas son unas putas. Yo tengo una hermana a la que violó su prometido. ¿Puedes imaginar a semejante bestia?

Martin Lurra baja la mirada, molesto.

—Bueno, si iban a casarse… eso son cosas entre ellos, ¿no?

Mi interior se revuelve de rabia. Rabia porque en ese momento, veo que lo que iba a hacer estaba mal. No puedo ajusticiar a un hombre sin que lo sepa. Sería demasiado fácil para él. Me envilecería para siempre. Además, lo que quiero es partirle la cara con mis propios puños. Recuerdo la opinión de Erik sobre el buen jefe. Se aplica a cualquier hombre o mujer, por mucho que la mayoría de los varones crean que nosotras no somos seres humanos completos. El buen jefe es aquel capaz de controlar la ira y las emociones animales, aquellas que tendrán consecuencias irreversibles y daños duraderos. Aunque nadie descubra que fui yo quien mató a Martin Lurra, su sangre fluirá en mi recuerdo persiguiéndome hasta que muera. No vale la pena, pienso con desprecio. Me levanto con fuerza renovada.

—Arráncale la piel y empieza a trocearlo —le ordeno—. Voy a por las especias.

45

Amaia sintió unos fuertes golpes en el pecho y agua salada quemándole la garganta durante la expulsión. Recuperó por un instante la conciencia mientras tosía. Unas desagradables luces anaranjadas que iban y venían se colaban entre piernas ajenas. Brazos y voces la zarandeaban. Luego, otra vez el olvido.

Cuando despertó en la cama del hospital, Santiago estaba junto a ella. Supo entonces que volvería a quedar atrapada en psiquiatría una larga temporada.

—¿Cómo estás? —le preguntó Santiago con ternura.

Amaia volvió los ojos hacia la pared.

—Mírame, Amaia. Vas a salir de aquí.

Pero ella no podía mirarle a pesar de que los sentimientos de vergüenza y desesperación estaban arropados por un mullido edredón de sedantes. Santiago suspiró.

—¿Qué ha pasado?

Amaia no respondió. Una enfermera, de unos cincuenta años y amplia experiencia, se asomó discretamente para comprobar el gotero. Santiago se levantó y le hizo una señal para indicarle que todo estaba bien y que cerrara la puerta para dejarlos a solas.

—Ya me conoces —le dijo él volviendo a sentarse en el sillón junto a la cama—. No pienso irme de aquí hasta que hablemos.

—Estoy perfectamente. Ya me ves.

Decirle que se largara, que la dejara en paz, no serviría de nada. Santiago no era un tipo corriente y la conocía mejor que nadie.

—¿Quién es Asier? —preguntó el psiquiatra.

—No sé. ¿Quién es Asier?

—No cuela. Un tío que me he encontrado esta mañana en tu casa preguntando por ti.

—¿Y qué le has dicho?

—¿Qué debería haberle dicho?

—Por favor, no hagas de psiquiatra conmigo —le pidió Amaia irritada—. ¡Cómo te gusta cabrearme!

Santiago se encogió de hombros para darle la razón.

—Cabreada no volverás a intentar suicidarte. ¿Quién es? ¿Un novio?

—No. Estoy ayudándole a escribir una novela.

—Umm. Eso suena interesante. ¿A cuatro manos, como el *Children's Corner*?

Amaia sonrió para sí con el ejemplo musical de Santiago. A su tutor, psiquiatra y amigo, le fascinaba la música clásica. Según él, era la única de las artes que se acercaba a los caprichos del alma.

—Yo solo le he dado la historia.

—Ah, la inspiración. Si alguien tiene historias, esa eres tú —asintió Santiago sin asomo de sarcasmo—. Me encantará leer esa novela. ¿Cómo se titula?

Amaia sabía que su interés era auténtico. Le miró a los ojos y respondió sin miedo.

—*Amalur*.

Santiago acusó el golpe.

—Vaya. Balleneros vascos en el siglo XVI. Es el principio. Tu principio. ¿Habla de amor?

—Y de lucha, y de ganas de vivir —contestó Amaia.

—En eso acabas de dar una gran lección. Sí, señora —respondió él, ahora sí con una ironía que no ocultaba su enfado.

Amaia no pensaba disculparse, pero quizá si le daba una explicación convincente, la dejaría descansar.

—No sé qué me pasó. Llevaba días sin dormir bien. Y lo del notario me desestabilizó. Pensaba que sería capaz de afrontarlo sola, pero obviamente, no pude.

—No, obviamente no pudiste —repitió Santiago decepcionado.

Amaia volvió la vista hacia un vaso de agua que había sobre la mesa.

—¿Puedo beber o los acusados no tenemos derecho?

Santiago suspiró y le sirvió agua. Ella se tomó su tiempo para beberla y finalmente le devolvió el vaso vacío.

—Tenemos que hablar, Amaia.

—Estamos hablando.

La mirada de Amaia viajó por la ventana. El cielo estaba azul, como el mar de los fiordos el día que se desnudó ante Erik.

Santiago estimó que necesitaba descansar. Continuarían más tarde. Ahora tenía que encontrar a Asier para comprender qué estaba pasando, leer algunas páginas de la dichosa novela, si es que existía. Esperó hasta que escuchó su respiración lenta y regular, y salió de la habitación. Santiago se fue, pero Amaia no descansó. No podía. La tormenta estaba a punto de estallar.

46

Empieza a oscurecer. Los hombres cantan alrededor del fuego. El grupo de Donosti ha tenido una fuerte discusión con la gente de Ari Magnusson por los aparejos de pesca. La tensión la ha resuelto don Martín de Tellaría jugándose el trueque a los dados con el hombre que es la mano derecha de Ari Magnusson. El guerrero imponente de ojos desconfiados que ha perdido el juego y, con él, el beneficio, se ha vuelto hacia su jefe furioso, pidiéndole permiso para comenzar una pelea. Acusa al capitán de tramposo. Pero el alguacil le ha contenido. Los españoles los sobrepasamos en número. Además, tiene una deuda que pagar mañana a don Pedro de Aguirre, por la última ballena que se han quedado prácticamente íntegra, y que ha prometido solventar con coronas danesas. Ha dicho que era hora de retirarse y lo han hecho. Solo quedan Erik y sus hombres confraternizando con los marineros. Noto que Erik está cumpliendo su papel de jefe local y parece tan borracho como los demás. Sin embargo, juraría que él, Jon el Docto, que ya ha vuelto de su viaje y yo, somos, a estas alturas, los únicos sobrios. El alcohol ha enardecido a todos y los pellejos de cerveza, sidra e hidromiel circulan sin cesar de mano en mano. La noche ha caído, por fin, y en unas horas estaremos navegando rumbo a casa.

Observo a los hombres desde la loma que separa el campamento de la granja. Martin Lurra está borracho como el que más. Se me revuelve el estómago al verlo. No sé si es su mera presencia o lo que he estado a punto de hacer. Vuelvo la mirada. Ari Magnusson y sus hombres se han detenido en la granja de Erik. Atan sus caballos junto al establo. El alguacil entra en la cabaña de la madre de Brynja y sus acólitos desaparecen en el edificio principal. Hace semanas que la madre de Erik se marchó y he oído que no volverá hasta la primavera. En su ausencia, Brynja dirige la vida doméstica y, con ella, su madre. Creo que han sido las rencillas domésticas las que han animado a la madre de Erik a marcharse a la granja de otro hijo. De pronto, me levanto angustiada. Presiento que algo malo está a punto de suceder. Sin que nadie me vea, al amparo de las sombras, corro hacia la granja y me dirijo a la cabaña en la que ha entrado el alguacil.

Nadie me ve. Parece que la fiesta continúa en casa de Erik. Me arrastro hasta el ventanuco y allí están Brynja, su madre y Ari. Brynja, con su abultadísimo vientre, se vuelve hacia su madre molesta y esta sale maldiciendo. Su figura menuda, de pelo ralo y blanquísimo, se aleja hacia la casa principal.

La pared frente a la ventana está cubierta de anaqueles con innumerables tarros de distintas formas y tamaños. Debe de haber más de doscientos. Oí decir que la madre de Brynja es una poderosa bruja, pero, a juzgar por el modo en que la trata su hija, no parece tan temible. Me extraña que se atrevan a guardar en sus casas semejantes pruebas de artes ocultas. Dicen que el diablo anda suelto por la región de Strandir y allí las brujas y los hechiceros no temen a la hoguera a pesar de haber sufrido su azote. Los clérigos y alcaldes, que han viajado o estudiado en el norte de

Alemania y en Dinamarca, siguen manteniendo una cruzada contra la hechicería en las zonas más pobladas, pero dudo que visiten este lugar remoto. Aguzo el oído. En estos meses, he conseguido aprender bastante de su idioma.

—¿Estás segura de que puedes hacerlo? —pregunta Ari.

Brynja asiente con el semblante serio y le hace un gesto para que la deje concentrarse. Escribe algo sobre una tablilla con una pluma. Sobre la mesa hay una espantosa cabeza de maruca seca, con la boca abierta.

—El pentagrama Vindgapi ya casi está completo.

Se agacha con la pluma y me fijo que su pie derecho tiene un corte y que está marcando la tablilla con su sangre. Ari la observa atentamente. Hay preocupación y maldad en su mirada.

—Hace años que nadie conjura una tormenta. No se te irá de las manos, ¿verdad?

Brynja levanta la cabeza. Su pelo arde bajo la luz de la lámpara de aceite, el rostro hinchado por su avanzado embarazo y la mirada perturbada le otorgan un aspecto diabólico.

—Yo haré mi parte. Tú haz la tuya: no puede quedar uno vivo. Y el primero, el tal Mendaro.

—¿El joven intérprete? —pregunta Ari sorprendido.

—Sí.

Brynja introduce la tablilla que tiene forma de media luna en la boca de la maruca. Coge una estaca larga y clava la cabeza en la punta.

—Estoy lista —dice volviéndose a Ari con suprema autoridad.

Ahora hay miedo en Ari.

—¿Y si ardemos en el infierno por esto? El padre Sigfrid decía…

Brynja suelta una sonora carcajada.

—El padre Sigfrid era un blando y por eso no pasó del invierno. ¿No eras tú el que quería quedarse con las pertenencias de los vascos, el que no quiere pagar por el animal que te has quedado esta semana? Tienes la ley de tu parte para matarlos. Deja de lado los escrúpulos. Son solo extranjeros.

—¿Y Erik?

—Erik está embrujado. En cuanto desaparezcan los vascos, volverá a ser el de antes.

—Ellos se irán mañana.

—No es suficiente. No lo será a menos que mueran. Sé lo que digo. Los dioses me han hablado y están de nuestra parte.

Ari duda. Brynja deja la estaca apoyada en la pared, se abre la túnica y se levanta la falda. Tiene los pechos enormes y el vientre abultadísimo.

—Vamos, mi hijo y yo te daremos fuerzas.

Ari la mira con lascivia y yo aparto la mirada. Debo pensar rápido. Los gemidos ahogados terminan pronto. No sé qué hacer. Desconozco el destino y el poder de esa lanza. Oigo que la puerta se abre y me agazapo tras la cubierta de tepe. Salen. Brynja lleva la estaca. A lo lejos la fiesta continúa en el campamento. En el interior de la granja, los hombres de Ari esperan a que su jefe los reclame.

Brynja y Ari se dirigen hacia el mar. Los sigo desde una prudencial distancia, arrastrándome por el suelo cuando puedo. Esconderse es complicado dada la escasez de vegetación. Según se acercan al mar, la brisa se hace más fuerte. Colocan el largo palo en el extremo de una lengua de tierra, con la cabeza de la maruca mirando hacia el mar.

—Así el viento vendrá del mar y traerá la fuerza que se necesita para invocar la tempestad que los vascos merecen —explica Brynja con satisfacción—. Cuanto más alto apunte, mayor la fuerza del vendaval.

—¿Y ahora? —pregunta Ari.

—Ahora volveremos a casa, a esperar.

Brynja se dobla de repente y un quejido gutural rasga la siniestra atmósfera. Tiene que apoyarse en Ari. Murmura algo que no oigo, pero imagino: el niño ya viene. Vuelve a quejarse. Seguramente otra contracción. Se mira las piernas. Aunque no lo veo, sé que ha roto aguas y un extraño y desconocido dolor me recorre el pecho. Erik va a ser padre. Me tumbo entre las piedras para que no me vean. Cuando pasan por mi lado, contengo la respiración. El odio de Brynja hacia mi persona hace que sienta un frío intenso. Si supiera que soy una mujer, me mataría. Se rumorea que la madre de Brynja prepara unos venenos que no dejan rastro y que por ello fue expulsada de las tierras de oriente y se refugió en los fiordos del oeste hace más de veinte años. Por fortuna, la oscuridad me ampara. La estaca, clavada donde termina la tierra y comienza el agua, ofrece una estampa siniestra. Sin embargo, dudo de su efectividad. Si ese es el plan, no parece demasiado peligroso. Contemplo la posibilidad de arrancar la estaca y lanzarla al mar. Apostaría mis beneficios a que Brynja va a estar muy ocupada con el parto las próximas horas, pero temo la reacción del alguacil.

Cuando la siniestra pareja desaparece, me incorporo para regresar al campamento. Estoy inquieta y angustiada. Lo achaco a nuestra inminente salida. La aflicción que siento al pensar en Erik no va a desaparecer. Me maldigo por ello, por ser tan débil. No es inteligente. Nada que no me convenga lo es, pero descubro que las emociones cuentan y estorban. Siento cómo el deseo se convierte en un amor molesto. Lo que me consuela es saber que seguiré como hombre. Si el médico no me delata el próximo año no tendré dificultad para embarcar con don Pedro de Tellaría. Y así, poco a poco, si Dios me protege durante las campañas, espero reunir el suficiente capital para construir un futuro... Pero ¿qué futuro? ¿Qué vida me espera? Solo sé que me acompañará la soledad.

De repente veo el reflejo de la fogata y las voces de los hombres como ahogadas. Me extraña. Noto que el viento ha cambiado de dirección. Antes soplaba del interior del fiordo hacia la mar, ahora de la mar hacia el interior, por eso cuesta oír el bullicio de los marineros que seguro está trastornando el sueño de los troles.

Cuando llego al campamento, la mayoría de los hombres duermen, o están tan abotargados por el alcohol que no aguantarán mucho más en pie. Don Pedro se dirige dando tumbos a la cabaña del tonelero. Aunque habitualmente duerme en el barco, esta noche todos, capitanes incluidos, se quedarán en tierra. Erik hace una seña a Jon el Docto y ambos se despiden de los capitanes. Don Pedro le da un fraternal abrazo antes de entrar en la cabaña. Cuando desaparece, Erik y Jon se vuelven hacia sus propios hombres, poco menos de una decena, que duermen entre los marineros vascos. Deciden dejarlos y ellos se encaminan de vuelta a casa. Erik se vuelve varias veces, como buscando entre nuestros hombres dormidos, pero son muchos más de un centenar y Jon le tira del brazo. Les espero sentada en la loma. Al verme, y sobria además, quedan desconcertados.

—Mendaro, ¿no has participado de la cena? —pregunta Jon extrañado.

—Alguien tiene que cuidarse de que no haya problemas. Vuestro alguacil no parece muy conforme con los trueques y el pago por la última ballena.

Erik y Jon intercambian una mirada de inquietud.

—Pero él y sus hombres ya se han ido —señala Erik.

—No muy lejos. Están pasando la noche en tu granja —le informo. Podría también informarle de que Brynja se ha puesto de parto pero no lo hago. No seré yo quien le haga correr hacia ella. La noticia le sorprende. Erik le hace un gesto a Jon para que se adelante a la granja y averigüe qué pasa.

—Buen viaje, Mendaro. Espero volver a verte —se despide.

Me gusta este hombre tranquilo y culto. He aprendido mucho gracias a sus versos, que escribe con la paciencia de un monje. Quiero abrazarle, y lo haría si Erik no estuviera presente.

—Yo también, Jon. Si regreso, traeré versos que puedan competir con los tuyos.

El sonríe y se va. Me vuelvo hacia Erik. Sus ojos brillan en la oscuridad con una intensidad que me hace sonrojar.

—Bien, este parece ser el final —digo nerviosa—. Te deseo un buen invierno.

Hago ademán de regresar al campamento, pero él se planta delante de mí. Me parece más alto y robusto que nunca. Sé que es un hombre de paz, pero tiene el aspecto de un guerrero.

—Espera.

Mi pulso se acelera, y siento una ráfaga de viento que me lanza hacia él. Mantengo mi posición. Él tampoco se mueve. Nos quedamos mirándonos por un instante, transformados por el poder del deseo en un denso fluir de emociones y palabras que no necesitan ser dichas, una negociación que no necesita aval.

—No tengo palabras para lo que siento. Temo incluso saber tu nombre de mujer —me dice de repente—, porque entonces olvidarte será aún más difícil.

Izena duen guztia omen da. Todo lo que tiene nombre existe. Casi pronuncio mi nombre, pero callo. El aire que nos separa casi desaparece.

—¡Erik! ¡Erik, eres padre! —exclama desde la granja Jon a voz en grito—. ¡Es varón!

Me quedo sola, viéndole caminar hacia su hijo, hacia Brynja. Y susurro mi nombre: A...ma...lur... Las fibras de seda que han ido uniéndonos se rasgan a cada paso que le aleja de mí. Quedaré para siempre sin hombre y sin palabras.

47

Asier regresó a su casa con un extraño sabor a óxido en la boca. Se había quedado tan bloqueado al comprobar que Amaia estaba efectivamente internada en el centro psiquiátrico y que había intentado suicidarse, que ese mundo en el que se había sumergido durante las últimas semanas corría el riesgo de desvanecerse. Entonces notó que le sangraba un poco la nariz. Hacía tiempo que no le pasaba. Caminó arriba y abajo por el apartamento buscando algo que hacer. Se acercó a la ventana y la abrió de par en par. Noelia atendía a un cliente en el quiosco. El nudo que Amaia había soltado en su interior también le estaba haciendo percibir a otros como personas, y no como simples actores de una obra de teatro que no le incumbía. Noelia empezaba a intrigarle. Parecía interesada en él, y era muy guapa. La primera vez no se fijó bien pero aquella mañana había reparado en sus ojos verde oscuro, su piel muy blanca y uniforme y una media melena francesa muy abundante. Aunque no era un gran seguidor de la moda, a Asier le dio la impresión de que ese corte ya no se llevaba. Vestía siempre de negro aunque las camisetas solían exhibir algún estampado provocador. Tenía estilo.

—¡Asier! —gritó una voz femenina desde la calle.

Asier se acercó a la ventana. Noelia le sonreía, ajena a sus tribulaciones.

—Me he fijado en que se abría tu ventana y te debo una. ¿Quieres que comamos juntos?

Intentó buscar una excusa. Cualquier cosa que no fuera a aliviar sus dudas no le interesaba. Pero el rostro ilusionado de la chica decantó la balanza.

—Sí, claro, ¿cuándo?

—Yo ya he terminado. Son las dos y media —anunció ella consultando su reloj de pulsera—. ¿No tienes hambre?

Sí que tenía hambre. Había perdido la noción del tiempo. Por un instante, fue incapaz de recordar cuándo había sido la última vez que había comido.

—Tengo que ducharme. Dame veinte minutos. ¿Quieres subir?

—Vale. Abre.

Y Noelia entró.

48

En apenas unos minutos, una ráfaga de viento con sabor a true-
nos penetra en el fiordo. Alzo la vista al cielo. La noche se ha
quedado sin estrellas. Los cánticos y el murmullo del campamento también han cesado, y al acercarme solo se oye el chisporroteo
callado de las brasas y el arrastre de un tremendo vendaval que
anuncia su llegada sin concesiones. Trago saliva recordando la siniestra cabeza de maruca y la expresión demente en el rostro de
Brynja. Las aguas se revuelven en un instante. Las olas rompen
con fuerza en la orilla. Corro hacia los marineros.

—¡Tormenta! —grito.

Nadie reacciona. Tan dormidos están que un aciago pensamiento cruza mi mente. Brynja trajo el hidromiel para la cena.
¿No tendría algún veneno soporífero? Me dirijo al capitán que
duerme en la cabaña del tonelero.

—Don Pedro, don Pedro, despierte —le increpo, agitando su
cuerpo, primero con cuidado, luego con toda la fuerza de la que
soy capaz.

El capitán abre los ojos.

—¿Qué sucede?

—¡Una tormenta, señor!

Al ver mi rostro desencajado por el temor, reacciona y se incorpora de golpe. Pero está muy mareado y tiene que sujetarse a mí para no desvanecerse.

—¿Y los hombres?

—Borrachos.

—Coge cubos de agua. Hay que despertarlos.

La galerna entra con fuerza en la cabaña y con ella la lluvia. Don Pedro de Aguirre me mira asustado.

—Lo de los cubos no será necesario. Vamos, tenemos que sujetar los barcos.

¿Sujetar un barco? ¿Cómo? ¿Qué más podemos hacer? ¡Ya están anclados!

Salimos de la cabaña. Algunos hombres ya han despertado e intentan espabilar a sus compañeros. La confusión y el alcohol les abotarga. La escena es de pesadilla. El agua cae cada vez con más fuerza y las tres naves con su preciada carga se bambolean como si fueran de papel.

—¡Dios nos salve! —exclama el capitán—. ¡A las chalupas! Tenemos que enderezar las naves.

Don Martín de Villafranca y don Esteban de Tellaría también dan instrucciones a sus tripulaciones. Corremos a las chalupas pero el envite de las olas y la lluvia es tal que es imposible remar hasta los barcos. La galerna lanza una bocanada letal y el barco de don Esteban choca contra el nuestro. Los hombres gritan horrorizados.

—Debemos salvar la carga como sea —dice don Pedro al cirujano.

La lluvia cae sobre nosotros como una pesada cota de malla. La galerna nos zarandea y tenemos que agarrarnos los unos a los otros para mantener el equilibrio. Jamás he visto nada igual, ni en mis peores pesadillas imaginé que la naturaleza fuera capaz de semejante furia. Debe de ser cierto que el diablo anda suelto por la región de Strandir y que encuentra aliados en gente dispuesta a vender su alma.

Empiezo a sentirme culpable. ¿Será posible que Brynja sea la responsable de un ataque semejante? Antes de convertirme en un miembro valioso para la expedición, por mis habilidades de comunicación y mi buena mano en la cocina, mis compañeros ya me tachaban de gafe. Brynja me odia. El mundo se cae a pedazos por ese amor mío que no sabe decir su nombre.

Uno de los hombres de Erik, un tal Thorodd, enorme y simple como las gigantescas rocas que ruedan por las montañas, observa el espectáculo espantado.

—¡Son los elfos del mar! —exclama a voz en grito—. No os van a permitir acercaros a las naves. ¡Están furiosos!

Los marineros se esfuerzan por avistar a las extrañas criaturas sin éxito.

—No se ve nada.

—¡Ni se os ocurra mirar o moriréis! —advierte Thorodd asustado. Dicen que a los elfos no les gusta que los humanos posen sus ojos sobre ellos.

Otro de los hombres de Erik, Hunk, un pelirrojo que llegó a la isla en primavera desde Noruega, contempla incrédulo los esfuerzos de los vascos por acercarse desde tres chalupas. Pero ninguna consigue separarse más de unos metros de la orilla. Los crujidos del choque entre los barcos continúan, huesos del esqueleto rotos en una tortura sin fin.

—¡Hemos provocado su ira! ¡Demasiadas ballenas! ¡Nos

las arrebatan por avariciosos! —exclaman aterrados los marineros.

Don Esteban de Tellaría se vuelve hacia ellos colérico.

—¡Tonterías! ¡Dejaos de supersticiones!

El cielo empieza a tronar y las descargas de rayos cruzan el idílico enclave. Una nueva y formidable bocanada de la galerna lanza nuestro barco contra las rocas. Es el golpe de gracia. Los bramidos de la nave herida nos sobrecogen. Busco al capitán. Su rostro no da crédito a la escena que estamos presenciando. Dos de los muchachos islandeses que ayudaban a los marineros de las chalupas, huyen despavoridos hacia la granja. Se cruzan con Erik que llega corriendo con Jon. Cruzamos una mirada. La tempestad supera sus previsiones. Una idea acaba de cruzar mi cabeza: la estaca de Brynja. Si aquella embestida de la naturaleza no es casual, arrancar la estaca quizá pueda detenerla. Salgo corriendo tras los dos muchachos, sin preocuparme por lo que mis compañeros puedan pensar. Erik y Jon acuden junto a don Pedro y no se percatan de que abandono el grupo.

La lluvia me golpea la cara con fuerza. Apenas puedo abrir los ojos. Tropiezo y caigo sobre las piedras. Siento que me he cortado la mano derecha pero me levanto rápida y me dirijo al lugar donde Brynja invocó a las fuerzas sobrenaturales. Por una vez, deseo creer en la magia oscura, espero que la siniestra estaca haya sido la causante del desastre y que pueda detenerlo. Cuando llego al lugar, un relámpago cruza el firmamento y la silueta de la maruca clavada en el largo palo se me hace el bastón del mismísimo diablo. La arranco sin demasiada dificultad y dudo en lanzarla al mar, no vaya a provocar un desastre mayor. Finalmente decido tirarla allí mismo y la cubro con piedras. Me vuelvo desesperada hacia el cielo. Nada cambia. La tormenta sigue su curso. Dios mío, ¿qué está pasando? ¿Por qué este caos? ¿Cómo volveremos a casa? Un terrorífico pensamiento se hace hueco en mi pecho, y me veo vagando en el frío, agotada, sola.

49

Asier se tomó su tiempo bajo el agua. Necesitaba serenarse. Cerró el grifo de la ducha. Justo cuando se disponía a correr la cortina, esta se apartó desde el otro lado y Noelia, desnuda, entró.

—¿Qué haces? —preguntó Asier atónito.

Noelia no respondió. Se acercó a él y le besó. Fue un beso correspondido en la sorpresa. Corto.

—Me gustas —le informó Noelia. Y se quedó esperando a que él reaccionara. Asier estaba tan aturdido que no supo cómo reaccionar: salir de la ducha o una relación sexual allí mismo como su cuerpo pretendía. Así que la joven se vio obligada a continuar—. Oye, tengo treinta años. Mi propuesta es muy sencilla. No tiene letra pequeña.

—Estoy enamorado de otra persona —balbuceó Asier.

Noelia se encogió de hombros, y el placer se impuso, acallando dudas.

Asier abrió los ojos y se volvió hacia el otro lado de la cama. Noelia no estaba. La luz de la tarde se iba y las farolas se encendieron justo en ese instante. Había dormido durante todo el día. Buscó el rastro de la chica en las sábanas y la almohada. Nada.

Ni un olor distinto al suyo ni un cabello que delatara su paso. Suspiró aliviado. ¿Sería posible que todo hubiera sido un sueño, una alucinación producto del deseo que sentía desde hacía semanas por Amaia? Se incorporó y salió al salón. El ambiente estaba extrañamente callado, en suspenso. Tampoco allí había rastro de Noelia.

El timbre del interfono le sobresaltó.

—¿Sí? —respondió con cautela.

—¿Asier? —preguntó una voz masculina.

—Sí, soy yo.

—Mira, no me conoces, me llamo Santiago y soy médico. Creo que has estado hoy en el hospital preguntando por Amaia Mendaro. ¿Puedo subir un momento?

Asier pulsó el botón de apertura. Poco después, Asier y Santiago Batalla se encontraban por primera vez frente a frente.

—Hola —saludó Santiago casi sin resuello por el esfuerzo de subir las escaleras.

—Hola.

—¿Puedo pasar?

—¿Eres su médico?

—Soy psiquiatra. Pero además, soy su amigo.

—Pensé que Amaia no tenía amigos. Nunca me habló de ti.

—A ti tampoco te mencionó —respondió Santiago manteniendo la mirada—. Además soy su tutor legal.

—Eres muchas cosas —advirtió Asier con el semblante serio y sin moverse de la puerta—. ¿Por qué necesita un tutor legal?

Una pregunta un poco estúpida, teniendo en cuenta lo que sabía de Amaia.

—Porque los informes médicos ordenados por unos abogados

hablan de desequilibrio mental. ¿Me invitas a un vaso de agua y lo discutimos dentro? —pidió Santiago.

Asier dudó. No quería oír nada que le hiciera cuestionar lo que sentía por Amaia, pero tampoco se animaba a cerrarle la puerta en las narices. Había sido él quien había dejado motu proprio sus datos de contacto en el hospital para que le mantuvieran informado. Amaia no parecía muy sobrada de amigos y familiares. Se hizo a un lado y Santiago entró. El psiquiatra se dirigió al sofá y, sin esperar invitación, tomo asiento. Asier fue a la cocina a por un vaso de agua que su invitado se bebió de un trago.

—Bien, ¿qué hay entre Amaia y tú?

—No sé, ¿qué hay? —preguntó Asier.

—Me ha dicho que necesitabas inspiración y que te está contando una historia. ¿Algo más?

—No —respondió Asier cerrándose en banda.

—Empecemos otra vez —propuso el psiquiatra.

—Bien, empecemos. Ahora pregunto yo. ¿Usted cree que Amaia está loca?

—Habría que definir antes la locura.

—No, esa respuesta no me sirve. Mójese.

—Tutéame, por favor, que me haces sentir viejo.

—Respóndeme.

—No lo sé —admitió Santiago tumbándose pesado sobre el respaldo—. Amaia tiene algo dentro de ella que la atormenta.

—¿Y quién no?

—¿Qué te ha contado?

Asier se quedó callado.

—Vale, empiezo yo —dijo el psiquiatra—. Amaia cree que ha

vivido hasta hoy en busca de un amor sin par que perdió en el siglo XVII en Islandia.

Asier pareció sorprendido pero no abrió la boca.

—Mejor que el agua, ¿tienes una cerveza? —preguntó Santiago intentando crear una atmósfera menos agresiva. Asier era un animal a la defensiva y así iba a resultar difícil.

—No tengo cerveza.

Asier se detuvo. Quizá valía la pena hablar.

—Tengo vino.

—Pues mucho mejor.

Asier asintió y volvió a desaparecer por la puerta de la cocina. Cuando regresó, Santiago se había levantado y miraba por la ventana. Cogió la copa de vino que Asier le tendía con un ligero agradecimiento de cabeza.

—Desde que conozco a Amaia, ya no veo el mundo con los mismos ojos —comenzó el médico—. De repente, todo se ha vuelto más complicado, incluso para mí, un psiquiatra.

Asier asintió. También para él todo había cambiado. No es que la vida ahora fuera más complicada, sino más compleja, y eso ya eran palabras mayores.

—Quizá ella no vuelva a salir del centro psiquiátrico —le explicó Santiago inquieto—. La última vez llegué a dudar de que lo lograra, y en esta ocasión presiento que es aún más grave. Hace dos días la esperaban en la notaría para firmar su acceso al testamento de los padres y no se presentó. Lo peor es que me llamaron a mí y yo estaba fuera del país. Les dije que Amaia estaba totalmente recuperada, e incluso envié un fax certificando que se hallaba en pleno control de sus facultades mentales. Aseguré que aparecería. Mi juicio profesional ha quedado en entredicho. Así que ahora somos dos los que tenemos un problema.

—No sabía nada. ¿Cómo puedo ayudar?

—Intentando que recupere la cordura. Ve a verla. Haz que hable. La conozco. En estos momentos, no lo hará con nadie más. Estar allí encerrada le hace daño, la deprime. Y yo voy a tener que ausentarme por unos días. Parece que los astros se han alineado diez años después de la muerte de sus padres.

Por la expresión de Asier, Santiago dedujo que no sabía de qué le hablaba. Así que le puso al tanto del accidente, de la imposibilidad de Amaia de acceder a la totalidad de la herencia al haber desaparecido el cuerpo de su hermana Noelia hasta que, pasados diez años del accidente, pudiera dársela legalmente por muerta.

—Un pescador de Madeira ha descubierto lo que queda del avión en una fosa marina muy cerca de donde sucedió el accidente. Hay restos humanos y pueden ser de Noelia. Vuelo mañana a Funchal para averiguarlo. Sería muy importante para Amaia tener constancia de que su hermana realmente murió.

Santiago se despidió, no sin antes intercambiar sus números de móvil para estar informados de los avances. Ambos sentían encontrarse en medio de una aventura mayúscula que por primera vez, misteriosamente, empezaba a caminar hacia un final. Cuando cerró la puerta tras él, Asier se dirigió al baño. En el espejo, sostenida por el marco, había una pequeña nota escrita en una cuartilla: «Si no sé de ti, vendré yo a buscarte». La caligrafía era muy cuidada y clara, y un poco infantil, de persona meticulosa. Asier se sintió invadido. Aquello sonaba, sobre todo, a amenaza.

50

Tengo miedo. Sabemos que nos jugamos la vida. La naturaleza no está de nuestra parte y pelea con sus armas, mucho más poderosas que las de cualquier enemigo. Hace muchísimo frío y la nieve cubre por completo el paisaje desde hace más de una semana. Lo peor es la oscuridad. Hay muy pocas horas de día. El diablo quiere que muramos sin testigos ni posibilidad de rescate. La luz es cada vez más escasa y apenas nos quedan unos pedazos de salmón ahumado y dos pellejos de skyr para compartir entre los doce hombres que hemos sido enviados a interceptar desde lo alto algún pesquero retrasado que nos pueda llevar a casa. Ya no podemos estar lejos, pero las fuerzas nos abandonan. No hay lugar donde guarecerse. La ventisca de nieve azota sin tregua, diminutas e incansables espadas dispuestas a exterminar cualquier resquicio de esperanza. Al final, he ordenado montar al amparo de unas rocas una pequeña tienda. Nos hemos apiñado para darnos calor. Yo me encuentro entre Joan Urazandi y Jurgi pero no los siento. No siento nada. Solo frío. La sensación comenzó por los dedos de los pies y se fue extendiendo por todo el cuerpo hace horas. Descansaremos un rato y reanudaremos el camino. A estas alturas, ninguno de nosotros alberga esperanzas de que vayamos a encontrar barco alguno en la bahía, pero debemos intentarlo.

Don Pedro decidió que, a pesar de mi juventud, yo era la persona más indicada para estar al mando, por mi buen juicio y capacidad para comunicarme con los islandeses. Me gusta sentir que el grupo confía en mí o quizá es solo que la situación es tan negra, tan deprimente, que todo empieza a darles igual. No sé cómo acabó en mi expedición Martin Lurra, pero ahora está a mis órdenes y por una cuestión de supervivencia y de bien común, he dejado de lado el rencor. Me sorprende lo sencillo que me ha resultado. Como si el frío hubiera congelado mi odio.

El viento truena sobre el *vadmal* que hemos sujetado con unas lanzas lo mejor que hemos podido. Temo que una ráfaga pueda arrancarlo de cuajo en cualquier momento. Nuestros alientos sobre la tela que está apenas a ras de suelo, lo justo para cubrirnos, forman una fina película de condensación. De vez en cuando caen gruesas gotas sobre nuestros rostros. Todos callan. Nadie duerme. El frío intenso lo hace imposible.

—Debemos continuar —anuncio—. O moriremos aquí helados.

Los marineros están de acuerdo.

—Cerca del mar, la temperatura será más suave —pronostica Mikel de Justía.

Los marineros asienten esperanzados y nos preparamos rápidamente para partir. Sin embargo, no todos están de acuerdo con el plan. A mí todavía me extraña que acepten mi autoridad cuando la mayoría cree que no soy más que un muchacho imberbe.

—Mendaro, ¿no deberíamos antes comer algo? —sugiere Larramendi.

—Cuando alcancemos la bahía —respondo con aspereza.

Mi respuesta causa revuelo. Yo soy la encargada de gestionar los escasos víveres que nos asignaron en el campamento. Uno de los hermanos Vázquez, el menor, no se conforma.

—No dormimos, no comemos. Necesitamos reponer fuerzas. Deberíamos decidirlo entre todos —dice Luis con un tono amenazador que pronto es secundado por la mayoría de los marineros.

Pero yo me mantengo firme.

—He dicho que no. Podemos aguantar un poco más.

—Hablas por ti —responde el joven con desesperación.

—Si comemos lo poco que tenemos, es muy posible que no lo consigamos —le amenazo dando un paso en su dirección.

A regañadientes, aceptan mi juicio. Siento un gran alivio al comprobar que todavía son capaces de razonar, y temo el momento en que ya no lo hagan.

Nos ponemos en camino. Si intentar dormir resultaba insufrible, la marcha resulta un auténtico infierno. El viento, helado y terco, azota con violencia. Ascendemos por una montaña escarpada con la esperanza de que al otro lado se encuentre ya la bahía. Observo continuamente el terreno, intentando encontrar el paso menos difícil, pero no hay demasiadas opciones. El frío intenso endurece las articulaciones y nos obliga a reducir el paso.

—¡Por Dios bendito, moriremos congelados! —clama Lope.

Los hombres desfallecidos intercambian miradas entre sí. Algunos de los más jóvenes, como Mikel, son incapaces del más mínimo esfuerzo extra y tienen la mirada cuajada sobre la senda que conduce a una muerte segura. La oscuridad sobre la nieve, con su suave resplandor, resulta hipnótica, una llamada a la capitulación. Solo un milagro puede salvarnos. Suplico a Dios que nos ayude.

Soy responsable de estas personas. Aceptar el mando me convirtió en su protectora, y no sé qué prometer, qué ofrendar a Dios a cambio de nuestra vida. ¿Cuál sería el sacrificio justo por mi parte? Ya no me importa regresar a casa, ni vengar mi violación. ¿Erik? Ahora mismo puede que sea el enemigo. Lo único que puedo prometerte, Señor Dios mío, es renunciar a mi libertad. Dejar de ser un hombre, y aceptar las consecuencias que ello tenga sobre mi futuro.

Al rato, me fijo que entre unos riscos algo humea. ¿Será posible? Compruebo que no se trata de un espejismo y bendigo a Dios con toda mi alma.

—¡Mirad! ¡Allí! —exclamo, señalando el humo.

—¡Es el diablo que viene a por nosotros! —grita horrorizado uno de ellos.

Y el pánico cunde entre el grupo que se abalanza en dirección opuesta al humo.

—¡No! ¡Deteneos! —ordeno con una voz que se sobrepone al viento y al miedo de los marineros—. ¡Solo es una poza! ¡Venid!

Los hombres se detienen y me observan sin entender. Yo me acerco a los riscos. En efecto, es una poza de agua termal de unos tres metros de largo por dos de ancho. Alabado sea Dios. Me vuelvo al grupo.

—¡Acercaos! ¿Cómo pensáis que los islandeses sobreviven en estas tierras?

Poco a poco se aproximan. Observan el agua que mana del interior de la tierra con curiosidad y suspicacias. Líquenes verdosos cubren la mayor parte de la superficie.

—¿Qué hay ahí dentro? Huele a aliento de diablo —pregunta Salvador de Larramendi.

Sus rostros pávidos y sorprendidos reflejan con claridad quién es quién. La mirada de Martin Lurra termina con mis dudas. Ha llegado el momento. Empiezo a desnudarme ante la mirada atónita de mis compañeros.

—Esta agua nos va a salvar la vida. Necesitamos calor para seguir.

Nadie se anima a imitarme.

—Se ha vuelto loco —mascula Mateo incapaz de contenerse.

Yo sé que es el momento de cumplir mi promesa y lucho por desprenderme de cada prenda. Mis dedos, helados como témpanos, no me facilitan la tarea. Por fin llego hasta la faja, y la suelto. Los hombres no dan crédito al verme en cueros. La mayoría parece haber visto un fantasma. Algunos incluso se frotan los ojos.

—¡Es una mujer! —murmuran atónitos—. ¡Aquí hay magia! ¡Magia negra!

—No hay magia ninguna. Me llamo Amalur Mendaro y sí, he llegado hasta aquí vestida de hombre.

Martin Lurra palidece y tiene que apoyarse sobre un compañero para no desmayarse.

—Tú, eras tú… —murmura. Sostengo su mirada mientras me introduzco en el agua. Quiero que comprenda lo poco que aquello ya me importa. El placer del calor hace palpitar mi corazón y mi piel, dolorida por el frío, se revela. Por un instante, creo que no podré soportar la intensa temperatura, pero poco a poco, las ganas de vivir van rompiendo la telaraña de hielo que atenazaba mi cuerpo. Los hombres no pueden apartar la mirada de mí, maravillados.

—Tiene que ser una bruja —dice Joan Urazandi, uno de los

balleneros de Martín de Villafranca, que peina canas y es conocido por su devoción a la Virgen del Carmen.

—Entonces no deberíamos entrar ahí. Esa agua puede matarnos.

Cierro los ojos y disfruto el contraste térmico con mi conciencia tranquila y liberada mientras ellos confabulan.

—¡Yo no entro!

—¡Tonterías, si ella está dentro! Yo estoy helado.

—¡Es una bruja! Ninguna mujer hubiera podido sobrevivir a este viaje. La hemos visto cazando ballenas, despedazando su carne, armando toneles, ensartando a dos hombres con una lanza. ¡Por Dios santo!

—¿Cómo es posible? ¿Una mujer a bordo? Ella ha sido la gafe.

—¡Vamos a morir por su culpa!

Creo que ya he oído suficientes tonterías. Por primera vez en mi vida, siento que no tengo ningún miedo de esos hombres tan hombres en su tozuda ignorancia.

—¡Os salvaréis si me hacéis caso, idiotas! —exclamo desde la poza.

Se hace un silencio que es al instante cortado de cuajo por el viento intenso. Mi cuerpo ha revivido por completo y disfruto de una fuerza nueva, extraordinaria.

—¡Entrad ahora mismo en la poza si no queréis morir congelados! —ordeno—. ¡Solo intento que viváis!

Peru Etxebarri, Mikel de Justía y los hermanos Garai son los primeros en desnudarse. Son los más jóvenes, ninguno pasa de los veintidós años. Lo hacen apresuradamente. Al introducirse lanzan gritos de dolor y placer, y maldiciones de todo tipo, ante la mirada atónita y temerosa de sus compañeros. Se sitúan los cuatro juntos, a una distancia respetuosa de mí. Me alegro de que el cirujano no se encuentre en nuestro grupo. Hubiera pasado un mal rato.

—¡Entrad, no seáis cobardes! Mendaro tiene razón.

Poco a poco todos van entrando en la poza, escudados unos en los otros, lanzando miradas suspicaces en mi dirección. Cuando han entrado en calor, y el rubor sube a sus mejillas, se dan cuenta de que Martin Lurra sigue de pie ante la fosa, sin dejar de mirarme.

—¡Vamos, Lurra! ¡Esta agua es capaz de revivir a un muerto! —le gritan alborozados.

—¿Eres real? Eres tú, ¿verdad? —pregunta con la voz temblorosa y el rostro desencajado.

—Sí —respondo—. Y que sepas que, si hubiera querido, ya te habría matado.

Mi oído es capaz de percibir los latidos acelerados de su corazón y, si en mí aún había algún resquicio de deseo de venganza, queda colmado y desbordado ante su pasmo y su vergüenza.

—Desnúdate y entra en la poza —le ordeno con dureza.

Los marineros nos observan perplejos. Martin Lurra continúa inmóvil. Su mandíbula empieza a temblar y sus pequeños ojos enrojecen como si fuera a romper a llorar. Ninguna lágrima corre por su rostro. Conmocionado se deshace de la ropa y entra en la poza con la cabeza gacha. Ojalá jamás la volviera a levantar. Mateo Vázquez, extrañado, le ayuda a sentarse.

—¿Qué te pasa, hombre? ¿La conoces?

Martin Lurra baja la cabeza, incapaz de responder. Así que lo hago yo:

—Me conoce lo mismo que vosotros —respondo con dureza.

Los hombres se vuelven hacia mí. Peru Etxebarri carraspea.

—Y ahora ¿cómo vamos a llamarte? —me pregunta el grumete Joanikot maravillado.

—Ya os lo he dicho, me llamo Amalur Mendaro —repito.

—Ella no puede seguir estando al mando —dice Joan Urazandi. Es medio gascón y tiene fama de mujeriego y orgulloso. Camina con la espalda muy estirada, llevando su hombría como un estandarte.

Antes de que se pongan a discutir, tomo las riendas:

—¿Por qué? —pregunto en tono amenazador, incorporándome. Mi pecho desnudo les hace sentir muy incómodos y la mayoría mira para otro lado.

—¡Eres una mujer! Yo no acepto el mando de una mujer.

—Acabo de salvarte la vida —le recuerdo.

Los hombres se miran entre sí a través del denso humo de la poza.

—Pero si alguien se siente más capacitado que yo, adelante. Puede tomar el mando…, eso sí, si consigue el apoyo de la mayoría.

Joan Urazandi no se da por vencido.

—Yo mismo estoy más preparado que una mujer —anuncia con altanería volviéndose a sus compañeros—. Y apoyaré a cualquiera antes que a ella.

Parlotean. Ninguno se manifiesta. Joan Urazandi los mira asombrados.

—¿Qué os pasa? ¿Vais a aceptar órdenes de ella? Decid algo, ¡no seáis cobardes!

Mikel de Justía carraspea y toma la palabra.

—Yo no quiero la responsabilidad del grupo. El capitán le dio el mando a Mendaro y, por ahora, seguimos vivos.

Respiro aliviada. Me la he jugado. Agradezco el apoyo de Mikel. Por ellos y por mí. Aun a arriesgo de que Dios me condene por prepotente, dudo que ninguno de ellos pueda hacerlo mejor que yo.

Joan Urazandi maldice para sí. Los demás callan. Solo se oye el borboteo del agua.

—Bien, cuando recuperemos el calor seguiremos —les informo como si nada importante hubiera pasado.

Poco después, con el cuerpo caliente, revivido por la fuerza del interior de la tierra, nos ponemos en camino. Sé que llegaremos a la bahía. Dios me ha dado un respiro. Vuelvo a ser mujer. En mi verdadera piel me siento extrañamente mucho más fuerte y ligera, y, al menos mientras dure esta aventura, igual a los hombres. Mientras camino por la nieve, vuelve Erik a mis pensamientos. ¿Por qué desaparecieron todos los nativos tras el hundimiento? Los capitanes creen que los islandeses no quieren mezclarse en nuestros asuntos, pues supondría un gran esfuerzo alojarnos y alimentarnos a todos. Por eso han desaparecido. En fin, nosotros partimos poco después de la pérdida de las naves. Don Pedro organizó un grupo pequeño de entre los hombres más jóvenes para que yo quedara al mando sin incomodar a marineros de más experiencia. Han pasado dos días completos. A estas alturas, Ari habrá pagado su deuda y estarán negociando algún tipo de arreglo, un plan alternativo por si no conseguimos un barco que nos pueda llevar de regreso. Nosotros salimos del campamento con las provisiones justas para hacer el camino de ida hasta la bahía del norte. No había mucho más. Estamos a punto de acabarlas. Temo que si no encontramos un barco, va a ser difícil regresar al campamento.

Miro a mi alrededor. Un vasto paisaje de blanco me rodea. Somos demasiados. Aquí no hay animales que cazar, excepto pescado, y en pleno invierno, incluso eso será imposible. No sé adónde han ido a parar los eideres y los famosos zorros árticos. ¿Encontraremos alguna expedición que nos lleve de vuelta? El oficio de sobrevivir se impone.

51

Asier tecleaba como un poseso ante el ordenador con las ventanas cerradas. Aquel frío tenía color y sabor. Era algo vivo y nada tenía que contaminarlo. Locura blanca, de los dos. La ciudad dormía desde hacía horas. El arrullo constante del mar y el de la osada brisa de septiembre cuchicheaban junto a su ventana, cerrada desde la tarde. Pretendían enterarse de lo que sucedía en el interior. Eso tan interesante que Asier mantenía en secreto. Antes, cuando era adolescente y escribía, solía hacerlo con las ventanas abiertas, en cafés o en bancos al aire libre. Tenía un portátil que se convirtió durante años en una extensión de sí mismo. Pero desde que fue a vivir a aquel piso y compró el ordenador de mesa, ya no salió más. En cierta forma, se volvió vergonzoso. Se sabía un escritor que no escribía y aquel maldito cuaderno que su padre le había regalado continuaba prácticamente en blanco, ¿qué necesidad tenía el mundo de conocer su secreto? Sin embargo, sus razones para el recogimiento eran ahora distintas. La historia que estaba novelando tenía un poderío envolvente. Estaba llena no solo de acontecimientos y personajes, sino de olores, sabores, sensaciones vívidas que se ma   terializaban a su alrededor, y Asier no quería que nada ni nadie pudiera contaminarla.

52

El miedo huele y su olor es acre. La bahía está vacía. La desolación del paisaje se instala en nuestra alma. La esperanza de volver a casa ha sido segada sin contemplaciones. Las metas no se materializan solo por ansiarlas. ¿O quizá es culpa mía? De repente siento remordimientos. Sé que mis sentimientos por Erik me impiden desear el regreso a casa con toda la fuerza de la que sería capaz como lo hacen mis compañeros. Es posible que tengan razón, que yo sea gafe. En un grupo que no consigue sus objetivos siempre hay al menos uno que no desea, o no desea tanto como el resto.

Observo a mis hombres. Sus rostros desesperanzados me impresionan. Se oyen maldiciones, pero la mayoría se ha quedado sin habla. A Luis Vázquez se le llenan los ojos de lágrimas, y se pasa la mano por la nariz. Nadie mira a nadie. Les avergüenza que un compañero contemple su miedo. Las miradas de todos están prendidas en la bahía, esperando que un barco surja de algún lado. Pero no hay nada excepto una construcción con el techo de tepe cubierto por la nieve junto a la orilla.

—Allí hay algo —señala Joanikot.

—Nos acercaremos y pediremos ayuda —digo—. Pero os advierto, somos muchos. Esta gente es pobre. Tomaremos lo que nos den y rogaremos para nos permitan pasar unas horas para descansar antes de regresar al campamento.

Los riscos escarpados, la nieve, la soledad extrema bajo el manto de la noche, el murmullo constante del agua, conforman un escenario bellísimo y atroz. Los marineros me siguen montaña abajo mansos como corderos. Su voluntad ha quedado trastocada por la sensación de estar encerrados. Aquellos paisajes infinitos, de líneas tranquilas y serenas, que me han provocado una sensación de libertad sin límites durante todo el verano, se han convertido en una jaula. Soy el entretenimiento invernal de un Dios aburrido, que me observa con indolencia, como el que sigue los desesperados intentos de supervivencia de una hormiga sobre una hoja seca a la deriva por el río, temiendo que su final solo pueda ser uno.

Cuando alcanzamos el único lugar habitado en kilómetros a la redonda, la puerta está cerrada a cal y canto. No se oye ruido alguno pero el humo de la chimenea indica que la casa está habitada. Golpeo la puerta y pido ayuda en su idioma.

—Somos gente de bien. Necesitamos un lugar donde descansar unas horas.

Nadie responde. Me extraña. Los islandeses son gente acogedora. Aspiro el olor de un guiso de pescado que emana desde el interior y que hace crujir mi estómago. Los hombres rodean la puerta a la expectativa y en silencio. Sin duda han percibido el mismo olor que yo. Comentan que quizá no haya nadie y que deberíamos entrar. Estoy convencida de que no es así. De hecho, me parece haber oído la queja de un bebé en el interior.

—Somos gente de paz —insisto—. Por favor, ayúdennos.

El silencio se nos antoja eterno. Siento el desánimo de mis

compañeros a mi espalda y temo de lo que serían capaces si no nos ayudan.

—Dejen las armas en la puerta —se oye finalmente desde el interior. Es la voz profunda de un hombre.

Mis compañeros se desarman al instante. Si les hubieran pedido que se desnudaran, también lo hubieran hecho.

—Sois demasiados —advierte la voz. Noto unos ojos que nos observan a través de una pequeña mirilla en el lateral de la puerta.

—Le juro por lo más sagrado que solo queremos descansar y agradeceremos cualquier cosa que puedan darnos de comer —suplico.

—Está bien. Soy Olaf Gurdensson y esta es mi familia.

Pero la puerta no se abre. Con un asentimiento respetuoso de cabeza me presento:

—Yo soy Amalur Mendaro y estos hombres están bajo mi mando. Buscamos un barco vasco que faenaba en esta zona.

Se oyen cuchicheos en el interior y por fin la puerta se abre. Noto el calor viciado del interior, mezcla de olores de humo, comida, animales y humanos, como una desagradable bofetada. Ante mí hay un hombre rubio con barba y pelo largo, de unos treinta años. Junto a él, otros dos más jóvenes, de unos veinte, y tras ellos cuatro mujeres adolescentes y una mayor que yo y preñada. Por la forma de observar, parece ser ella la que les ha convencido de que abrieran la puerta. No percibo compasión, sino curiosidad y sentido del deber. Leyes no escritas obligan a los hombres honorables a recibir a los visitantes al menos durante unas horas y alimentarles antes de su partida. Claramente nuestro número les preocupa. Somos tantos como ellos. Me juro cuidar de que mis hombres se controlen. Me vuelvo hacia los marineros y les advierto:

—Estamos cansados y tenemos hambre, pero no quiero que nadie tome nada más que lo que se le ofrezca y en la menor cantidad posible.

—¿O qué? —pregunta Joan Urazandi, retador y descarado.

—O le mataré yo misma —respondo tajante. Un regocijo desconocido me embarga al decirlo, por hablar como mujer. Sé que no me temblará el pulso. Noto que a los marineros les desconcierto. Pero mi tono no deja lugar a duda: ningún hombre pondrá en peligro la seguridad del grupo.

Nos dejan pasar. La casa es mayor de lo que parecía y está dividida en dos partes. La primera está construida alrededor de una poza de agua caliente. Queda separada por un muro de la otra y tiene varios ventanucos laterales y uno superior para que circule el vaho. Casi llenamos este espacio de entrada con nuestra presencia pero pronto las mujeres nos organizan para que tomemos baños en la tina, y una vez aseados, nos invitan a entrar en la poza. Ninguno de los hombres se queja. Mansos como corderos se dejan hacer. Sin embargo, noto recelo en el aire.

Me sorprende la construcción de esta casa de planta rectangular. El agua que mana del interior sale por la pendiente lateral a través de un canal. Nunca había visto nada igual. Cedo mi turno a los compañeros. Seré la última en entrar en calor, pero esto me da tiempo para estudiar la edificación. Es humilde pero muy ingeniosa y tiene una notable distribución. La puerta al siguiente espacio está abierta. Allí vislumbro un canal de carbones que recorre el suelo y, al llegar al centro, se abre en un fuego sobre el que se cocina. Al fondo, el lecho principal cuyo cabecero son cientos de recipientes de provisiones. En el lateral de la izquierda, se aprecian bancos y mantas, y tras ellos, hay un murete con pequeños ventanucos donde guardan a las bestias. Se oyen balidos. Estimo que deben de tener más de veinte ovejas. Al otro lado, el más fresco de la casa, están las tinas con los cuajos y las conservas que podrían estropearse con el calor. Mientras llega mi momento, me dirijo al jefe con admiración.

—Ingeniosa construcción, Olaf —le comento.

—Nadie se ha atrevido a hacer una igual, al menos por estas tierras —me explica con orgullo—. Nosotros vinimos de Noruega hace ocho primaveras y solo así hemos conseguido hacer de esta nuestra tierra.

—Y tenéis una buena provisión de madera —digo señalando junto a la entrada.

—El mar aquí es generoso y nos trae buenos troncos desde el continente.

Entonces se aproxima a mí con discreción.

—Pareces un buen hombre, ¿vas a poder controlar a tu gente? —me pregunta señalando a Joan Urazandi y a Salvador de Larramendi que se están tomando demasiadas confianzas con la chica que les está ayudando a vestirse.

Se me incendia la mirada. Olaf lo nota y sé que lo aprueba.

—¿Qué hacéis? —pregunto controlando la furia que me revuelve las entrañas.

—Divertirnos un poco. A ella le gusta, ¿verdad, moza? —dice riéndose Joan Urazandi y le da a la chica una palmada en el trasero. La chica no entiende nada. Intenta esbozar una sonrisa para no crear problemas.

La sala se va quedando en silencio. La tensión hace que las

miradas de los que están en la poza y los que terminan de asearse para entrar en ella se dirijan hacia nosotros.

—Esta no es forma de tratar a nuestros anfitriones —le advierto, intentando que corrija su comportamiento. Me encantaría darle una paliza. Martin Lurra observa la escena con atención. Puedo sentir sus ojos pequeños tragando cada detalle.

Joan Urazandi está harto de mí. Lo sé. Se levanta y da unos pasos en mi dirección.

—¿Qué sabrás tú de las necesidades de un hombre? —me reta.

Doy dos pasos hacia él. Salvador de Larramendi se levanta tras Urazandi, como para apoyarlo, pero mi mirada le hace retroceder al instante y Urazandi se queda solo.

—Discúlpate con la chica —le ordenó.

—No.

Me sostiene la mirada, retador. Sé que me la juego. Y estoy dispuesta.

—¡Sal fuera! —le ordeno.

Joan Urazandi me mira como si no entendiera.

—¿No me has oído? Sal —repito.

Mis hombres no dan crédito a lo que está a punto de suceder. Urazandi me mira incrédulo.

—No voy a pegarme con una mujer.

—Tú verás. Así no tendré que esforzarme mucho.

Se oyen una risas entre los marineros. Urazandi, molesto, se vuelve hacia ellos, esperando apoyo. Pero no lo encuentra. Entonces se dirige a Larramendi. Este se encoge de hombros, claramente sobrepasado con la situación.

—Está bien —mascULLA y se dirige hacia la puerta furibundo. Al salir, coge su espada. Yo le sigo. A continuación, salen los demás, incluidos Olaf y sus hombres. Por fin voy a poner en práctica los conocimientos de espada que adquirí del ermitaño en el bosque. Recordar la paliza que nos llevó a Íñigo y a mí allí, y la injusticia de su muerte, invoca a las brujas que me protegen, a mis antepasados, a la fuerza de la madre Tierra que me regaló su nombre.

Los marineros me han visto lanzar arpones contra las ballenas, descuartizarlas, trabajar duro como el que más, e incluso ensartar a Domingo y a mi querido amigo, pero empuñar una espada es otra cosa. Muchos de ellos jamás lo han hecho. Los que dominan las artes de la guerra suelen elegir profesiones igual de peligrosas que la caza de la ballena, pero mucho mejor pagadas.

—¿Estás segura, Amalur? —me pregunta preocupado Mateo Vázquez—. Sé que Urazandi domina la espada. Tiene dos hermanos soldados.

Le sonrío.

—Este mal hombre nos pondrá en peligro a todos si no le queda claro quién manda.

Mateo me mira atónito, convencido de que no puedo estar en mi sano juicio. Joan Urazandi se queda plantado ante mí, sin saber muy bien qué debe de hacer, si atacarme o esperar.

—¿Qué te pasa? ¿Tienes miedo? —le pregunto.

—No quiero matar a una mujer —responde prepotente.

—Para abusar de ellas no tienes tantos escrúpulos.

Levanta la espalda ofendido y yo aprovecho para atacarle. Mi movimiento le coge por sorpresa. Se defiende. No le dejo opción.

—Todavía estás a tiempo de disculparte —le propongo, intentando mostrarme generosa, lo cual le sienta fatal.

Sus ojos centellean. Los compañeros le jalean. Unos para que se retire. Otros para que me dé una lección. Joan Urazandi ataca y yo respondo como nuestro amigo el ermitaño nos enseñó en el bosque. Me acorrala contra un murete de piedra. Está bien entrenado. Cree que va ganar. Y siento que está intentando decidir si debe matarme o no. Nuestras espadas están la una junto a la otra, en cruz sobre mi rostro. Acerca su boca a la mía, como si fuera a besarme, aprovechando la ventaja que le da su fuerza, en un intento por demostrarme su superioridad masculina. Dejo que se aproxime y entonces le propino un golpe en el escroto. Mientras se retuerce de dolor y me maldice, escapo. Nuestros compañeros se burlan de él.

—Caramba, Urazandi, esta mujer no te está resultando tan fácil, ¿eh?

Joan Urazandi se vuelve hacia mí. Ahora sí va a tomarse la pelea en serio. Los islandeses no entienden muy bien lo que sucede. Olaf hace un gesto a sus hombres para que no intervengan pero estén alerta. Durante unos minutos, solo se oye el choque de nuestras armas. Joan Urazandi sabe manejar la espada y es más fuerte. El rostro del guerrero ermitaño se materializa ante mí, sereno, y me ayuda a mantener la sangre fría, el pulso firme. Alejar el miedo y mantener la concentración. Las fuerzas se igualan. Al cabo de un rato, los dos estamos cansados. Urazandi, además, sorprendido y rabioso. Noto la mirada suspicaz de Olaf y tengo un presentimiento: si pierdo, nos matarán a todos. Ya se ha dado cuenta de que algunos de nuestro grupo no son de fiar. Absortos en la pelea, mis hombres no se han dado cuenta de que están desarmados. Estoy convencida de que la gente de Olaf nos ha dejado sin armas.

—¿Te rindes? —me pregunta Urazandi con el aliento entrecortado.

—¿Te disculpas?

—No voy a aceptar órdenes de una mujer.

Coge impulso para darme la estocada final, y yo, sintiendo que esta vez estoy a las puertas de la muerte, piso mal y pierdo el equilibrio. Consigo esquivar la primera acometida que me corta el hombro izquierdo. Lanzo un grito de dolor al sentir la hoja penetrando mi piel y suelto la espada. Urazandi la aleja con el pie para que no pueda hacerme con ella de nuevo, y levanta la suya una vez más, dispuesto a terminar lo que ha empezado. Otra espada se interpone entre mi pecho y la hoja de Joan Urazandi. Es Mateo Vázquez, con la mía.

—Pues deberías. Se ha ganado el respeto de todos.

Me arrastro a salvo. Mateo y Urazandi se miran retadores.

—¿Vas a defender ahora a la damisela? —pregunta burlón Urazandi.

—Voy a defender a mi jefe —responde Mateo con el rostro duro y decidido.

Joan Urazandi se ríe. Pero sus carcajadas quedan congeladas al ver que, tras Mateo, se sitúan sus dos hermanos y que a estos los siguen poco a poco los demás. Aunque nadie lleva armas, el poder del número se impone. Los últimos en alinearse son Martin Lurra y Salvador de Larramendi. Joan Urazandi baja la espada. La cólera le impide pensar, cuidar incluso su propia supervivencia, y eso me mantiene alerta.

—Está bien —acepta con amargura.

Mateo se vuelve hacia el grupo que le respalda en un gesto de agradecimiento y Urazandi, furioso, aprovecha el descuido para rebanarle el cuello de un golpe seco.

—Muere entonces.

Antes de que los demás puedan reaccionar, cojo mi espada y esta vez, no dudo, la hundo en su estómago. Cuando la extraigo, Joan Urazandi cae inerte.

Me vuelvo hacia mi protector, muerto. Una vez más. Sus dos hermanos sollozan sobre el cuerpo. Luis le cierra los ojos. Hago acopio de templanza para arrodillarme junto a él y besarle la frente ante el silencio ceremonioso de los que nos rodean, roto solo por el sollozo incontenible de Luis. Al incorporarme, la rabia y la impotencia ante la estúpida pérdida de un gran hombre hace temblar mis piernas. Solo lamento no poder volver a matar a Joan Urazandi otra vez. Olaf me hace una señal de respetuoso duelo. Veo que sus hombres han bajado la guardia. Por ahora, estamos a salvo.

—¿Qué hacemos con el cuerpo? —pregunta Salvador de Larramendi, y percibo su vergüenza y confusión.

—Lo lanzaremos con unos pesos al mar —respondo con frialdad y se lo traduzco a Olaf. El hombre asiente.

—Los muertos pueden esperar. Tú eres el jefe y debes curarte esa herida —me indica y, al volverme hacia donde señala, me doy cuenta de que el corte en el hombro es importante porque estoy empapada en mi propia sangre. Una vez que la tensión ha caído, el dolor llega en torrente y a punto estoy de desmayarme. Sin embargo, sonrío y sigo. Locura roja, color sangre, la mía.

53

La duda es algo pálido. Y brillante. Es azul y blanca. Amaia emergió del sueño abruptamente, experimentando una fuerte sensación física de caída. Se volvió hacia la puerta. Y, aliviada por salir de los recuerdos agolpados en su interior, encontró la mirada de Asier durante apenas una milésima de segundo. Lo justo para que él percibiera que ella, queriendo o sin querer, se alegraba de verle.

Asier había venido preparado para el encuentro que, preveía, no sería fácil. Tenía varios planes. Uno de ellos incluía una lectura. Había pasado por la tienda de fotocopias y traía impresa la novela. Lo que había progresado desde que ella la había leído.

—¿Cómo estás?

Amaia no respondió.

—¿No vas a hablarme?

Amaia se encerró en su mutismo, recuperando las pulsaciones. Recostó la espalda sobre la almohada y perdió la mirada por aquella ventana sin vistas, sin cielo. Luego se dejó resbalar entre las sábanas, y, acurrucada, cerró los ojos como si se dispusiera a dormir.

—Entiendo que te dé vergüenza haber intentado suicidarte. Esta vez ha quedado bastante claro —comenzó Asier—. Mira, no voy a ser yo el que te juzgue. Pero creo que sería una pena que te perdieras lo que va a venir. Porque ahora empieza lo mejor.

Amaia abrió los ojos, interesada a pesar de todo.

—Es una historia que vale la pena ser contada —continuó Asier—. ¿Quieres leerla?

Pero Amaia no se movió. Tenía miedo. Si Asier seguía escribiendo, descubriría su crimen. Solo cabía refugiarse en la cobardía.

—No será mi historia, sino la tuya. Y luego la de los que la lean —apuntó inquieta.

—Claro que es tu historia. ¿No era eso lo que querías? ¿Una historia para que Erik te recordara, para que te encontrase?

El escamoteo había sido en balde. Solo cabía la huida.

—Quiero dormir —pidió con la voz quebrada.

—Ahora no debes dormir. Es la hora de hacer, de no dejar pasar. Dices que no has encontrado, pero ¿y si encontraste pero no supiste reconocer?

—Tú no sabes nada de mí —replicó Amaia con dureza.

—Sé algo. Lo que hay en esos folios. Y te diré más: sé que regresasteis al campamento base. O que al menos os pusisteis en camino. También el otro grupo se escindió. Uno de ellos fue masacrado mientras dormía, guarecidos en una cueva. Los que despertaron a tiempo se encontraron en medio de una batalla campal. Ari Magnusson ordenó rajar los vientres de los marineros y lanzarlos al mar. El capitán Martín de Villafranca saltó al agua desde el acantilado. ¿Lo sabías?

54

—Ari y sus hombres estaban espantados. Pensaron que el capitán era el mismísimo demonio al verlo saltar y agitar piernas y manos. Estos bárbaros no saben nadar —nos explica Lázaro Bustince, uno de los más aguerridos arponeros del barco de don Martín de Villafranca, sin dejar de tiritar.

Estoy tan atraída como horrorizada por el relato. Estudio al asustado y sucio marinero que ha sobrevivido a la matanza. Desde la noche de la tormenta, nadie ha rasurado las barbas de los hombres. En una semana, todos parecemos bestias. Barbudos, sucios y malolientes. En mi caso, presiento que cada día he envejecido el equivalente a un año. El encargado de mantener el decoro en cuanto al aseo personal en nuestro barco era Cazenare. El cirujano permaneció en el grupo de don Pedro, ¿qué habrá sido de él? Si supiera el gascón que ya todos están al tanto de que soy una mujer…

—¿Qué sabes de Jaumeta Cazenare? —pregunto intentando contener mi ansiedad.

—Que se encuentra en el fondo de la bahía, con el vientre rajado por el mismísimo alguacil —responde el hombre con un odio que le ahoga. La imagen del cirujano me hace estremecer.

—¿Y el grupo de don Pedro?

—De esos no sé nada.

Mis hombres están como yo, desmoralizados con la historia, pero intentan darse ánimos.

—El capitán de Villafranca es un hombre muy fornido.

—Era —responde Lázaro con la voz quebrada—. No creo que soportara más de un par de minutos en el agua.

Tras este comentario se hace un insoportable silencio. Rodeamos al arponero en un círculo instintivo que nos refuerza como grupo. Lázaro rompe a llorar. A todos se nos hace un nudo en la garganta. Ahí en pie, tan desvalido, tan derrotado por el horror, es la viva estampa de la desesperanza. No termina de digerir el milagro que supone habernos encontrado.

—No creo que nadie haya sobrevivido. Ari y sus hombres nos cazaron como a ratas —continúa cuando consigue controlar los sollozos—. Conocen el terreno, están protegidos, tienen recursos. Nosotros somos más pero nos hemos quedado sin nada. La gente nos tiene miedo. No van a ayudarnos y nos atacan sin tregua. He tenido que arrastrarme durante tres días para que nadie me viera.

—¿Y Erik Magnusson? —le interrogo—. Él es nuestro amigo. Si podemos alcanzar su granja, estoy convencida de que nos ayudará.

Lázaro me mira confundido. Que hable como una mujer le resulta incomprensible, pero de todo cabe dentro de una pesadilla.

—Le he visto rajar estómagos sin que le temblara el pulso.

Los hombres profieren exclamaciones y juramentos:

—¡Maldito! ¡Ya veremos cuando se cruce conmigo! ¡No puedes fiarte de ningún bárbaro!

No puede ser. ¿También él? Muero de dolor y rabia por dentro. ¿Qué demonios ha pasado? ¿Con qué malas artes ha conseguido Brynja transformarle en un asesino? ¿Es posible que sea una bruja tan poderosa?

—Estamos perdidos —exclama Salvador aterrado.

Puede que lo estemos pero yo no voy a permitir que mis hombres se vengan abajo. Me vuelvo hacia ellos con el rostro duro y sin asomo de dudas.

—Es verdad. Tenemos muy pocas posibilidades de sobrevivir —reconozco—. El invierno apenas ha comenzado. No tenemos para alimentarnos, ni siquiera podemos resguardarnos del frío, y por si fuera poco, no nos dejarán en paz hasta que maten al último de nosotros.

Observo sus rostros espantados.

—De hecho, no hay más que ver nuestras caras: ya somos fantasmas. ¿O alguien cree que tenemos alguna posibilidad?

Nadie se atreve a responder. No entienden mi discurso.

—Si alguien cree que volverá a casa, se equivoca —les informo con crueldad—. No lo haremos. Y lo peor es que nuestro calvario acaba de empezar. ¿Creéis que estáis cansados, que tenéis frío o hambre? ¡Ja! Yo os digo que todavía no tenéis ni idea de lo que cansancio, frío y hambre significan. Tampoco habéis sentido miedo, auténtico terror. Pero ahora mismo vais a conocerlo. Estamos a punto de cruzar las puertas del infierno.

—Por Dios, Amalur Mendaro, ¿qué pretendes? —pregunta Lope enfadado.

—Que os enteréis de una vez por todas de que estamos peor que muertos. Y que yo, como jefe de este grupo, os propongo una salida. —Y levanto mi espada con el aplomo y la seguridad de un rey—. Yo misma me ofrezco a terminar con este infierno.

Me miran sin comprender, convencidos de que me he vuelto loca.

—Un golpe seco y la pesadilla habrá terminado —bramo con la seguridad que me proporciona tener a la muerte de mi lado—. ¿Quién será el primero?

Los recorro a todos ellos con la espada. El grupo da un paso atrás.

—Vamos, es la única salida indolora para un final que está casi garantizado. La muerte llegará. Mejor ahora que a manos de los bárbaros, o muertos de hambre. Peor aún, congelados. Dicen que la muerte por congelación es dolorosísima y que la agonía puede prolongarse durante horas.

Sus ojos asustados, el semblante demacrado por el cansancio, el hambre y el frío, componen una deprimente imagen. Están asustados, aturdidos, pero nadie quiere morir. Bajo la espada despacio y me detengo en cada uno de sus rostros: Luis y Juan Mari Vázquez, Lope, Salvador de Larramendi, Mikel de Justía, Joanikot, Peru Etxebarri, Jurgi y Tomás Garay, Martin Lurra…, así hasta Lázaro, que hace el número once.

—Bien, entonces, si entendéis que ya hemos muerto, que esta vida ya la hemos perdido, que no volveremos a ver a nuestros seres queridos ni a pisar nuestras praderas, haremos lo que sea necesario para sobrevivir. Solo hay una lealtad, y es para los compañeros aquí presentes. Para el grupo. Porque juntos somos más fuertes y nos podremos defender.

Sus miradas denotan que mi mensaje empieza a calar. Y eso es lo que necesitamos. La valentía para la mayoría solo tiene dos raíces: la del convencimiento de que no hay nada que perder y la que nace del miedo a perder lo más valioso que se posee. Y aquí, ahora, los extremos se han tocado: no tenemos nada que perder, porque nada tenemos, ni podemos perder la vida.

—Haremos cosas que jamás hubiéramos imaginado, que van contra la ley de Dios y del hombre. La máxima es la supervivencia. Y si alguno de nosotros consigue regresar vivo a casa, guardará silencio. Ya no somos hombres de honor. Seremos bestias para luchar contra las bestias.

Casi oigo cómo la saliva se estanca en el gaznate de los más prudentes. Muchos quisieran correr, evitar el juramento, pero la mayoría entiende que no tenemos alternativa; y además, si una mujer está dispuesta a semejante pacto, ellos no van a quedarse atrás.

—¿Estamos de acuerdo?

Extiendo mi brazo, con el puño cerrado. Sobre él, uno a uno van sellando el juramento todos ellos. El último, de nuevo, es Martin Lurra.

Les cuento mi plan. Intentan matarnos como animales, así que debemos mantenernos en movimiento. Nuestro objetivo es conseguir alimento. No será empresa fácil pues somos doce bocas. La nieve cubre la tierra y hay poco que cazar, excepto salmón y algún que otro pez en el estuario, y ni tenemos útiles ni es empresa fácil. Habrá que aguzar el ingenio o encontrar algo que nos ayude a pescar. El agua salada retrasa el proceso de congelación. Confío en que el invierno no se despliegue en toda su crudeza, como oí que sucedió el año anterior. El mar se heló durante meses y llegaron incluso osos polares de Groenlandia en cascotes de hielo. Nos ocultaremos en las montañas tras el campamento base. Por esa zona hay granjas y cuevas donde guarecernos. Además, gracias a Erik, conozco una buena poza de agua termal. En cuanto comience la primavera, nos esmeraremos en localizar un navío que pueda devolvernos a casa, por las buenas o por las malas. En caso de que hubiera supervivientes del otro grupo, confío en que regresen al campamento base y podamos ir sumándolos, aunque quizá tengamos que dividirnos para conseguir alimento. Los hombres asienten. Son conscientes del problema al que nos enfrentamos, al ser un grupo tan numeroso en una tierra tan pobre y despoblada.

—No creo que podamos alimentarnos solo de salmón —dice Peru Etxebarri, joven y hambriento.

—¡Tendríamos suerte si tuviésemos un salmón! Pediremos ayuda en las granjas que encontremos —digo—. Si nos la niegan o nos atacan, las tomaremos por la fuerza.

Los hombres entienden. Las reglas de juego han cambiado tras el juramento. Algunos se santiguan. Me alegro de que el sacerdote ya no esté entre nosotros. No sé qué opinaría del nuevo código de comportamiento.

—Si Dios está de nuestra parte, nos protegerá —concluyo.

—¿Y si no? —pregunta Lope, el de Astigarribia.

—Si no, iremos al infierno. ¿Creéis acaso que será peor que esto?

En todo caso, durará más, pienso para mí. Por fortuna, mis hombres no razonan más allá. Se instala un silencio respetuoso. De ahora en adelante, ya nadie cuestionará mi liderazgo. Y me alegro por ellos y por mí, porque nadie lo haría mejor que yo, pues nadie tiene la capacidad de esfuerzo y sufrimiento que yo he acumulado como mujer. Además, yo tengo de mi lado aún el perverso deseo de ver a Erik.

Las horas siguientes son muy duras. No encontramos signo de vida. Ni humana ni animal. Sin embargo, tememos ser vistos desde alguna granja. El paisaje islandés permite otear desde kilómetros de distancia. La niebla y la oscuridad del invierno nos favorecen, pero también nos obligan a estar atentos para no perdernos. En el grupo, descubro que Jurgi Garai, un tonelero de Deba, tiene un sentido extraordinario para la orientación y pronto se convierte en mi brújula. Sé que Jurgi, como yo, posee un poderoso talismán. Justo antes de partir tuvo su primer hijo y habla de él con frecuencia.

Aprovechamos el manto de invisibilidad que nos proporciona una tormenta de nieve para acercarnos al estuario a intentar pescar. Dios sabe cómo, Tomás tiene un sedal. Creo que lo robó en la granja de Olaf, y empleamos nuestro último pedacito de salmón seco como cebo. Creo que nadie ha rezado jamás con más fe que los once marineros y yo misma, agazapados junto a la orilla. Mis dedos del pie derecho están tan entumecidos que parecen de madera. Los del pie izquierdo hace horas que no los siento. Un dolor que, en cualquier otro lugar hubiera resultado insoportable, me recorre la pierna izquierda, pero ahora lo importante es conseguir algo de comer, aunque solo sea un bocado.

El tiempo se ha detenido. El viento incesante corta la respiración. La concentración del grupo al completo está en el sedal que desaparece bajo el agua. A cada poco, en silencio, los compañeros van turnándose, pues el brazo del que sostiene el hilo se queda pronto entumecido. Cuando le toca el turno a Joanikot, sentimos todos el tirón. Juan Mari Vázquez, que se encuentra junto a él, le ayuda a tirar del hilo. Nuestras plegarias han sido escuchadas. Ambos luchan con lo que sea que haya mordido el anzuelo. Por la fuerza con la que se mueve, parece un pez de envergadura. El júbilo se extiende al instante entre los compañeros al ver emerger un salmón de más de cinco kilos. Ahora buscaremos una cueva donde intentar hacer un fuego. De camino, pasaremos por una poza para recuperar calor.

Durante la ascensión, cada paso se convierte en un suplicio. Mis articulaciones congeladas se resisten a doblarse y mis labios hace días que son una pura grieta inflamada. Mikel y Salvador se quedan atrás, están agotados. Retrocedo para buscarles. No quiero perder más hombres, pero sé que eso será imposible. Cuando pienso en la muerte, no contemplo realmente la mía. Sí, es cierto que la tuve presente cuando estaba preñada en el barco, con un problema que ahora me parece nimio y también la tuve de cara durante la pelea con Joan Urazandi. Y, a pesar de ello, entonces había algo en mí que me decía que escaparía...

—¡La poza! —exclama Jurgi. Nos volvemos hacia los riscos por donde sale un humo de un blanco esponjoso. El alivio quedo del grupo me anima. Suspiro satisfecha y entonces noto el dolor de cabeza y las quejas de mi estómago, pero, sobre todo, la tremenda punzada de dolor que arranca en el tobillo izquierdo y asciende por los huesos de la pierna y la columna hasta el cráneo. Jurgi ha sabido orientarse con mis instrucciones. Nos encontramos en la poza que Erik me descubrió hace menos de dos semanas, un mundo, una vida separada por un tiempo insoportablemente lejano.

Con dificultades, los hombres se van desnudando para entrar en el agua. Yo espero a que todos estén dentro. Doloridos y alborozados por el calor, se dan cuenta de que yo dudo. Sus miradas me evitan para concederme una mínima privacidad. A estas alturas, mi desnudez me importa poco. Lo que sí descubro con horror es el aspecto terrible de los dedos de mi pie. Están completamente amoratados. Intento ignorarlos. En el agua recobrarán al menos parte de su aspecto habitual, pero al introducirme en el agua soy incapaz de reprimir un grito de dolor.

—El cambio de temperatura —les explico. Pero es más que eso y a ellos también le sorprende mi queja. Intento sobreponerme al intenso dolor que amenaza con hacerme perder la conciencia. No puedo permitírmelo. Pensar para evadirme. Es el momento de trazar un plan y contárselo a mis hombres.

Un poco más arriba, por el escarpado desfiladero que bordea el otro lado del fiordo, se encuentra un antiguo cementerio. Allí encontraremos unas cuevas. Erik me explicó que solían utilizarse para que los vivos pudieran pasar una última noche con sus seres queridos. Las más profundas se reservaban para los difuntos de mal carácter o temidos por sus arranques violentos. Se les enterraba allí bajo enormes piedras que les impidieran regresar a aterrorizar a sus familiares. Algunos marineros, con el rostro enrojecido por el calor, manifiestan sus recelos. No les gusta la idea de compartir espacio con muertos, especialmente con aquellos que hasta inquietan a sus propios familiares. Ya me he dado cuenta de que la mejor manera de que acaten mis órdenes es zanjar las discusiones por lo sano. Así que impongo mi voz, olvidando el rabioso dolor que me recorre desde el pie. No hay otro sitio donde guarecerse y, además, les recuerdo que nosotros somos ya fantasmas. A quien deberían temer es a los vivos. Compartiremos el salmón y descansaremos un poco. Si es un buen lugar, lo utilizaremos como campamento base. En cuanto reponga fuerzas, intentaré acercarme a la granja de Erik para discutir una salida razonable. Se desata la polémica entre los que creen que será una pérdida de tiempo y los que creen que debemos intentarlo. Los rostros caldeados hacen temer una revuelta, pero es solo efecto del calor que emana la tierra, y al final yo tengo la última palabra. Jurgi se ofrece para acompañarme pero le digo que no hace falta. No quiero exponer más vidas de las necesarias y la suya es de gran valor para el grupo. Conozco el camino y, si yo no regresara, quiero que él quede al mando. Oigo algunas quejas.

—Yo te acompañaré —dice inesperadamente Martin Lurra. Los hombres se vuelven hacia él, sorprendidos. Su mirada destila seguridad. Me quedo callada por un instante. ¿Qué pretende? Ante la sorpresa de todos, incluida la mía propia, accedo.

—¿Y Erik? —preguntó Amaia con los ojos muy abiertos, fijos en la pared azul frente a ella.

—Erik no nos importa.

Amaia le miró extrañada, y también ofendida. Incluso dolida.

—Erik es la parte más importante de la historia. La razón por la que escribes.

Asier agrupó las fotocopias que ya había leído y con ellas dio un golpe seco sobre el taco que restaba por leer, antes de apartarlas. Debía escoger las palabras con cuidado, pues quedarían enmarcadas en aquella habitación para siempre.

—Yo a Erik no le debo nada. Y creo que tú tampoco —respondió mirándola a los ojos.

—Te equivocas. Sin Erik no habría historia. Ni siquiera tú y yo estaríamos aquí.

—Entonces adelante, contemos lo que podamos de Erik, pero no olvides que el afán de la búsqueda nos ciega la mirada. La vida pide vida, y yo me llamo Asier.

—Sigue.

56

Caminando hacia la granja de Erik, Martin Lurra marcha siempre un paso detrás de mí. Me pregunto qué sentirá. No entiendo por qué ha querido acompañarme y exponer su vida. Pensé que quizá necesitaba una oportunidad para hablar, pero no ha abierto la boca desde que dejamos al grupo en la cueva hace ya más de dos horas. Siento sus ojos pequeños en mi cogote y no me gusta. De repente, se me ocurre que quizá lo que quiera es matarme. Al fin y al cabo, todavía podría sentir que el afrentado fue él. Me vuelvo abruptamente.

—¿Qué sucede? —me pregunta extrañado.

—Nada —respondo—. Prefiero que camines a mi lado.

Martin Lurra obedece. Ya no me parece un hombre tan imponente como antes. Aunque, si quisiera, podría machacarme con dos golpes de puño.

—¿Por qué has querido acompañarme? —le pregunto.

Solo consigo un gruñido por respuesta, pero estoy demasiado cansada y preocupada para perder fuerzas y concentración en un hombre que me importa menos que nada.

—Como quieras. Pero no olvides quién está al mando —le advierto.

En el gesto de su boca se reflejan el orgullo, la vergüenza, la indignación… Me molesta tenerlo caminando junto a mí. Los detalles de la violación han quedado marcados a fuego en mi memoria, pero ya no soy una aldeana sin experiencia del mundo. Cargo una espada afilada que manejo con la destreza de un soldado, como él ya sabe, y un cuchillo que oportunamente robé de entre los útiles de cocina y que oculto bajo la ropa. Ahora sé defenderme. La niebla a nuestros pies se disipa como por arte de magia. A pesar de la luz escasa, aparecen las ruinas de nuestro campamento y, tras él, la granja de Erik.

Amaia le escuchaba en vilo. Cada nueva página era un paso más hacia la verdad. Certero, seguro. Allí estaba su historia, arrollando la esperanza del olvido. Ella ansiaba que esa parte se disipase. Había quedado tan escondida, tan olvidada, oculta tras la grandeza de la búsqueda, para siempre sellada por un pacto de silencio, que no contempló que Asier pudiera hallarla.

—Eso te lo estás inventando —le cortó Amaia.

Asier levantó la vista de las páginas sorprendido.

—Y seguiré inventando.

Estuvo a punto de pedirle que parara, pero sabía que él no lo haría. Había llegado el momento de poner palabras a lo indecible.

58

Nos han rodeado. Son todas mujeres dispuestas a matarnos. El dolor de mi pie es insoportable pero me esfuerzo por ignorarlo. El ambiente viciado aumenta la sensación de ahogo. Tras semanas a la intemperie se me antoja irrespirable. Brynja sostiene a su recién nacido contra el pecho y un cuchillo largo y afilado en la mano derecha con el que marca territorio. Siento a Martin Lurra detrás de mí. No tiene miedo. Solo está alerta. De pronto lo entiendo: o regresa conmigo a la aldea y resarce la afrenta que le causé con mi huida, o muere.

—Solo queremos algo de comida —digo con cautela.

—¡Nunca! ¡Salid de mi casa! —responde Brynja y hace un gesto a las mujeres, casi una docena, todas armadas, para que cierren el círculo.

—¿Dónde está Erik? —pregunto sin dejarme impresionar.

La cólera enciende el rostro de Brynja.

—Lleva meses matando extranjeros. Volverá cuando no quede uno vivo.

El llanto del recién nacido se enreda en nuestras palabras.

—No te creo —replico.

Brynja se aproxima a mí con el cuchillo levantado.

—Está bien. Coge ese pellejo de skyr y ese bacalao y márchate. Ya os cazará mi hombre.

Me vuelvo hacia Martin para que descuelgue el bacalao seco del gancho mientras yo me acerco a la mesa para tomar el pellejo. Y entonces siento un dolor agudo y caliente que se introduce en mi costado y me hace tambalear. Oigo gritos ahogados y, al volverme, encuentro la mirada vengativa y satisfecha de Brynja. Mi visión se nubla, pero mis ojos están muy abiertos, y me defiendo con la espada en un movimiento reflejo dirigido hacia mi agresora.

De repente, el bebé, el hijo de Erik, deja de llorar. Cuando me vuelvo, me pregunto cuántas de mis generaciones pagarán por este crimen. Contemplo el horror de Brynja, un odio que jamás se extinguirá, y el niño convertido en un cuerpo inerte atravesado por mi espada. Brynja lanza un grito desgarrador ante la mirada espantada de las mujeres, suelta al niño y se lanza contra mí. El resto de las mujeres la imitan.

Espalda contra espalda, Martin Lurra y yo nos defendemos con saña. Mi arma, prolongación de mi brazo, mutila y mata sin piedad. Ciega por el instinto de supervivencia. Yo no soy yo. No me siento. La furia me inunda y anestesia mi herida. No sé cuánto tiempo dura la lucha. Cuando terminamos, solo se oyen sollozos de niños, escondidos debajo de los bancos. Brynja yace en el suelo, herida en un hombro y una pierna, con el cuchillo todavía en la mano, y me maldice en susurros con un rencor que sé que me perseguirá siempre. Busco al hijo de Erik. Recapitulo sin éxito. Ruego que todo haya sido un error, que el niño no esté muerto, pero la esperanza se disipa pronto. En medio del caos, hay un bulto tristemente reconocible cubierto por una manta de lana marrón. Brynja se arrastra hacia él, y, de repente, desaparecido el miedo a la muerte, siento repugnancia y vergüenza por ser yo la que se mantiene erguida. Busco la mirada de Martin Lurra. Me sobresalta su frialdad.

—Cojamos provisiones y regresemos —me dice.

No puedo moverme. Martin Lurra me agarra de los hombros y me sacude con fuerza, obligándome a mirar sus ojos diminutos.

—¡Vamos, espabila!

Miro a mi alrededor. Hay cadáveres, mujeres y niños gimiendo, cuerpos desmembrados, sangre… Siento un intenso dolor en el costado. Él me zarandea de nuevo con fuerza y la herida bajo las costillas me hace soltar un quejido.

—Y una cosa más te digo —me advierte con crueldad—. Cuando regresemos a casa, si no te casas conmigo te mato.

Al salir, el afán de supervivencia me puede. Veo una espada en el suelo y la cojo. Es mucho mejor que la mía.

59

—¿Me vas a ayudar? —le insistió Asier.

—Así que has estado con Noelia —respondió Amaia con dureza sin dignarse mirarlo. En realidad, evitando su mirada.

Asier se sobresaltó.

—Has estado con ella, ¿verdad? —preguntó Amaia mirándole a los ojos. Necesitaba saber la verdad para dejar ir. Enfrentarla. Que otro le confirmara que no estaba loca.

—Sí, pero ¿cómo lo has sabido?

Amaia suspiró y volvió la cabeza hacia la ventana.

—Porque ella me lo dijo, claro. Por favor, vete.

Había oscurecido cuando Asier regresó a su casa, confundido, triste, sin saber qué pensar de Amaia y de sí mismo. Esa historia de Noelia era una locura. Amaia no conocía a la sobrina del quiosquero. Bien mirado, ¿quién era Amaia? ¿Una adolescente enamorada de una ilusión? Eso parecía: una niña vieja incapaz de enamorarse de una persona real. ¿Y él? ¿Acaso él la conocía tanto como para haberse enamorado así de ella? Muchas preguntas y demasiadas dudas. Debía explorar otra salida. ¿Cómo continuar? La respuesta solo podía ser una: regresar a Erik. Levantó la vista hacia la página en blanco y se lanzó al teclado, de nuevo en ruta.

60

Erik se siente solo entre los suyos. Sus hombres fanfarronean, tan animados, tan vivos, y sin embargo él siente como si arrastrara su propio cadáver por dentro. Mira sus rostros y le sorprende que puedan relajarse y reír tras la matanza. Ya van tres masacres en dos semanas. Le impresiona la capacidad del hombre para convertir al amigo en enemigo en un instante. Conoce el truco para conseguirlo: evitar sus miradas. Pero él no es capaz. ¿Tan diferente es de sus hermanos, de sus primos, de sus amigos? Mira a su alrededor desolado. Están todos borrachos de hidromiel, muchos ya hasta la inconsciencia. A él, el alcohol no le ha procurado el olvido, sino todo lo contrario. Le retumba la cabeza. Coge otro cuerno. Quizá no ha bebido lo suficiente. Lo vacía de un trago. Apura otro cuerno de hidromiel. Necesita olvidar la sangre, los rostros...

Ari ha organizado una fiesta para demostrar que están ganando la batalla y que no acepta la señal de los dioses. Pero Erik le conoce desde niño. Esta fiesta significa todo lo contrario. Que el cuerpo del capitán Martín de Villafranca, asesinado en la isla de Æðey, haya aparecido precisamente en la costa de Ari es un mal augurio: los dioses no están satisfechos. Lo que han hecho en Æðey y Sandeyri es una vergüenza.

Erik se levanta. Siente que el aire en la casa de Ari está envenenado. Y él se ha convertido en parte del grupo cazador: cazador de humanos. Su amigo Jon acertó a huir a Snæfellsnes tras la primera matanza. No quiso seguir formando parte de la cacería. Lo entiende. Pero por desgracia, un jefe no puede elegir. Debe proteger a los suyos. Vuelve el recuerdo de Brynja, con el niño abrazado a su pecho, molesta por sus reticencias, recordándole su deber: o está con Ari o con los extranjeros. Y Ari tiene un alma rencorosa y no perdonaría jamás la traición. El futuro de los suyos no podía depender de sus injustificables escrúpulos. Los extranjeros eran solo eso, extranjeros. Además ahora es padre. Erik se siente preso: no quiere volver a casa, pero tampoco seguir con la cacería. Le sorprende que nadie haya notado la repugnancia en su rostro, pero Ari está satisfecho con su valentía. Erik sabe que su arrojo no es más que una llamada a los dioses para que terminen con él cuanto antes. Teme, por encima de todo, que en el próximo encuentro, sea yo el enemigo. Y entonces, ¿qué hará? Su presencia es constante, en la vigilia y en el sueño. Erik se tambalea fuera de la casa, deseando ser parte de la blancura inerte.

El frío en el rostro le agrada. Cierra la puerta tras de sí, y la vida queda dentro, amortiguada, encerrada. Las lomas recortadas ganan en negrura al cielo. Camina por la nieve hacia ellas. La tormenta de las últimas horas ha borrado cualquier rastro humano. El paisaje parece ahora tan quieto y oscuro que pierde profundidad y se vuelve plano. Erik revive su paso entre los cadáveres de españoles, buscando mi rostro. Por la nieve virgen, sus pasos dibujan una estela. Sus rodillas se hincan en la blancura del manto y ahí se queda, quieto, hasta volver a sentirse vivo. Ni su mujer ni su hijo le importan. Solo quiere volver a mí, esa locura que lleva cuerpo de mujer y prendas de hombre.

—… solo quiere volver a ella —concluyó Asier en voz alta.

Quieto frente a la pantalla, recordó una frase que Amaia había soltado al principio, como al descuido: «Algunas historias no empiezan por el principio». ¿Cómo comenzó la suya? Carne humana. Dedos amputados. Y ahora, Noelia. ¿Dónde estaba la relación? Esperaba que Santiago pudiera ayudarle. Dijo que le llamaría pero todavía no lo había hecho. Hoy viajaba. Era demasiado pronto para saber si el cuerpo encontrado por el pescador en Madeira pertenecía a la hermana desaparecida hacía diez años. Apuró el vino y comprobó que se había terminado la botella. El timbre de la puerta lo sobresaltó. Se fijó en el reloj del ordenador. Marcaba justo la medianoche. Supo que solo podía ser una persona.

—¿A que me esperabas? —le preguntó Noelia con una amplia sonrisa que destilaba naturalidad y confianza.

—No. Son las doce de la noche.

—Bueno, no pongas esa cara. Sé que no te he despertado. Vi luz en la ventana.

—A veces duermo con la luz encendida.

—No seas borde. ¿Qué haces?

—Estoy trabajando.

—Ah, escribiendo… —Asier percibió cierto tono de ironía en su observación—. ¿Puedo pasar?

A Asier no le apetecía compañía, pero había algo en ella a lo que le resultaba difícil resistirse. Por primera vez notó su olor denso, una mezcla de inciensos y flores maduras. Se retiró a un lado para dejarla entrar y cerró la puerta tras ella.

Noelia se dirigió al ordenador y se sentó en la silla sin dejar de mirar a Asier. Sus movimientos le recordaron los de un gato.

—¿Cómo está tu tío?

—Bien. Bueno, dadas las circunstancias. Sigue en el hospital. No sé si volverá al negocio.

—¿Y qué harás si no regresa?

—No sé. Depende —respondió ella, mirándolo con intención.

Asier carraspeó nervioso.

—¿Estás de mal humor? —le preguntó Noelia intrigada. Parecía sincera.

—Estaba concentrado en la novela, perdona.

—¿Es esta? —preguntó Noelia mirando de refilón la pantalla.

—Sí. ¿Quieres leerla?

—Uf, no —respondió Noelia levantándose de la silla y acercándose a él—. Son las doce de la noche. Ya he terminado con la lectura del día. Y mira qué cara traes. Mejor terminas tú también…

Como si el tiempo se ralentizase de súbito, Asier sintió el brazo de Noelia que lo rodeaba. Levantó una mano justo a tiempo para detenerla.

—¿Qué pasa?

—Quiero saber quién eres.

Noelia le miró sorprendida.

—Perdona. Estoy cansado. La historia me tiene absorto y un poco aturdido.

Asier no podía explicarle que una mujer encerrada en una institución mental creía que ella, Noelia, era una bruja islandesa del siglo XVII y al mismo tiempo su hermana muerta, o desaparecida en un accidente aéreo hacía diez años. Pensaría que estaba tan loco como ella. Noelia le rodeó con sus brazos y le besó en la mejilla.

—A mí me da igual que escribas, que no escribas, que me ames o no. Me gustas, y eso me basta. La vida es demasiado complicada y yo me niego a que el deseo lo sea. ¿Podrías olvidarte de todo y dejarte llevar aunque solo sea esta noche?

Noelia se acercó a la cadena de sonido y sacó de su bolsillo un lápiz de memoria.

—¿Y esa música? —le preguntó él casi sin aliento. Ella se acercó a su oído y sin dejar de besarle le respondió:

—Vino conmigo de Madeira, ¿te gusta?

Amaia se incorporó. Necesitaba caminar y hacía días que se negaba a levantarse. Al poner los pies en el suelo, sintió el frío que recorría el suelo y que se filtraba por las ranuras de las puertas, un submundo tan parte del nuestro y tan invisible como el que ella cargaba sobre sus hombros y nadie más veía. Iba a perder a Asier. Brynja estrujaba su corazón y reía a carcajadas. Ella misma se había hecho merecedora de su destino. Se fijó en la vía pinchada en su brazo desde que llegó al hospital. Por ella le introducían cada cuatro horas, sedantes, antipsicóticos y alimento. Si en verdad querían ayudarla, lo que debían era sacar, no meter.

Intentó abrir la ventana. Forcejeó sin éxito. Estaba cerrada con llave, claro. A una enferma mental no se le pueden dar oportunidades. Suspiró. ¿Y si en verdad estaba loca? Se volvió hacia el telefonillo y marcó para llamar a recepción. Al instante, una voz de mujer adormilada respondió.

—Necesito llamar a mi psiquiatra y tutor, Santiago Batalla. ¿Le doy el móvil?

La enfermera se tomó su tiempo pero finalmente soltó:

—No hace falta. Lo tengo.

Pronto la voz nerviosa de Santiago se encontraba al otro lado.

—¿Qué pasa, Amaia?

—No sé. De repente me encuentro valorando otras posibilidades.

Se hizo un silencio al otro lado.

—¿Estás ahí? —preguntó Amaia.

—Sí. Adelante.

—¿Crees que es tarde para que decida que toda esta búsqueda no ha sido más que producto de una enajenación mental transitoria y que ahora ya soy una persona cuerda y normal a la que se puede amar?

—Amaia, estoy en Funchal —le informó él—. ¿Me oyes?

—Sí.

—Creen que han descubierto los restos de tu hermana.

—Imposible. Ella está aquí.

—Mañana lo sabremos.

—Bien, entonces mañana decidiré —respondió Amaia. Y colgó el teléfono.

Madeira. Madeira. Madeira. Asier se despertó con la cabeza embotada, y comprobó con disgusto que Noelia dormía a su lado. El reloj sobre la mesita de noche marcaba las tres y diecisiete de la madrugada. Se levantó y se sentó delante del ordenador. Debía conseguir que todo aquello tuviera sentido. En la novela estaba la clave.

62

—Están congelados, Amalur. Hay que cortarlos —dictamina Jurgi. El resto de los hombres nos rodean en silencio. Siento un dolor tan espantoso en el pie que a duras penas consigo mantenerme consciente.

—Si no lo hacemos, se te gangrenará la pierna y morirás —concluye. Me parece oír cuchicheos.

—¿Lo harás tú? —le pregunto.

Jurgi se vuelve hacia los hombres. Nadie se anima. Martin Lurra se retira y sale de la cueva. Empiezan a discutir entre ellos en susurros. Mi amigo se vuelve hacia mí sin una respuesta.

—Hazlo tú —decido por él. Y le agarro del pecho con fuerza—. Un golpe seco. Y si muero, te pondrás al mando. ¿Entendido?

Jurgi asiente ante la mirada atemorizada del resto de los hombres. La peor de todas la que le lanza su hermano Tomás. Durante los siguientes minutos oigo hombres ir y venir. Preparan el cuchillo y discuten cómo hacerlo. Prefiero evadirme. No me quedan demasiadas fuerzas. Solo dolor. Joanikot me acerca el pellejo con hidromiel para que beba. Y eso hago, intentando que no se derrame ninguna gota. Apuro el pellejo. Mientras, noto que han colocado mi pierna y mi pie sobre una piedra. Peru Etxebarri, Luis Vázquez, Tomás y Lope, dos a cada lado, me agarran con fuerza brazos y piernas. Son el telón que oculta la función que sucede al otro lado. Entreveo un cuchillo y el cogote de Jurgi reclinado sobre mi pie. Un dolor agudo, insoportable me recorre y estalla en mi cabeza.

Echo de menos a Íñigo. El caserío, a mis hermanos y a mi padre. Me recuerdo niña, rodeada por los brazos de mi madre. Mi madre… Su aroma, su tacto me rodean. Tenía que ser así si estoy muriéndome.

No sé cuánto tiempo habré pasado inconsciente. Los hombres se han turnado para darme calor. Ahora tengo a Lope y a Jurgi pegados a mí bajo la manta. Ambos duermen. Los demás también, hacinados, los unos contra los otros. Es de noche. Como siempre. Tengo un dolor espantoso en los dedos. ¿Será que no los cortaron? Intento levantarme pero no quiero despertar a mis compañeros. Finalmente me las apaño para salir de la manta. Quiero ver mi pie. Está vendado con telas empapadas de sangre. Alguien ha debido de quedarse sin camisa.

—No hagas eso —me dice Jurgi con voz queda.

Me vuelvo hacia él sorprendida. Lope se despierta sobresaltado.

—¿Los cortaste?

—Sí, dos. Has estado casi tres días inconsciente. Pensamos que morirías.

Me dispongo a soltarme la venda teñida de sangre. Quiero ver. Cuando por fin aparece mi pie desnudo, me quedo impresionada. Todavía sangra ligeramente.

—Te dije que no miraras. Nos ha costado mucho cortar la hemorragia.

Han tenido mi pie en alto mientras he estado acostada, apoyado sobre unas piedras cubiertas por piel de borrego.

—Me pondré bien —aseguro, intentado sobreponerme. Los hombres van despertando de su letargo. Sus rostros sucios, demacrados y preocupados me impresionan. La cueva se ha convertido en un velorio de hombres perdidos. A Luis Vázquez le brillan los ojos de la emoción.

—¿Qué estáis comiendo? —pregunto.

—No nos queda nada. Desde ayer —responde Lope.

Me vuelvo hacia ellos, enojada.

—¿Y a qué esperáis para ir a buscar comida?

—Los ríos se han helado. La capa de nieve mide más de un metro. Esperábamos que despertaras —responde Ramón de Bermeo.

Observo sus rostros aliviados y siento una ola de auténtico cariño que solo encuentra un tropiezo: Martin Lurra. Sus ojos pequeños e impenetrables me perturban. Lo ignoro.

—No podemos quedarnos aquí. Nos pondremos en marcha enseguida. Iremos al sur bordeando el mar hasta que encontremos una granja.

Nadie replica. El hambre y la desesperación los ha convertido en dóciles corderos deseosos de que alguien sepa qué hay que hacer.

El camino hacia la mar por el estrecho desfiladero nunca fue sencillo, pero con las últimas nevadas y la oscuridad se ha vuelto más peligroso que nunca. Nos agarramos unos a otros con una cuerda. Me cuesta caminar pero sé que mi ejemplo es fundamental para que la moral no decaiga. Pasamos por la poza para recuperar calor y fuerzas. El dolor de mi pie es espantoso, pero debo calentarme o

no llegaré abajo. Estudio a mis hombres. Salvador de Larramendi no cesa de temblar. Tiene muy mal aspecto. Le sonrío. Sus ojos
ya no me ven. Confío en que el calor le anime…

Seguimos bajando. Una ventisca con nieve, de proporciones co-
losales, asola la región. Casi no podemos respirar. Estamos muy
débiles. Los hombres llevan casi dos días sin probar bocado.
Nos replegamos al abrigo de unas rocas e intentamos instalar
una lona protectora. Sin éxito. Esperaremos a que amaine,
apretados los unos contra los otros. En silencio. Los gritos furiosos de los vientos del norte pretenden aterrorizarnos. Y lo
consiguen.

Han pasado varias horas y seguimos igual. Temo que se me conge-
le otro miembro. Imagino que mis hombres deben de estar como
yo. La mayoría tienen la mirada perdida. Algunos cierran los ojos
para no pensar en el hambre y el frío. Estamos todos sentados
unos contra otros, tan apiñados que es imposible moverse bajo la
tela que agarran los que se encuentran en los extremos. Y la tormenta sigue. No deberíamos estar aquí, pero estamos. No debería
haber matado al hijo de Erik, pero lo hice. No debería haber embarcado. Porque yo pertenecía a la aldea… De repente, al ver sus
rostros congelados y desesperanzados, me doy cuenta de mi error.
Yo pertenezco a este preciso momento porque mis hombres, Salvador de Larramendi, Luis y Juan Mari Vázquez, Lope, Mikel de
Justía, Peru Etxebarri, Tomás y Jurgi Garai, Joanikot, y Lázaro
Bustince me necesitan. Martin Lurra no me importa, la verdad.
Y no sé de dónde saco fuerzas pero empiezo a cantar. *Ave, maris
stella, Dei mater alma…* Mi voz se escucha suave y cristalina, va

tomando volumen hasta imponerse a la ventisca, y retumba sobre la lona… *Atque semper Virgo, Felix caeli porta, Sumens illud ave, Gabrielis ore, funda nos in pace, mutans Evae nomen.* Los hombres me siguen con los ojos muy abiertos. Y poco a poco se van sumando. *Amen.*

Varias horas después, la desesperanza está otra vez a punto de vencernos. El hambre retumba en nuestras cabezas. Mis piernas tiemblan de debilidad. Junto a mí, a la derecha, Mikel de Justía y Peru Etxebarri duermen desfallecidos uno contra otro. A mi izquierda tengo a Lope. El viento continúa acechando. Este era el plan de los dioses. Matarnos aquí, en silencio. Moriremos cubiertos de nieve y nos encontrarán en primavera. Doce cuerpos amortajados con una lona. Seguramente ni siquiera nos descompondremos. Y de repente, pongo la oreja. Nada. Algunos de mis compañeros también se dan cuenta del silencio.

—La ventisca ha terminado. Podemos seguir —anuncio.

Al levantar la lona, alguien cae al suelo. Es Salvador de Larramendi. Martin Lurra, el más cercano a él se agacha y comprueba su aliento. Tiene la nariz negra como el carbón.

—Está muerto —confirma Martin Lurra.

—¡Por Dios! ¡Moriremos todos! ¡De hambre o congelados! —exclama Joanikot entre sollozos.

No puedo dejar que cunda el pánico.

—¿Qué hacemos, Amalur? —me pregunta Jurgi.

—No podemos enterrarlo —observa Mikel de Justía cuya nariz amoratada muestra signos claros de congelación.

—Ni dejarlo aquí —salta Lope horrorizado.

Se vuelven hacia mí, esperando una solución. Solo un milagro podría sacarnos de allí y es evidente que los dioses, el nuestro, los suyos, no están de nuestra parte. Debo ser práctica y luchar por la vida.

—Nos lo comeremos.

63

—Sé que estás despierta —dijo Asier al sentarse al lado de la cama de Amaia.

—No quiero verte.

—Venga, no seas niña —insistió él.

—Vete —pidió Amaia de malos modos, todavía con los ojos cerrados.

Asier se quedó mirándola muy preocupado.

—Pero ¿por qué?

—Porque no me crees y yo misma dudo ahora de todo lo mío.

Tras salir del hospital, Asier hizo casi corriendo el camino de regreso a casa. Caía el típico chirimiri de mediados de septiembre. El tiempo pasaba rápidamente. Pronto tendría que reincorporarse al trabajo. No podía seguir inventando excusas o lo perdería. ¿Qué iba a hacer? Su vida estaba más llena que nunca: dos mujeres, un psiquiatra, una historia apasionante, pero allí, luchando por avanzar a contracorriente de la riada de escolares que en ese momento salía del colegio, se sintió solo. Había pasado casi dos meses embarcado en una aventura irreal… pero ¿lo era? *Izena duen guztia omen da*, todo lo que tiene nombre existe, y él había puesto nombres a aquel mundo. De repente lo decidió: él «sería» únicamente en función de lo que sintiera. Y nadie le hacía sentir como Amaia. Tuviera sentido o no.

El repicar de su móvil le sobresaltó.

—Asier, soy Santiago —anunció la voz grave del psiquiatra al otro lado del teléfono.

—¿Ya sabes algo?

—No es ella. Los restos no corresponden con el ADN de su hermana.

Ambos se quedaron callados unos segundos.

—¿Y ahora qué? —preguntó Asier finalmente.

—¿La has visto hoy?

—Vengo del hospital. No ha querido desayunar. Y no quiere verme. ¿Vas a llamarla o quieres que lo haga yo?

—Prefiero ser yo el mensajero. No sé cómo se lo tomará. En un par de horas cojo el avión de regreso. Esta tarde estaré allí y hablaré con ella.

Asier colgó confundido. Era hora de hablar claro. Y mientras corría hacia el quiosco, imaginó cómo describiría el encuentro entre Amalur y Erik.

64

Los oigo.

—¡Malditos extranjeros! ¡Mira! —señala Harald con la mirada infestada por el odio. Acaban de llegar a la granja de un primo segundo de Ari, no lejos del hogar de Erik.

Aunque reinan las tinieblas, la nieve resplandece y Erik no necesita que le señalen los dos cuerpos de hombres ensangrentados sobre el inmaculado lienzo, a un par de metros de la puerta ligeramente entreabierta de la casa. Erik y media docena de hombres, la mayoría de su familia, se encuentran frente al edificio. En el interior reina el silencio.

—Si están dentro, deben de llevar ahí varias horas. Sus huellas han quedado casi borradas por la última tormenta.

—No creo que sigan dentro. Fijaos: la puerta está entreabierta —comenta Egil, un primo lejano de Brynja.

Los hombres de Erik esperan sus órdenes pero él se ha quedado atrapado en el futuro: en la masacre que espera encontrar en cuanto crucen la puerta.

—Entremos —dice finalmente—. Seguidme.

Erik encabeza el grupo con la espada preparada para la defensa. Con ella empuja la puerta y esta se abre lentamente. En el interior hay un fuego casi extinto. Como esperaba, vislumbra cuerpos de mujeres y niños en el suelo. Reina el caos. Da un paso al interior. Intuyo su desconsuelo. Sus afectos, sus planes de futuro ya no tienen sentido. Si no sale corriendo hacia las montañas y se pierde es porque tiene un hijo que lo necesita y porque su primo Ari no perdonaría una deserción y tomaría represalias contra su gente. Quiero pensar que no le importa el destino de Brynja. Lleva tres meses sin verla y no echa de menos ni siquiera su cuerpo. Ella no cuenta. Nunca importó. Era solo parte del destino que trazaron para él. Pero ¿y su hijo? Se vuelve hacia la puerta y le hace un gesto a sus hombres para que entren.

—Encended una lumbre —ordena—. Aquí no se ve nada.

Los hombres entran y buscan a tientas los candiles que cuelgan del techo. Erik se fija en que los pequeños ventanucos laterales que permiten el paso de luz de la noche han sido tapados.

—Las lámparas han debido de caerse durante la pelea —dice Harald.

La puerta se cierra de golpe desde fuera, sorprendiéndolos con la guardia baja, y los nativos son atacados por animales de ojos brillantes que aguardaban camuflados junto a las paredes. Somos nosotros.

—¡Es una trampa! —grita Erik.

La oscuridad es total y jugamos con ventaja. Los nativos se defienden como pueden, pero pronto se pone de manifiesto que las bestias que les atacan son fuertes y despiadadas. Se oyen gritos de angustia y dolor. Chasquidos de espadas y miembros partidos. Golpes, caídas.

—¡Que alguien abra la puerta! —grita Erik a sus hombres mientras se protege contra la espalda de Harald. Necesitan luz o están perdidos. Pero cada vez quedan menos de los suyos. Sabe que esta vez han perdido—. ¿Ásmund? ¿Egil?

Nadie responde.

—Creo que han caído, Erik —responde Harald sin dejar de agitar su espada para defenderse. Sus ojos empiezan a acostumbrarse a la oscuridad.

—¡Basta! —ordeno yo—. Dejad vuestras armas en el suelo.

—Nos matarán, Erik —observa Harald—. Podemos seguir. Hasta la última gota.

En verdad, Harald es un guerrero extraordinario. Erik no quiere su muerte.

—Hazlo —le pide Erik a Harald. Y su espada cae al suelo al instante. Refunfuñando, Harald le imita.

La puerta se abre y la luz de nieve se posa sobre el caos de la masacre: los cadáveres de tres de sus compañeros yacen en el suelo. Jonson, Starka y Harald son los únicos en pie. Erik contiene el aliento. Mi silueta se recorta sobre la puerta y me acerco a él, en el medio de la estancia.

—Has tardado mucho en encontrarme —observo en un tono frío y desprovisto de emoción alguna—. ¿Vienes a matarme?

Mi pelo ha crecido, pero sigo vistiendo prendas de hombre. Me rodean varios de mis compañeros.

—¿Con quién tengo que hablar? —pregunta Erik furioso por la matanza y confuso ante sentimientos nuevos—. ¿Quién es el jefe?

—Soy yo, Amalur Mendaro.

—¿Vais a matarnos? —pregunta Erik con pausada dignidad.

—Acabemos con todos, Amalur —suelta Martin Lurra. El murmullo de los míos indica su acuerdo.

Pongo la espada sobre el pecho de Erik. Las reglas han cambiado.

—Dime, Erik, ¿por qué debería dejaros vivir? —pregunto. Yo puedo responder, claro, pero la respuesta no satisfaría a los míos. Ni a mí misma después de todo lo que hemos pasado. Pero esa es la verdad, que le amo por encima de todo, hasta de mi vida, esa por la que he sido capaz de convertirme en una bestia feroz. Y, sin embargo, el recuerdo de mi espada atravesando a su hijo me separa de él.

—Porque no eres una asesina —me responde muy serio.

Siento un alivio inesperado que deshace el orden que he construido para mantenerme cuerda. Está claro que hace mucho que no vuelve a casa. Los hombres siguen nuestra conversación sin entender.

—Han pasado muchas cosas desde nuestro último encuentro —digo.

—Muchas que no me enorgullecen.

—Podíais habernos ayudado. Podías al menos haberte mantenido al margen.

—¿Y qué hubiera sido de los míos?

—¡Basta de charla! —exige Martin Lurra inquieto. Noto que percibe las extrañas vibraciones que se han apoderado del caos. Y a pesar de su falta de sensibilidad, estas le perturban.

Me vuelvo hacia él iracunda y en un rápido movimiento que toma a todos por sorpresa, le pongo la espada sobre el cuello.

—Nadie me manda callar —le ordeno ante la impresionada mirada de los presentes—. Sé lo que tengo que hacer.

Luis asiente de malos modos y escupe en señal de desprecio. Me dirijo de nuevo a Erik.

—No puedo dejaros ir. Tampoco podemos mantener rehenes. Debéis morir —le digo a Erik en islandés, consciente de que debo ser yo quien mate al jefe, so pena de perder el apoyo de mi grupo.

Los islandeses observan la escena afligidos, humillados. Durante la charla, mis hombres se han ocupado de desarmarlos completamente. Están indefensos, rodeando a su jefe. De nuevo, el aire de la vivienda se me hace irrespirable. Es la sangre. Como si de repente regresara el sentido del olfato. Quiero salir de aquella casa de turba, correr por la nieve blanca, necesito que el aire frío me limpie por dentro, me purifique y borre lo que fui capaz de hacer.

Siento mi mejilla acartonada. Me paso la mano y compruebo que es sangre de alguna de mis víctimas. Por primera vez en semanas, yo misma me repugno y siento la suciedad y la sangre pegada a mi piel. ¿O será su mirada? Porque descubro un Erik atónito ante mi aspecto. Ya no soy la misma que yació junto a él hace menos de dos meses. Demasiadas vidas se han interpuesto entre nosotros.

—Deja ir a mis hombres. Te doy mi palabra de que ninguno de ellos os perseguirá.

—Tu palabra no es la palabra del alguacil Magnusson. Y tú mismo has reconocido que es él quien manda.

—Tómame de rehén.

Noto el disgusto entre los hombres de Erik. No les gusta lo que oyen pero Erik les hace un gesto para que no intervengan y continúa:

—Si los islandeses vuelven a atacaros, vosotros podéis matarme. Mis hombres transmitirán el mensaje a Ari. Ari es mi primo. Os dejarán en paz.

—No podemos daros de comer.

—Yo procuraré mi propio alimento. Y el vuestro.

Tengo que reconocer que es un buen plan.

—¿Qué dice? —me pregunta Jurgi inquieto. No contesto. Nos estrechamos la mano. Mientras se vuelve hacia sus hombres, yo me dirijo a los míos.

—Erik se quedará con nosotros como rehén. Si nos atacan, le mataremos.

Martin Lurra intenta replicar pero el trato nos beneficia. Y, poco después, los supervivientes de Erik parten. Nos quedamos allí a pasar la noche. Luis Vázquez le ata y lo dejamos en una esquina, mientras nos disponemos a rapiñar lo poco que resta antes de emprender de nuevo el camino por el alimento, en espera de la primavera.

65

Asier no podía esperar. La novela se aceleraba.

—Hola, ¿qué te pasa? —le preguntó Noelia al verlo llegar tan agitado. Ella colgaba las revistas sobre las cuerdas con tranquilidad.

—¿Quién eres?

Noelia le miró incrédula.

—¿Otra vez con lo mismo? ¿Se puede saber qué te pasa?

—Una amiga muy especial mantiene que puedes ser su hermana.

—Ah, supongo que esa será la chica de la que crees estar enamorado.

—Contéstame.

—Si te contesto, querrás hacer de mí un personaje, y yo quiero vida, no palabras. Y ahora vete, por favor.

Cuando Santiago llegó al hospital aquella noche, se encontró un panorama desolador. El médico que trataba a Amaia había terminado su turno, pero las enfermeras le informaron de que la paciente llevaba dos días sin comer y que solo dormitaba. Había estado su amigo, pero no consiguió hacerla reaccionar. El médico había subido, en el informe de aquella misma mañana, el índice de peligrosidad de la paciente. Cada vez parecía más evidente la falta de interés de Amaia por vivir.

Fuera había caído la noche y solo las sombras del exterior y la luz del sistema antiincendios que parpadeaba en el techo se abrían paso en la negrura de la habitación. Amaia yacía en la cama, un bulto inmóvil con el rostro en tinieblas. Santiago entró en silencio y se sentó junto a ella. Estaba cansado. Había sido un día muy largo.

—No era ella, ¿verdad?

La voz de Amaia no le tomó por sorpresa. Por supuesto que no pasaba todo el día durmiendo, como creían las enfermeras.

—No.

—Pero no va a servir de nada. Seguirás sin creerme.

Santiago suspiró. Se quedó en silencio. Así estuvieron durante varios minutos.

—Amaia, no sé si lo que tú crees es o no es verdad. Pero empieza a no ser tan importante. Lo importante es tu vida.

—Mi vida sin esa parte en la que nadie puede creer no tiene valor.

—No es verdad. No sé quién habrás sido en el pasado, pero ahora eres una mujer joven, guapa e inteligente y sin problemas económicos. Hay un hombre enamorado de ti. Y por lo que he podido comprobar, es un hombre que vale la pena. ¿No puedes intentar olvidar toda esa historia y dejarte llevar?

—Y conformarme, como tú.

—No, como yo no. Es posible que yo no sepa qué es un gran amor. Pero si tú sí lo sabes, ¿no serías capaz de construir uno nuevo? Tienes todos los ingredientes.

Santiago la besó en la frente antes de salir. Amaia oyó sus pasos que se alejaban por el pasillo hasta que solo quedó el murmullo lejano de las enfermeras en la zona de recepción. Asier. Erik. Su cabeza bullía... Estaba encerrada en una celda cada vez más pequeña. Le faltaba el aire... De repente, como suele suceder cuando lo importante asoma en nuestra vida, se le ocurrió una posibilidad: poco le importaba saber si estaba loca o no; al revés, aceptaría la duda como un nuevo reto y una manera de pactar con el pasado. Tendría que pelear duro, pero esta vez valía la pena.

66

A pesar de las reticencias de mis compañeros, yo sabía que la presencia de Erik sería beneficiosa para el grupo. No solo se ha convertido en un escudo; gracias a él, hemos encontrado cuevas y granjas abandonadas en las que resguardarnos y nos ha enseñado dónde pescar. No hay mucho, pero podemos alimentarnos. Quisimos que nos guiara a alguna granja habitada, pero se ha negado. Incluso se niega a acercarse a su casa. No piensa poner en peligro la vida de los suyos, y no es de extrañar. Sin embargo, ha prometido ayudarnos y lo está haciendo. Hoy hemos salido de caza junto a Jurgi y Álvaro Macías. Hemos matado un zorro ártico. Ellos han regresado a la cueva con el animal y nosotros hemos decidido aprovechar la escasa luz que queda para atrapar a su cría. Es la primera vez que nos encontramos a solas. Sé que él me ha estudiado atentamente en estas semanas. Yo he intentado evitarle. Temo que note lo que siento por él. O peor, que alguno de los hombres lo descubra. Firmaría su sentencia de muerte. Martin Lurra está en guardia. He podido comprobar en gestos e insinuaciones que, a pesar de todo lo que hemos pasado, me sigue creyendo suya…, el muy idiota. Me repugna y si se acerca a mí, le mataré sin dudarlo, pero no lo haré sin motivo claro. Intento no pensar en él. Cada hombre es valioso, y más uno con su fuerza y capacidad de sacrificio, como ha quedado probado. Me debo a la responsabilidad contraída con el mando.

—Mira —dice Erik señalando un rastro apenas visible en la nieve—. Más zorros.

Seguimos su rastro con la mirada. Lleva hacia una zona pedregosa.

—Allí debe de estar su madriguera —asegura. Me gusta mirar su rostro, la barba suave que crece en sus mejillas. Al principio, cada vez que salíamos iba atado a mí por una cuerda que nos separaba apenas dos pasos, pero hace días que nos dimos cuenta de que no va a huir. Mientras esté con nosotros, siempre y cuando podamos alimentarnos, no atacaremos a nadie—. ¿Subimos?

Asiento. Una nueva captura nos daría tranquilidad. Nunca se sabe cuándo comenzará la próxima ventisca y puede durar días. Empezamos a caminar.

Alcanzamos la primera loma y nos detenemos a contemplar el paisaje a nuestros pies. Los fiordos están prácticamente congelados y pequeños pedazos de hielo flotan sobre las aguas calmadas cerca del mar.

—Estamos solos —dice Erik. Toma mi mano y la besa por encima de los guantes de piel de cordero. Le miro aturdida—. Yo no he olvidado. ¿Y tú?

Llevamos semanas juntos. Ni una vez ha intentado la menor aproximación. De hecho, he sufrido con su indiferencia, y he maldecido mil veces mi deseo, porque me ha vuelto mujer. Y ser yo mujer por fuera y por dentro podría ser la perdición de mis hombres.

—Yo ya no soy la misma.

—Yo tampoco.

Nos quedamos sopesando las posibilidades. Estamos atrapados en el frío, como animales. Las reglas tienen que ser distintas también entre nosotros.

—¿Sabes que podía haber huido? —me pregunta.

—¿Y por qué no lo has hecho? —Me maravilla tener el descaro para obligarle a confesar.

—Porque quiero estar contigo.

Quiero preguntarle por su mujer, por su hijo… La culpa me ahoga. Pero él, claro, no sabe. Aún no.

—¿Y tu familia?

—Yo quiero que tú seas mi familia. Brynja puede cuidar de mi hijo.

No me atrevo a mirarle.

—Amalur —me dice por primera vez agarrándome el brazo para que no me aleje—. Sé que tus valores son distintos a los nuestros, pero aquí cada día puede ser el último. Y no solo por el frío o porque nos azote una tormenta que dure semanas. El que yo esté con vosotros no detendrá a mi primo.

Suelto su mano, molesta.

—Moriremos luchando.

—Lo sé, pero quizá haya espacio y tiempo para más.

Cuando regresamos con el grupo, Erik lleva dos pequeños zorros árticos colgados de los hombros. Mis hombres han preparado el fuego en el interior de la granja abandonada con el saín que nos queda de nuestro último asalto y Lope está preparando un guiso con bayas y el primer zorro que capturamos. Martin Lurra y Luis

Vázquez han estado tapando con nieve una grietas que la ventisca abrió en la parte de atrás la noche anterior. Erik y yo hablamos poco, pero emanamos un calor extraño que perciben con sorpresa y preocupación.

Esa noche, Erik se acuesta a mi lado. Mientras el sueño hace sucumbir uno a uno a los hombres, él y yo, tumbados en los bancos, cubiertos por las mantas de borrego, nos miramos en silencio.

—¡Apártate de ella, bastardo! —exclama Martin Lurra.

Nos incorporamos sorprendidos. Martin Lurra tiene su espada en el cuello de Erik.

—¿Te has vuelto loco? ¡Baja esa espada, ahora mismo! —le ordeno furiosa. Los hombres se despiertan sobresaltados.

—Este era el plan, ¿verdad? Burlarte de mí. Es lo que habías planeado desde el principio —escupe Martin Lurra con los ojos ciegos por la ira y los celos—. No solo haciéndote pasar por hombre, sino además humillándome con este bastardo. Por eso me seguiste hasta aquí.

Erik intenta ponerse en pie, pero Martin Lurra aprieta la espada contra su pecho, inmovilizándolo. Con la otra mano, me amenaza a mí con un cuchillo.

—No, este no era mi plan. Mi plan era matarte —le revelo con frialdad y siento la sorpresa en sus ojos—. Cosa que haré si no bajas la espada ahora mismo.

—Eres una furcia.

Los hombres nos rodean dispuestos a intervenir. Les hago un gesto para que no lo hagan. No quiero que nadie salga herido. Por otra parte, la situación es tan sorprendente que no saben muy bien qué sucede.

—Si quieres luchar, hagámoslo fuera —ofrece Erik en su idioma.

—De eso nada —ordeno.

—¿Qué pasa? —pregunta Jurgi.

—Que estos dos son amantes —espeta Martin Lurra.

Después de la sorpresa, el fastidio de todos.

—Eso no es asunto de nadie, más que de este hombre y mío —respondo cortante—. ¿O es que vosotros no yacéis con quien os viene en gana?

—¿Cómo te atreves…? —masculla Lurra.

—¡Baja la espada!

—¡Es un pecado, mujer!

La furia me embarga y arranca de cuajo la piedad que el amor que siento por Erik me había devuelto.

—¡Tu violación sí que fue un pecado, Martin Lurra!

Mis hombres se ponen en guardia, espantados con la revelación. No dudo que alguno haya violado y consumado pretendidos derechos contra la voluntad de más de una mujer, pero yo ahora soy algo más que una mujer para todos ellos.

—¡Eras mi prometida! —se defiende Martin Lurra.

Jurgi me acerca una espada que cojo al vuelo. Antes de que Martin pueda reaccionar, me abalanzo contra él. Los hombres se retiran a un lado. Veo que Erik quiere intervenir, pero le lanzo una mirada furibunda para que no se le ocurra. Los estallidos del hierro contra el hierro, mi cólera y la suya.

—¡Eres una furcia, Amalur Mendaro! ¡Una desgracia para tu familia! —espeta Martin Lurra tras hacerme un corte en la pierna. Se vuelve hacia Erik y le dice con saña—: Y una asesina. Mató a tu hijo.

Erik lo mira, sin entender aquellas palabras en otro idioma. Mis hombres me miran asombrados. Yo estoy llena de rabia, de dolor y de angustia.

—¡Basta! —concluyo con una estocada maestra en su estómago que le dobla fatalmente. Intenta hablar, pero no puede y el peso de la cabeza le vence. Entonces me vuelvo hacia Jurgi y Luis Vázquez.

—Sacadlo fuera. Esta noche alimentará a los zorros.

Un escalofrío recorre la piel de los hombres ante mi falta de misericordia.

—¿Estás segura? —pregunta Lázaro Bustince con cautela. Martin Lurra era uno de los nuestros y, a ojos de los presentes, ya ha recibido su merecido.

—Tanto como de que estamos atrapados en esta maldita isla —respondo con dureza. Y sin más, todavía temblando de cólera, me retiro a una esquina y me cubro para dormir ante la mirada atónita del grupo.

He conseguido evitar la mirada de Erik y me aflige su confusión, pero callo. Y de nuevo me siento sola. Cubierta por la manta, ahogo las lágrimas. Vuelve a mí el recuerdo de un niño ensartado en una espada. ¿Alguien va a perdonarme?

67

Nadie la vigilaba. Nadie esperaba que se levantara de la cama. Se fue sin más. Salir del hospital y caminar de nuevo en la noche la hizo sentir esperanzada y llena de energía. Amaia reconoció que vivir merecía la pena solo por la sensación de la brisa sobre la piel en la noche callada. Y por caminar por la ciudad desierta, cuando todos duermen y te sientes la persona más viva, la única viva sobre la faz de la tierra. Y de eso se trataba: el oficio de vivir implicaba ser y sentirse incompleto. Se propuso convertir su camino futuro en un elogio de la imperfección.

Una bandada de gaviotas pasó por encima de su cabeza y se internó en el mar.

68

Llevamos meses durmiendo juntos. Y ya ha comenzado la primavera. El primer crujido del hielo bajo nuestras botas astilló la falsa ilusión de que jamás nos separaríamos. El final está cerca. Pronto empezarán a aparecer barcos. Españoles, holandeses, ingleses... Alguno nos llevará a casa. Y entonces, ¿qué pasará con Erik? Me despierto sobresaltada. Erik me acaricia la mejilla.

—Era solo un sueño —me dice en susurros. A nuestro alrededor, todos duermen. Hace casi dos meses encontramos esta granja abandonada y nos las hemos ingeniado para reconstruirla con la madera que trae la mar desde el continente. Después de varios meses en la cueva, aquella construcción ruinosa nos pareció un palacio. No nos hemos cruzado con alma alguna desde entonces, y Erik se obstinó en no volver a su granja, quizá para no ver, para no saber. El invierno ha sido excepcionalmente crudo, según dice Erik. Gracias a su ayuda, hemos podido sobrevivir. Ya nadie duda de lo mucho que le debemos. A pesar de ello, no es uno de los nuestros.

—No permitirán que vengas con nosotros —comento preocupada.

—Les convenceremos —me asegura. Sé que lo dice para tranquilizarme.

—Deberías volver con los tuyos. Olvidar este invierno —le pido.

Erik no responde.

—¿Qué piensas? —le pregunto.

—Que tienes razón. Los españoles no van a olvidar la matanza y yo soy uno de los asesinos. Deja que tus hombres regresen a España.

—No puedo quedarme aquí —le digo sorprendida.

—Iremos a Escocia o a Noruega.

Imagino lo que eso implica. Pero también que hemos sobrevivido al invierno en el mismísimo infierno. Juntos podemos conseguirlo. Me abrazo a él muy fuerte, como si el futuro volviera a existir.

69

Una segunda bandada de gaviotas cruzó el paseo y se posó en la orilla de la playa. Amaia alzó la vista. Se encontraba frente a su casa. Las piernas la habían llevado hasta allí sin que ella se diera cuenta.

Le costó empujar la puerta. Se había atascado con la cantidad de correo que habían ido deslizando por debajo. Entre los muchos sobres, una carta de la notaria le llamó la atención. La cogió y se dirigió con ella a la cocina. Al abrirla se sorprendió. En ella le avisaban de que no se había personado a la cita para hacerse cargo de la herencia y, debido a sus problemas mentales, su tutor legal, Santiago Batalla, se haría cargo del asunto hasta que el juez instruyera otra cosa. ¿Cómo que no se había personado a la cita? Claro que había ido. Y había firmado la aceptación. Debía de haber algún error. Releyó la carta una y otra vez... Quizá no había error alguno.

Anastasia, desde su ventana, miraba el rostro de Amaia mientras revolvía una infusión. Por primera vez se dio el lujo de sonreír.

70

—He avistado un barco que se dirige al fiordo de Patreksfjor-
dur —anuncia Tomás Garai.

Se hace un silencio sepulcral. Los hombres esperan mi reacción. Intento evitar la mirada de Erik.

—¿De qué nacionalidad? —pregunto.

—Inglés.

Los míos murmuran.

—Bien. Seguro que no somos los únicos que lo hemos avistado. Habrá que extremar las precauciones —advierto.

—Con toda probabilidad, van a intentar aprovisionarse en
Vatneyri —dice Erik muy serio, ensayando un castellano maltre-
cho—. Es la única granja en kilómetros a la redonda.

Los hombres se vuelven hacia mí, esperando mi decisión.

—Será peligroso —observo—. ¿Cómo acercarnos al barco sin
llamar la atención de los islandeses?

Lo entienden pero están dispuestos a hacer lo que haga falta
para abandonar la isla.

—Deberíamos ir en grupo —sugiere Lope—. Así podremos
defendernos y buscar la manera de convencerlos para que nos admitan a bordo.

Me vuelvo hacia Erik. Está de acuerdo.

—Bien. Decidiremos la mejor estrategia de acercamiento cuando sepamos más —concluyo.

Poco después nos ponemos en marcha con las provisiones que nos quedan. Avanzamos a plena luz del día. La noche se ha ido acortando en las últimas semanas y lo lamento. Somos una diana fácil desde la distancia. Tenemos varias horas de caminata por delante hasta llegar a Vatneyri. Erik ha propuesto bajar solo a la aldea para facilitarnos la negociación. No quiere arriesgarse a entrar en una batalla campal con los lugareños. La mayoría de mis hombres confían en él, reconocen en privado que su amor por mí es la garantía más poderosa. Los más suspicaces, Lope, Lázaro Bustince y Peru Etxebarri, temen sin embargo que en el fragor de la lucha el hombre no quiera ir contra los suyos. Y no les falta razón.

Entre todos decidimos que es un plan razonable. Me gustaría ir con él, pero no me atrevo a imponerme en este asunto y que mis hombres teman que les puedo abandonar. Así que me quedaré escondida con ellos hasta que sepamos con claridad qué posibilidades hay de que nos admitan en el barco, pues trece personas son muchas bocas que alimentar en un barco. Me reconcome la ansiedad. Miro a Erik. Parece confiado. Seguro de lo que tiene que hacer. Los hombres están exaltados ante la posibilidad de regresar a casa, pero también temen que algo se tuerza. En fin, hay esperanza y eso ya es algo. Les recuerdo además que la primavera acaba de empezar. Vendrán más barcos.

—Sí, pero en cuanto se retire la nieve, también quedaremos más expuestos y será más fácil matarnos —apunta Lope.

—Los ingleses no son nuestros enemigos.

—¿Y eso qué quiere decir?

—Que tenemos que negociar.

—Y si no nos aceptan a bordo, ¿tendremos que aceptarlo? —pregunta Juan Mari Vázquez, suspicaz—. Porque yo estoy dispuesto a lo que sea.

Juan Mari es uno de los hombres que más han cambiado, sobre todo desde que su hermano Mateo murió. Se ha vuelto extremadamente reservado y taciturno. En su rostro barbudo destacan unos ojos castaños grandes, hundidos y duros.

—Hemos luchado mucho para sobrevivir. Solo quiero asegurarme de que no lo estropeamos ahora —respondo con frialdad. La verdad es que no podría soportar más derramamiento de sangre. Además, soy realista—. Somos muy pocos para ganar un cuerpo a cuerpo frente a la tripulación de un barco de esa envergadura.

Sobresaltado, Jurgi, que lidera el grupo, se vuelve hacia nosotros.

—¡Agachaos!

Nos tiramos al suelo al instante, Erik, a mi lado. Y entonces, ocurre lo imposible. Un caravana que nos triplica en número desciende por la ladera de la loma más cercana. Los observamos atónitos, aguzando la vista. No habíamos visto tanta gente junta desde…

—Parecen los nuestros —salta Joanikot a mi lado—. ¡Son los nuestros! ¡Son los nuestros!

Tiro de él antes de que se levante. Los demás observan con atención, intentando entender lo que eso significa.

—No puede ser —murmura Tomás Garai—. Es imposible.

Juraría que mi vista no me falla. Me vuelvo hacia Jurgi.

—Son ellos, ¿verdad? —le pregunto. La voz se me rompe por la emoción.

—O lo son, o los elfos nos están tendiendo una trampa —responde tan impresionado como los demás.

Lázaro Bustince no termina de creer lo que ve.

—Pueden ser fantasmas. De mi grupo no quedó uno vivo.

—Pero había un grupo más, y, por lo que parece, han logrado sobrevivir —observo.

Mis hombres dudan. Erik interviene:

—Han debido de pasar el invierno escondidos, como nosotros.

Me conmueven sus palabras y que se sienta parte de nuestro grupo. Espero que ninguno de mis hombres olvide que hemos sobrevivido sin derramamiento de sangre desde que Erik apareció. Me vuelvo hacia Jurgi.

—Quiero que los interceptes antes de que lleguen al fiordo para que nos esperen. Necesitamos una estrategia conjunta si queremos partir en ese barco.

Jurgi asiente y sale corriendo. Es el más rápido de mis hombres. Continuamos el descenso pero él nos toma ventaja rápidamente. Su figura se hace cada vez más pequeña y difusa tras los densos retazos de niebla que llegan desde el mar. Al poco rato, tanto Jurgi como el numeroso grupo y la bahía a nuestros pies han desaparecido. La blancura es tal que andamos a ciegas cruzando algodón.

—Por aquí —indica Erik señalando el desfiladero. Mis hombres dudan. Confío en su sentido de la orientación.

—¡Vamos! —ordeno a mis hombres—. Continuemos.

Caminamos cautos. Yo observo la espalda de Erik, que lidera

la fila delante de mí. Lope la cierra por ser el más fuerte y corpulento. En un paso estrecho, Erik se detiene para ayudarme a pasar. Cojo su mano, firme como siempre, pero hay temor en su mirada. En las largas noches de la granja, hemos fantaseado con el día en el que pudiéramos por fin salir de aquella isla juntos. Hemos hecho mil proyectos, contemplado cientos de posibilidades. Los dos queremos dejar atrás el frío. Erik quiere conocer mi tierra y yo tengo sueños nuevos. Casarnos en la iglesia de mi aldea, rodeada por los míos. Escandalizar a los parroquianos. Con un hombre como él a mi lado, nadie se atreverá a levantar la voz. Mi padre es un hombre severo, pero de buen corazón. Mientras sea una mujer honesta, creo que me perdonará, más aún sabiendo que Martin Lurra no va a volver. El pacto de silencio nos protegerá a todos de las habladurías… Y si mi padre y mi gente no me aceptan, buscaremos otro lugar. La sonrisa de Íñigo, tierna y generosa se materializa en la niebla, y eso me reconforta.

71

Asier se despertó de súbito. Ya sabía el final. Lo había soñado con todo lujo de detalles como si no hubiera estado durmiendo sino transitando por el pasado con su propia persona, preparado para entrar en acción. Se incorporó con determinación y se sentó frente al ordenador. Cuando terminara la novela, el presente con Amaia podría por fin comenzar. Ella aparecería. En aquel momento, Asier lo creía con la fe que mueve montañas.

72

La decisión solo puede ser una: abordar el barco inglés. Somos un grupo de casi ochenta hombres. Por las dimensiones del navío, calculamos que quizá una decena más que ellos. Nunca nos aceptarán a todos a bordo y nadie está dispuesto a quedarse en Islandia. No se nos pueden escapar.

En la granja vive una familia. Erik los conoce.

—Ásmund y los suyos son gente de honor y muy tradicional. Su linaje es de los más antiguos de Islandia —explica Erik a don Pedro de Aguirre—. Ari les quitó unas tierras con el pretexto de que las tenían abandonadas. Thor Ásmundsson, su primogénito, se enfrentó a Ari y murió. En otros tiempos, Ásmund hubiera buscado un *gothi* fuerte para que asumiera la injusticia y luchara por la propiedad, pero desde que llegaron los daneses, las leyes han cambiado. Y Ari es el todopoderoso alguacil.

Mi capitán y Esteban de Tellaría con más de sesenta hombres tuvieron más suerte que el grupo del capitán Martín de Villafranca y han sobrevivido cerca de Vatneyri, escondidos en los establos construidos para cardar ovejas al final del verano. Ásmund sabía que se encontraban allí pero optó por ignorarlos. En varias ocasiones incluso dejaron cerca de las cabañas de los españoles cestas con salmones y bacalao. Seguramente para que el hambre extrema no les llevara a atacar su granja. Erik sonríe al enterarse.

—Es un viejo zorro, Ásmund. Y sabe que esta matanza la ha provocado la avaricia del alguacil. Sin embargo, no puede tomar partido.

—Bueno, entonces se lo pondremos fácil —respondo.

Don Pedro de Aguirre y don Esteban de Tellaría se vuelven hacia mí, extrañados de que me atreva a hablar. Ya no tengo ni miedo ni vergüenza. Además, les ha impresionado que haya sido capaz de mantener a mi grupo con vida y convencer a Erik para que nos apoyara. Todavía no saben que soy mujer, aunque noto que les llama la atención la ausencia de vello en mi rostro.

—Los ingleses fondearán esta noche en la bahía. Hasta que amanezca no bajarán a tierra —comienzo.

Me dan la razón. Incluso con un pueblo tradicionalmente pacífico como es el islandés, ningún capitán dejaría de tomar precauciones. Además, aunque los isleños no sean peligrosos, no puede decirse lo mismo de los daneses.

—Aprovechemos las escasas horas de noche para escondernos en la granja. Cuando desembarquen, Erik les convencerá de que han preparado una fiesta para ellos. Una vez en tierra, los capturaremos.

—¿Qué significa capturar? —pregunta Lope suspicaz—. Las medias tintas pueden poner en peligro el plan.

Le lanzo una mirada dura. Don Esteban de Tellaría carraspea y toma la palabra.

—Si es posible, evitaremos el derramamiento de sangre y los dejaremos en tierra. Ari no tiene nada contra ellos. Pero si se resisten, hay que estar preparados para lo peor.

—¿Y qué pasará con Erik? —pregunta don Pedro—. Ari tomará represalias contra su familia.

—Erik viene con nosotros. Seguramente hace tiempo que le dan por muerto —respondo sin asomo de duda.

Mis hombres entienden, pero los demás siguen la conversación confundidos. Don Pedro de Aguirre se vuelve hacia Erik extrañado.

—¿Estás de acuerdo? Porque también podríamos dejarte aquí sin involucrarte. Solo has sido un rehén. Y si vienes con nosotros, no creo que puedas volver. Lo perderás todo.

Erik me mira. Yo callo. Quiero que decida por sí mismo.

—Sí —responde—. Quiero ir con vosotros.

Los capitanes intercambian una mirada de incredulidad.

—¿Por qué, amigo? —pregunta don Esteban de Tellaría—. Aquí está tu familia. ¿Vas a dejar atrás tu vida para siempre?

Erik cruza una mirada conmigo. Necesita mi permiso. Y se lo doy.

—Lo haré por ella.

Se vuelven hacia mí atónitos. Ahora me toca a mí aclarar sus palabras y confiar en que lo entiendan. Me aproximo a mi capitán. Al fin y al cabo, es a él a quien debo excusas.

—Lo siento, señor. Embarqué como hombre, pero soy una mujer.

—¡Por todos los santos! —murmura estupefacto don Pedro. Don Esteban de Tellaría y los hombres que lo han oído nos miran boquiabiertos.

—Os suplico que perdonéis el engaño, don Pedro. Solo huí de una vida que no me correspondía.

Los capitanes comentan entre sí en voz baja. Entre sus marineros se alza un murmullo de indignación, orgullo herido, intolerancia, sorpresa y confusión. Los únicos que callan son mis hombres. Don Pedro se dirige a Jurgi Garai.

—¿Vosotros lo sabíais?

—Sí, señor. Y a su favor puedo decir que sin ella jamás hubiéramos sobrevivido.

—¡Es inaudito! ¡Tiene que ser una bruja! ¿Y si ha sido ella la culpable de nuestra desgracia? —increpan los hombres—. ¡Una mujer no puede ir a bordo de un barco!

Erik se pone a mi lado. Su mano sobre la espada, listo para la defensa. Yo le hago un gesto para que se tranquilice. Mis hombres están confundidos. ¿Qué bando deben tomar? La bronca de unos pocos prende entre el grupo. Jurgi se pone a mi lado, y tras él, su hermano Tomás. Les hago un signo de agradecimiento. En silencio, uno a uno, todos mis hombres me rodean para expresar su respaldo. Los capitanes se dan cuenta de la situación que podría crearse.

—¡Basta! —ordena don Pedro muy pálido—. Puesto que Mendaro era parte de mi tripulación, yo resolveré el problema cuando estime oportuno. Y el momento no es ahora.

—¡Esa mujer debe tener su castigo! ¡Yo mismo me ofrezco a darle su merecido! —ofrece Rodrigo Sabeña, el forzudo tonelero de la tripulación de don Martín de Villafranca, blandiendo su espada en mi dirección.

—¡Basta! —ordena mi capitán. Pero Rodrigo no baja su arma. Jurgi interviene:

—En verdad, Rodrigo, no sabes cómo maneja la espada Amalur Mendaro. Guarda tu espada, si no quieres morir como un idiota.

Los capitanes y su gente nos miran admirados ante la complicidad de nuestro grupo. Don Pedro se dirige a mí:

—¿Es eso verdad?

—Aquí estoy para el que lo quiera comprobar —respondo poniendo la mano sobre la empuñadura de mi espada.

Rodrigo y sus compañeros dan un paso atrás. Jurgi no puede evitar soltar una carcajada.

—Estáis hechizados —farfulla Rodrigo con los ojos muy abiertos y la espada en alto—. Esa bruja os ha hechizado.

Por fortuna, don Pedro no es amigo de supersticiones y, en un movimiento inesperado, saca su espada y la coloca en posición horizontal ante Rodrigo para marcar el límite que nadie debe cruzar.

—¡He dicho que basta! ¿Alguno de vosotros quiere discutir mis órdenes? —pregunta iracundo. No soporta que se discuta su autoridad. Eso no ha cambiado. Sus hombres agachan la cabeza. Y él le hace un gesto a don Esteban para que controle a sus hombres.

—Nos esconderemos en la granja —dice don Pedro cuando lo ánimos se calman—. Erik, ¿crees que Ásmund podría acceder a ayudarnos?

Erik asiente.

—Creo que podré convencerlo, sí.

Los capitanes se miran entre ellos. Se nota que la adversidad de estos últimos meses les han convertido en cómplices.

—Bien, estas son las instrucciones: no mataremos impunemente. Intentaremos apresarlos. Necesitamos su barco, no una masacre. Sin embargo, estad preparados para lo peor —resume don Pedro—. Y el asunto de Mendaro queda aquí zanjado para todos vosotros. ¿Queda claro?

73

El timbre de la puerta sobresaltó a Asier. Se dirigió a abrir, molesto por la interrupción.

—¡Amaia! —exclamó sorprendido. ¡Claro que Amaia iba a aparecer!

En sus ojos verdes había algo de ansiedad, pero también valentía y resolución. Amaia le empujó para entrar antes de que pudiera invitarla.

—¿Te has escapado del hospital?

Amaia volvió hacia él con naturalidad.

—Sí, claro. ¿Terminamos la novela?

—¿Has hablado con Santiago? —preguntó Asier confuso. Quizá debería avisar al hospital, o al menos a Santiago para que supiera dónde estaba.

—Sí. Y ahora, ¿quieres que nos enfrentemos al final?

—Pero si me dijiste que siguiera yo solo, que ya tenía suficiente. Y casi no quisiste escucharme en el hospital.

—Vamos, siéntate. Te lo voy a contar todo. Necesito contarlo.

—Dime algo antes —pidió Asier sentándose frente al ordenador como ella le pedía—. ¿Es real esta historia? ¿Tú de verdad crees que lo es?

—¿Importa?

—Depende. ¿Desaparecerás cuando haya terminado de escribir la novela? —preguntó él, retador.

—Primero tienes que conocer el final de la historia y, después, decidirás.

—Está bien —accedió Asier—, pero sea lo que sea eso que temes, quiero que tengas claro que tú me importas más que la novela.

74

Erik está junto a la orilla, hablando con los ingleses. En la primera chalupa han desembarcado ocho marineros. El que lleva la voz cantante, seguramente porque conoce el idioma, intenta hacerse entender mientras sus compañeros echan un vistazo a la zona. Ásmund no ha querido mezclarse en nuestros problemas, pero Erik le ha convencido de que nos deje hacer con la promesa de que les respetaremos a él y a los suyos.

—Parece que se entienden —susurra Tomás.

Observo la escena por la mirilla del establo. Noto las mejillas acaloradas y temo que el vaho que se escapa por nuestras bocas se escurra por las ranuras y llame la atención de los ingleses. Cualquier pequeño detalle puede delatarnos y arruinar el plan. Estoy agazapada junto a Jurgi y Tomás; don Pedro y unos treinta hombres más están escondidos en otro establo. El resto de los marineros se ha distribuido entre la casa principal y un pequeño almacén de útiles de pesca. Mis recuerdos vuelven a la emoción de la primera captura de la ballena. Tanto riesgo, tanto trabajo por el preciado saín y, en apenas una hora, todo quedó borrado. Parece que sucedió hace tanto tiempo… De nuevo siento que estamos unidos en un solo cuerpo. Somos un monstruo y la presa, esta vez, es el barco inglés. Erik continúa discutiendo.

—Tarda demasiado —comenta Tomás inquieto.

Los minutos se hacen interminables. Erik se quita la capa. Es el signo convenido para informarnos de que algo no va bien y de que tenemos que extremar la precaución. ¿Qué pasará?

—¡Malditos ingleses! —masculla Lope.

Erik les señala una planicie alejada de la casa principal para que se instalen. Hemos quedado que si no veía clara la posibilidad de negociar con ellos, intentaría conseguir que el máximo número bajara a tierra. Don Pedro se acerca a mí.

—Habla con el viejo —me pide—. Erik no podrá convencerles de que bajen si no perciben normalidad.

Me vuelvo a Ásmund que nos observa desde el fondo, acurrucado con su familia, sin perder detalle.

—Por favor —le suplico en su idioma—. Solo queremos volver a casa. Ayuda a Erik para que los ingleses entiendan que son bienvenidos. Debemos conseguir que desembarquen.

Ásmund es un viejo fibroso, de ojos sabios y carácter seco. Tendrá unos cincuenta años, pero se conserva en buena forma. Su mujer es más joven e intuyo que tiene un carácter fuerte.

—Todos sois extranjeros para mí. ¿Por qué debería poner en peligro a mi familia?

—Porque si hay una mascare todos podemos morir —le respondo.

Ásmund refunfuña impotente. Es un hombre muy religioso.

—Lo que ha hecho Ari Magnusson es una vergüenza para todos los islandeses —reconoce—. Pero no nos podemos mezclar.

—No te perjudicaremos —prometo—. Bastará con decir que

colaboraste porque amenazaron a tu familia. Y Ari no se saldrá con la suya.

Mis hombres se impacientan. Don Pedro sigue la conversación muy atento. Si el hombre no colabora, el plan podría malograrse. Ásmund se vuelve hacia su mujer, buscando complicidad.

Poco después, Ásmund y su mujer salen de la casa y se dirigen hacia Erik y los ingleses con cántaros de hidromiel. Ningún reclamo mejor para animarlos a bajar que ofrecer una bienvenida generosa. En poco más de una hora, unos sesenta hombres, incluyendo al capitán, un hombre de mediana edad, de casaca roja y aspecto engolado, están preparando una fogata junto a la orilla. Nuestros miembros están entumecidos por la quietud. Don Pedro se pone en pie.

—Voy a intentar negociar. Iré solo —anuncia.

Le miramos sorprendidos. Ese no era el plan. Pero entiendo. Como yo, tiene escrúpulos. Es un hombre recto.

—No puede hacer eso, don Pedro —le pido—. Por favor, entiendo por qué lo hace, pero el resultado va a ser el mismo. Estoy convencida.

Los hombres nos miran alarmados. Don Pedro duda.

—Son marineros, como nosotros —explica el capitán—. Se merecen una oportunidad.

—Señor, no vaya —salta uno de sus hombres. Es un tipo de aspecto aterrador: sucio, de barba y pelo muy largo y negro, y fuerte complexión.

—Debo hacerlo —responde don Pedro con determinación.

Don Pedro es un hombre de honor. Es incapaz de jugar sucio, incluso cuando la supervivencia está en juego. Quizá es, de todos nosotros, el que menos ha cambiado. Pero tengo que hacer algo, o arruinará el plan.

—Somos gente de bien —continúa—. Debemos intentar una solución pacífica, o Dios nunca nos lo perdonará.

Algunos hombres están de acuerdo, pero la mayoría hace tiempo que se olvidó de Dios. Yo contemplo la posibilidad de detenerle por la fuerza si es necesario. En ese momento, la providencia se pone de mi parte y entra Erik. Al vernos a todos de pie, se inquieta.

—¿Qué sucede?

—Amigo, ahora que el capitán está en tierra, debemos intentar negociar —explica don Pedro.

—No conseguiréis nada, os lo aseguro. Esta es su segunda parada en tierras islandesas. En la primera han hablado con Ari Magnusson. Les ha prometido un rollo de *vadmal* por cada cinco españoles muertos y una temporada de pesca tranquila. Les ha contado que los españoles llevan todo el invierno saqueando granjas y asesinando a su gente.

Don Pedro queda impresionado con las noticias.

—¡Maldito! —exclaman los hombres.

—Y parece que se han tomado muy en serio el asunto —continúa Erik—. Han puesto un vigía en la loma de la derecha por si aparecéis. Ari y un grupo de sus hombres vienen de camino. Han quedado en encontrarse aquí porque están convencidos de que los españoles aparecerán, tarde o temprano. Debemos darnos prisa. Calculo que no tardarán más de un día.

Nos miramos abatidos.

—Las buenas noticias son que han accedido a pasar la noche en tierra —continúa Erik.

Me vuelvo hacia don Pedro. Todos lo hacemos, esperando que las noticias hayan servido para hacerle recobrar el sentido común.

—Está bien —accede consternado—. Seguiremos con el plan. En cuanto caiga la noche, atacaremos.

—Quedan doce horas para la noche. Ari podría estar ya aquí para entonces —indico.

—No podemos esperar tanto —dice Erik—. En cuanto empiecen a comer y a beber, deberíamos atacar.

Pasamos las horas siguientes en una espantosa tensión, observando las idas y venidas de los ingleses que se preparan para celebrar una gran cena. Ásmund les ha proporcionado dos buenos corderos que ya se están asando. Erik ayuda en los preparativos, al igual que la mujer de Ásmund y sus dos hijos adolescentes. Cuanto antes se pongan a comer, mejor. Comentamos entre nosotros que ninguno de los ingleses suelta sus armas. Está claro que nos esperan...

La brasas de la hoguera se reavivan con turba y carbón después de sacar la gigantesca pieza de cordero. La brisa arrastra el olor del asado hasta nuestro escondite y la boca se nos hace agua. Nosotros apenas hemos mascado un poco de bacalao seco en todo el día.

—¡Por Dios, qué tortura! —se queja Peru Etxebarri—. ¿Por qué no vamos ya? A ver si hay suerte y nos queda algo.

Sonrío para mí. El olor del asado es un buen incentivo para luchar, sin duda. Pero debemos mantener la sangre fría.

—Porque ahora mismo no piensas más que en ese cordero —respondo.

Don Pedro asiente:

—Con la tripa llena y la cabeza aturdida de hidromiel, los ingleses serán más débiles.

—¡Malditos bastardos! Ojalá se les atragante —masculla Peru Etxebarri.

Observamos cómo la primera pieza de asado empieza a desaparecer. Los cuernos se rellenan de hidromiel varias veces. A este ritmo, la cuba que les ha ofrecido Ásmund no durará mucho. Los ingleses cantan, hacen chanzas, relajados. Nuestros ojos siguen atentos cada uno de sus movimientos. Siento calentura en la frente y la angustia me corroe. Mis sentidos están alerta. Ya no siento hambre, entumecimiento ni cansancio. Solo espero la orden de mi capitán. Erik y Ásmund se aproximan a la casa. Entran. Ásmund, muy serio y sin cruzar palabra, se dirige al fondo. Cuando salgamos, cerrará la puerta y él y su familia no volverán a salir hasta que todos estemos muertos o nos hayamos ido.

—Es el momento —anuncia Erik a don Pedro con un movimiento de cabeza.

Nos ponemos en pie. Monstruos dispuestos a todo. Erik se dirige al establo para que los hombres al mando de Esteban de Tellaría se preparen. Atacaremos a la vez. Un zumbido penetra mis oídos. Miro a mi alrededor, y veo los rostros de mis compañeros en tensión.

Salgo la última tras los gritos salvajes de mis compañeros que se abalanzan sobre los ingleses. No obstante el estruendo, oigo cómo la puerta de la casa se cierra suavemente y Ásmund pone la tranca. Nos imitan desde el establo y la cabaña.

—¡A por ellos! —grita don Esteban.

Nos abalanzamos convertidos en tétricas bestias. Somos superiores en número y en arrojo. Las primeras cabezas son degolladas sin apenas resistencia. Sin embargo, pasada la sorpresa inicial, los ingleses hacen uso de sus armas con valentía.

De repente, suena un cuerno. Nos toma totalmente por sorpresa. Erik señala al vigía inglés, todavía en la loma.

—¡Está avisando a Ari! —advierte Erik—. Vamos, hay que apresurarse.

—¡A las chalupas! —grito con todas mis fuerzas.

No es tan fácil. Los ingleses presentan batalla. El cuerno vuelve a sonar.

—¡Que alguien haga callar a ese inglés! —brama don Esteban sin dejar de luchar.

Yo me siento más viva y aterrada que nunca, porque jamás he tenido tanto que perder. Me defiendo. Ataco. Pierdo la cuenta de cuántos caen. No dispongo de un instante de tregua. Aunque sin aliento, me siento capaz de seguir. En cada estocada, con cada víctima, me voy perdiendo...

Poco a poco, me acerco a las chalupas en la orilla. Son seis. Suficientes para todos. La victoria es nuestra. Solo espero que los ingleses acepten la derrota y depongan las armas. Pero el capitán sigue en pie y no tiene intención de capitular. Don Pedro va a por él. Un golpe, y otro, y otro. Esquivo estocadas, acierto una y otra vez. La cabeza vacía, la mente concentrada en matar y sobrevivir. En algún momento, me sorprende la mirada de admiración de mi capitán. Recuerdo que soy mujer y me sorprendo yo misma de haber llegado hasta allí, haber sido capaz de sobrevivir en aquella tierra... no merezco morir ahora. Tengo que seguir adelante.

—¡Ari! —grita Jurgi—. ¡Mirad!

Me doy la vuelta. Por la ladera, a caballo, se aproximan a toda velocidad unos treinta hombres, perfectamente preparados para la ofensiva. Al mando, Ari Magnusson.

—¡A las chalupas, rápido! —ordena don Esteban de Tellaría.

Don Pedro sigue peleando con el capitán. Voy a ayudarle, pero Erik me detiene.

—Yo me encargo. Sube a la chalupa —me ordena.

—No. No me iré sin ti.

—¡Obedece, Amalur! Tus hombres no saldrán de aquí a menos que tú lo hagas. Si hace falta, yo puedo entretener a Ari cuando llegue.

Maldita sea. Tiene razón. Erik corre a ayudar a don Pedro, pero justo en ese momento, Pedro hunde su espada en el pecho del capitán inglés y ambos corren hacia la orilla.

—¡A las chalupas! ¡Corred! —grita don Pedro.

Los islandeses están demasiado cerca y nos alcanzarán antes de que los hombres terminen de embarcar en las dos últimas. Con espanto, ya montada en la barca, veo cómo Erik baja de la suya y se dirige a los nativos.

Grito su nombre y no me escucha. Intento levantarme, pero Tomás y Lázaro Bustince me agarran con fuerza.

—¡No puedes hacer nada, Mendaro! —oigo que me dice Tomás. Mientras los hombres reman, yo miro. El paisaje tras la batalla es desolador. Hay sangre, muertos y heridos por doquier. No queda más de una decena de ingleses en pie.

Ari y dos de sus hombres desmontan para encontrarse con Erik. Él baja la espada y se limpia la sangre del rostro. Uno de ellos se quita la capucha. No doy crédito a mis ojos. No es uno, sino una: Brynja. La mujer le abraza antes de que él pueda reaccionar.

75

Asier levantó la vista de la pantalla con la mirada completamente ida. Necesitaba un descanso, pero Amaia parecía poco dispuesta.

—Sigamos. Erik y Brynja se encuentran.

—Yo creo que, en el fondo, Brynja nunca creyó que Erik estaba muerto —dijo Asier pensativo—. Supongo que habrá que concederle el derecho de sentirle vivo. Además, sabe que lo tomaron como rehén. Podría esperar que siguiera con vida.

Amaia asintió.

—Es verdad. Brynja nunca le dio por muerto. Siempre mantuvo la esperanza de volver a verle, para bien y para mal.

Siento un desgarro espantoso según nos alejamos. No puede ser. Erik no puede quedarse en tierra. Mi angustia se extiende por la chalupa y provoca un desolador silencio.

—Mendaro, Erik pertenece a esto —dice Tomás sin dejar de remar hacia el barco inglés—. Son su gente.

—Ya no —respondo sin dejar de mirar la orilla.

—Podrá defenderse. Puede decir que le obligamos a ayudarnos —intenta tranquilizarme Jurgi.

Pero yo sigo sin entender lo que ven mis ojos. La gente de Ari rodea a Erik hasta hacerlo desaparecer de nuestra vista. Al rato, el círculo se abre, los hombres se mueven hacia la orilla y nos señalan. Ya no pueden detenernos…

En el suelo queda el cuerpo de Erik, y Brynja de pie junto a él. Miro y no distingo si está muerto o solo herido. Miro y me pregunto.

—¡Brynja le mató! —exclamó Asier—. Su propia esposa lo hizo.

Amaia se quedó mirándole, a la expectativa.

—Pudo haber sido Ari. Cabe también que Erik solo estuviera herido. Nunca lo sabremos.

—No. Tuvo que ser Brynja —continuó él emocionado—. No hay otro final posible. Él no iba a volver con ella, la había humillado, no podía permitirlo. Y además es la única manera de que de una vez por todas se demuestre que su amor por Erik no era tal, sino un nuevo afán de posesión.

Amaia miró a Asier con una sonrisa irónica.

—¿Tanto te importa saberlo?

—Volvamos atrás… Yo te saqué del agua y tú me diste una historia. Una gran historia, para que el amor de tu vida recordara y, con suerte, te encontrase. Ahora, cuando estamos a punto de llegar al final, dudas…

—La gente se apoya en certezas porque ignora la belleza sutil de la duda, pero he descubierto que saberlo todo es imposible y además inútil. Y tú sabes mejor que yo que las buenas novelas no van cargadas de respuestas, sino de preguntas.

—Deja que al menos me despida de Amalur. Y además, dime… ¿Podrá haber un nosotros aunque yo no sea Erik?

78

Pongo la mano sobre mi vientre. Salí embarazada sin saberlo y embarazada regreso del mar. Todavía apenas una semilla por la que luchar. La verde costa cantábrica se acerca. Casi puedo sentir el aroma a pasto fresco. Dos gaviotas nos sobrevuelan. Atrás quedaron los odiosos charranes. Estoy tranquila. El pacto de silencio a bordo me protegerá. Nadie quiere recordar lo que hemos pasado ni qué hemos hecho para sobrevivir. Volvemos a ser gente de bien y temerosa de Dios.

El capitán ha decidido que los beneficios por la venta del barco inglés y su contenido se repartan entre todos por igual. Es mucho más dinero del que yo jamás hubiera podido soñar, suficiente para que el hijo que llevo en mi vientre tenga un futuro. A pesar del dolor por la pérdida de Erik, aun sin saber si está vivo o muerto, sé que no todo acaba aquí, y bueno es que así sea. Quizá un día encuentre a alguien a quien contarle toda mi historia.

Agradecimientos

Mi agradecimiento a mi amiga y compañera Mercedes, que trazó magistrales líneas de encuentro; a Valentín Quevedo, que me instruyó sobre ballenas y me prestó «para siempre» el maravilloso libro de Philip Hoare, *Leviatán o la ballena*; a Nacho y a Reyes, y a Miguel Garrido con los que empecé a instruirme sobre literatura y sagas islandesas; al historiador vasco Jose Antonio Azpiazu que, sin conocerme, me facilitó valiosísima documentación de la vida a bordo de un barco ballenero; a mi colega Fernando López Mirones, por revisar asuntos históricos y biológicos; a Haukur Sigurdsson, el mejor guía posible; a Sigurdur Atlason, historiador, hechicero y director del Museo Magia y Brujería de Strandir, que tan amablemente nos guió por el recién descubierto asentamiento ballenero vasco y por el museo; al historiador Valdimar Gislason, abordado en su propia casa; a Melquíades Prieto, mi generoso mentor literario; a María Abárzuza y a Mikel Gorrotxategi, secretario de onomástica de la Real Academia de la Lengua Vasca-Euskaltzaindia, que me ayudó a deshacer equívocos; a Carmen, Idoia, Marta y María Jesús, por ser tan buenas compañeras de viaje; a Silvia Querini, con la que he emprendido el camino de las letras que anhelaba, y a Lola Gulias, agente y amiga que nos unió; a mi querido suegro, Delfín, que siempre acude al rescate; a Ángela, nuestra «abuela de Madrid»; a mi amiga y psiquiatra Rosario, porque no se puede tener una fan más entusiasta; a mi amiga del alma Leonor, por su buen juicio y apoyo en momentos delicados; a mi madre, que cubrió mis ausencias durante el proceso de documentación y me enseñó a ser mujer y madre; y a Jose, por todo lo que él ya sabe.

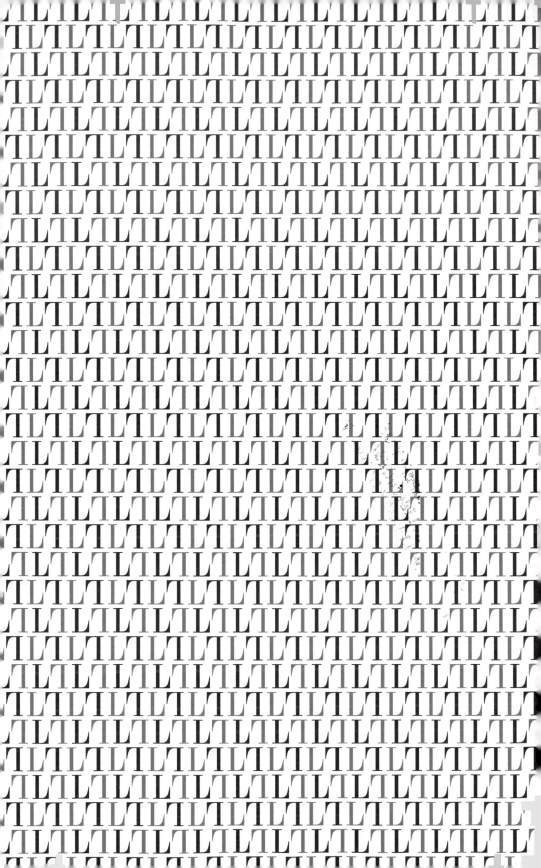